FOLIO BIOGRAPHIES

collection dirigée par

GÉRARD DE CORTANZE

Kafka

par

Gérard-Georges Lemaire

Gallimard

Écrivain, historien et critique d'art, Gérard-Georges Lemaire a dirigé les collections « Connections » chez Flammarion, puis « Les derniers mots » et la revue *L'Ennemi* chez Christian Bourgois. Commissaire de plus de 70 expositions en France et à l'étranger, il est considéré comme un des grands spécialistes de l'œuvre de Franz Kafka. Il a publié une quarantaine d'ouvrages dont : *Les Préraphaélites* (Bourgois, 1980), *Cafés d'artistes à Prague* (Éditions du Chêne, 2002), *Le Goût de Trieste* (Mercure de France, 2003), *Maisons d'artistes* (Éditions du Chêne, 2004), *Beat Generation : une anthologie* (Al Dante, 2004).

À Patrizia Runfola,

qui m'a fait découvrir la Prague d'or
à travers ses yeux noirs.

Les funérailles de Kafka, funérailles d'un monde

Le corps de Franz Kafka a été rapatrié à Prague dans un cercueil plombé peu de temps après son décès survenu au sanatorium de Kierling. Il doit être inhumé dans le nouveau cimetière juif de Stanice situé dans le quartier périphérique de Žižov, non loin de l'étrange et massive église se dressant au beau milieu de Vinohrady avec sa façade en brique construite par l'architecte slovène Plečnik avec la collaboration d'Otto Rothnager.

Les proches de l'écrivain ont vécu cette cérémonie non seulement comme un drame personnel, mais aussi comme un événement avant-coureur d'un autre drame qui les concerne tous. Et ils n'ont pas tardé à en voir les premiers signes. Max Brod note dans ses souvenirs que l'inhumation a eu lieu à quatre heures de l'après-midi et que, lorsqu'il a accompagné la famille de son malheureux ami jusqu'à son domicile, près de la place de la Vieille-Ville, il a remarqué que l'horloge de l'hôtel de ville « s'était arrêtée à 4 heures et que les aiguilles indiquaient encore le moment fatidique[1] ».

1. *Franz Kafka, souvenirs et documents*, Max Brod, p. 241.

Une centaine de personnes sont venues assister à ces funérailles d'un écrivain qui a publié si peu dans sa langue et encore moins en tchèque. Johannes Urzidil évoque cette journée du mercredi 11 juin 1924 en la plaçant lui aussi sous de très inquiétants augures : « Pour les poètes et les écrivains de Prague et surtout pour les Juifs allemands de Prague, ce fut un jour obscur et triste[1]. » Ce jour, tient-il à préciser, commence par une matinée sereine avec une chaude atmosphère d'été. Mais il s'aperçoit rétrospectivement que ce qui a réuni cette petite foule est la prise de conscience du début d'une fin. Le temps s'est un peu gâté au début de l'après-midi. Urzidil traduit cette étonnante collusion du climat qui s'est dégradé et de l'appréhension dont il est bientôt la proie par ce sentiment inéluctable : « Plus nous approchions de la chambre ardente, plus nous abandonnait le sens du définitif[2]. »

Le jeune homme d'alors relate ce qui s'est déroulé quand s'est ébranlé le « triste cortège », au moment précis où l'on a transporté le cercueil de la chambre funèbre à la fosse qu'on avait ouverte. Il marche derrière « la famille » : le père, dont la haute silhouette précède le cercueil, et Dora Diamant, la dernière compagne de l'écrivain, soutenue par Max Brod. Puis viennent les vieux camarades ; ceux du Cercle de Prague : Felix Weltsch, Hugo Bergmann, Oskar Baum, et aussi Rudolf Fuchs.

1. « 11 juin 1924 », Johannes Urzidil, in *Les Métamorphoses de Kafka*, p. 46.
2. *Ibid.*, p. 47.

Une fois arrivés devant la tombe, Johannes Urzidil est témoin d'une scène déchirante :

Quand on posa la bière, Dora Diamant poussa des cris lancinants et ses sanglots estompèrent l'écho des oraisons funèbres juives, qui énonçaient la sainteté de Dieu et la foi profonde dans l'espoir de la rédemption [1]...

Puis il achève son témoignage par le récit de l'instant déchirant des adieux :

Nous jetâmes de la terre dans la fosse. Cette terre est restée imprimée dans mon esprit. Elle était claire, grasse, argileuse, mêlée de pierailles et de cailloux qui rebondissaient en tombant sur le cercueil. Puis la triste compagnie se sépara. [...] Nulle parole ne fut prononcée. Enfin le ciel était offusqué. Il se mit à pleuvoir [2].

Et c'est lui, le moins connu de tous les hommes de lettres, qui fait son éloge funèbre. Il définit l'homme et le poète devant lequel tous s'inclinent et le proclame « la plus haute singularité humaine [qui] engendra en même temps la plus haute magie poétique [3] ». Puis il met l'accent sur l'attitude éthique de Kafka qui avait quelque chose d'impressionnant et de terrifiant. Mais, conclut-il, c'était un « fanatique de sa vérité intérieure [4] ». Et d'insister sur le fait que c'est bel et bien cette quête de la vérité qui l'a détruit.

1. *Ibid.* p. 49.
2. *In memoriam Franz Kafka*, Johannes Urzidil, in *Lettres françaises*, n° 13, mars 2005, p. 5.
3. *Ibid.*
4. *Ibid.*

Dans ce qui subsiste, dans la nouvelle République tchécoslovaque, de la presse de langue allemande, des articles nécrologiques paraissent. L'hommage de Max Brod est publié dans la *Prager Press* le 14 juin. Deux jours plus tard, un long article de Felix Weltsch, paru dans le *Selbstwehr Jüdisches Volksblatt*, insiste sur le talent inestimable de Kafka, mais aussi sur la spécificité judaïque de son œuvre : « L'âme, qui s'exprime à travers cette langue, est d'abord et avant tout une âme juive. Sa détresse est juive, de même que ses préoccupations et les leçons qu'il en tire[1]. » Il se hasarde même à affirmer que, depuis longtemps, « Kafka était sioniste ». Quant à Rudolf Kayser, qui a publié la nouvelle *Un artiste de la faim*, il fait paraître dans sa propre revue le récit de son unique visite à Kafka.

Huit jours après l'enterrement de Kafka, une cérémonie commémorative est organisée au Théâtre allemand de Prague, la Kleine Bühne. Préparée avec dévotion par Hans Demetz, un poète et un auteur dramatique, elle commence à onze heures du matin dans une salle pouvant contenir cinq cents personnes. « Il s'agissait surtout de Juifs pragois de langue allemande, fait savoir Urzidil. Non que les Tchèques ou les Pragois de langue allemande qui n'étaient pas juifs prirent leur distance, mais le nom de Kafka avait alors un poids pour peu d'entre eux[2]. » C'est Hans Demetz qui prend le premier

1. « Franz Kafka est mort », Felix Weltsch, in *J'ai connu Kafka*, p. 14.
2. « 11 juin 1924 », Johannes Urzidil, *op. cit.*, p. 49.

la parole. Puis Max Brod lui succède, faisant un long discours qui a pour objet de mettre en évidence que l'œuvre de Kafka est le « miroir profond de ce monde ». C'est ensuite Urzidil qui s'exprime au « nom de la nouvelle génération [1] ». Enfin, l'acteur Hans Helmuth Koch lit la scène du cimetière d'*Un rêve* et le *Message de l'empereur*, lequel, « entièrement dominé par l'émotion, termine dans un murmure », rapporte Max Brod, citant les critiques de l'époque, dans son autobiographie [2].

Mais si, en toute logique, c'est le microcosme juif et germanophone qui a ressenti le besoin de faire corps autour de cet écrivain dont beaucoup ne connaissent à l'époque quasiment rien, cela ne signifie pas pour autant que l'intelligentsia tchèque se soit montrée indifférente devant la disparition prématurée de Kafka. Le 6 juin, Milena Jesenská, le grand amour impossible de sa vie, fait paraître une note dans le *Národni Listy,* où elle dresse son portrait et dégage la beauté morale de son attitude. Elle insiste ensuite sur le caractère pour le moins insolite et profond de sa connaissance du monde avec la volonté de faire savoir à ses lecteurs que sa littérature reste à découvrir. Voici sa conclusion : « Tous ses livres décrivent les horreurs de secrets malentendus et de culpabilités involontaires entre les êtres. C'était un homme et un artiste doué d'une conscience si aiguë qu'il entendait même là où les

1. *Ibid.*, p. 50.
2. *Une vie combative*, Max Brod, p. 223.

autres, les sourds, se sentent en sécurité[1]. » Deux ans plus tard, elle écrit un nouvel article intitulé « La malédiction des meilleures qualités ». Elle y évoque l'existence du journal intime de Kafka et, entre autres choses, y narre une anecdote très révélatrice du caractère de Kafka, de sa pudeur et de sa bonté : le petit Franz a dans la maison 20 hellers pour acheter des sucreries que sa mère lui a donnés ; frappé et ému par une mendiante, il veut lui donner une partie de son argent ; mais ces 10 kreutzers, il lui en fait l'aumône un par un, effectuant à chaque fois un tour complet du pâté de maisons pour accomplir son geste charitable.

Et Milena Jesenská n'est pas la seule à rendre hommage à l'écrivain disparu. Déjà le *Ceske Slovo* du 5 juin avait annoncé brièvement la nouvelle du décès de l'homme de lettres. Puis Maria Pujnamova a rédigé une brève note dans le *Tribun* du 15 juin, où elle écrit cette phrase déconcertante : « Les œuvres de Kafka sont comme des charpentes magistrales de ce qui ne sera jamais achevé[2]... » Le traducteur Ian Grmela de son côté, dans *Pramen* V 1 (1924-1925), déclare que « Kafka a fait partie des rares écrivains tchéco-allemands qui vivaient intensément dans la littérature et l'art tchèques qu'il suivait dans leur diversité[3] ». Enfin, le journal du parti communiste tchécoslovaque fait paraître le 17 août, dans son supplément domi-

1. « Kafka », Milena Jesenská, in *Vivre*, p. 124.
2. « Kafka », *Europe*, novembre-décembre 1971, p. 3.
3. *Ibid.*, pp. 4-5.

nical, la traduction du « Rapport à une académie » avec une notice très élogieuse :

En lui a disparu un des rares poètes allemands, une âme sensible et pure, détestant ce monde et faisant son autopsie avec le scalpel aigu de sa raison. Kafka voit dans l'organisme de la société la misère des uns et le pouvoir et la richesse des autres. Il s'attaque, dans ses œuvres, d'une façon imagée et satirique, aux puissants de ce monde. Son magnifique conte « Le Chauffeur » a été publié dans le *Cerven* de S. K. Neunmann[1].

C'est d'ailleurs ce dernier qui rédige la notice nécrologique de Kafka dans les pages culturelles de l'organe théorique du parti, déclarant : « C'était une âme sensible [...], aimant les exploités et attaquant impitoyablement les riches d'une manière très compliquée mais en même temps très émouvante[2]. » Il est curieux de constater que c'est exclusivement l'extrême gauche qui porte ainsi Kafka aux nues, sans pouvoir imaginer le débat politique dont cet écrivain va être l'enjeu pendant la guerre froide. Une nouvelle génération d'écrivains tchèques s'en empare et en fait un de ses porte-parole à titre posthume.

Qu'est-ce qui peut donc tant inquiéter cette petite communauté juive qui, en dépit de réelles et violentes poussées de fièvre antisémite avant et après la déclaration d'indépendance par les milieux nationalistes tchèques, est néanmoins protégée par la reconnaissance d'un statut des nationalités — il

1. Cité dans « Kafka et la Bohême », František Kautman, in *Europe*, *op. cit.*, p. 69.
2. *Ibid.*, p. 70.

y en a alors trois : l'allemande, la hongroise, et la juive —, voté sous la première présidence éclairée du philosophe Masaryk ? Pourquoi la mort de Franz Kafka a-t-elle pu à ce point cristalliser cette sourde inquiétude ? Dans un essai passionnant qu'il a écrit à la fin de sa vie, Felix Weltsch, l'un des fidèles des réunions du café Arco, en discerne la cause dans « la perte de la conscience juive [1] » dans une Prague qui, au XVIIIe siècle, était réputée être une « mère en Israël [2] ». Bien sûr, la question est plus complexe. Mais il est vrai que les Juifs de Prague se sont voulus « allemands », désirant sans réserve cette assimilation sociale et culturelle, renonçant de plus en plus à leurs valeurs ancestrales, à leur histoire et même à leurs fondements religieux.

> Les deux facteurs fondamentaux, poursuit Weltsch — conscience religieuse et conscience ethnique —, cherchent à renouer avec le troisième perdu, la conscience linguistique redécouvrant la langue à laquelle ils étaient autrefois liés dans une communion créative. Ce réveil, ce triple réveil, se vérifie à la lumière de l'aventure de Franz Kafka [3].

Claudio Magris, dans un article intitulé « Pourquoi êtes-vous né à Prague ? », fait état d'une enquête lancée par le journal germanophone *Prager Tagblatt* au début des années 1920. Elle a pour but de comprendre la raison de cette lente mais

1. « Grandeur et décadence de la symbiose juive-allemande : le cas de Franz Kafka », Felix Weltsch, in *Métamorphoses de Kafka*, p. 27.
2. *Ibid.*
3. *Ibid.*, p. 30.

irrépressible désertion de la ville par son intelligentsia de langue allemande. Magris la résume ainsi :

> Dans l'écriture, la situation historique sans issue est associée à une réalité au-delà de l'histoire, et le caractère insoluble de contradictions se cristallise dans leur oscillation permanente, dans leur élision grâce à laquelle on cherche un lieu mobile et libre où se protéger des tensions politiques et sociales. La littérature qui se veut essence de la réalité remplace la réalité inexistante et transforme la présence simultanée d'apports inconciliables dans la raison de son être[1].

Il discerne par ce biais en quoi Kafka prend une place cruciale dans une crise où, incapable de couper le cordon ombilical comme ont pu le faire bon nombre de ses contemporains, il se montre tout aussi peu à même d'accepter pleinement cette relation intime et indissoluble avec Prague :

> Kafka, constate Magris, souligne sa non-appartenance au monde pragois, mais aussi son incapacité à s'éloigner de ce *no man's land* où il trouve sa véritable patrie d'expatrié, l'incapacité de se défaire de ce lien fondé sur le rejet sans cesse réaffirmé et donc sur l'amour-haine[2].

Ainsi ce deuil a-t-il été le deuil d'un homme qui a personnalisé, dans sa manière de vivre et dans ses textes, le crépuscule de la Prague juive et germanique (une minorité au sein d'une minorité déjà infime, prise entre le marteau du nationalisme

1. « Pourquoi êtes-vous né à Prague ? », Claudio Magris, in *Métamorphoses de Kafka*, p. 21.
2. *Ibid.*

tchèque et l'enclume de l'antisémitisme allemand) qui a vu peu à peu ses artistes et ses écrivains la déserter : Hugo Bergmann pour Jérusalem (comme Max Brod plus tard), Franz Werfel, Gustav Meyrink, Hermann Ungar pour Vienne, Otakar Kubín et Georg Kars pour Paris, Friedrich Feigl pour Berlin, comme a tenté de le faire sans succès Kafka dans une fuite ultime et désespérée ; sans parler de Rainer Maria Rilke qui, avant tout le monde, a fait ses valises pour mener une vie errante dans une grande partie de l'Europe, de Trieste à Saint-Pétersbourg, le plus loin possible de Prague.

Une famille
sous le signe du corbeau

L'histoire de la famille Kafka condense sans nul doute à elle seule l'histoire de la plupart des familles juives venues s'installer en Bohême. Après la guerre de Trente Ans qui a été particulièrement meurtrière et qui a provoqué en Bohême, comme dans bien d'autres régions d'Europe, une désertification des zones rurales à la fin du XVIIe siècle — Alena Wagnerová observe que « la population de la Bohême ne représentait plus alors qu'un tiers de ce qu'elle était en 1618 [1] » —, on décide de faire venir travailler dans les domaines seigneuriaux des Juifs des pays limitrophes du *Yiddishland* et de Vienne. La noblesse locale ne peut que se féliciter de cette nouvelle population qui, grâce à son expérience commerciale, permet de développer le placement des produits agricoles et les affaires en général. D'autre part, les nouveaux arrivants sont assujettis à des impôts spéciaux, ce qui est une source de revenus non négligeable pour les hobereaux en partie ruinés par les récents événements.

1. *La Famille Kafka de Prague*, Alena Wagnerová, p. 27.

Et cette population déplacée est loin de se plaindre du sort qui lui est fait, en dépit de nombreuses contraintes, car elle est souvent placée sous la protection de cette aristocratie qui l'emploie, la mettant hors de portée des négociants locaux qui voient en ses membres de dangereux concurrents. De plus, quand l'impératrice Marie-Thérèse envisage en 1744 l'expulsion de tous les Juifs de Prague, avant, pourquoi pas, de les chasser de la Bohême et de tout l'Empire, les fonctionnaires et les nobles de province s'insurgent contre ce projet qui menace gravement leurs intérêts.

Il existe alors une loi limitant le nombre des foyers juifs, le *Familiantengesetz*. Promulguée en 1726, elle contrôle sévèrement les maisons juives dans les villages et les bourgs, chaque famille se voyant attribuer un numéro, le *Familianstelle*, qui n'est transmis qu'au fils aîné. Même une veuve ne peut l'obtenir après le décès de son mari. Les fils cadets n'ont ni le droit de se marier ni celui d'avoir des enfants. Cette loi draconienne est parfois détournée car les Juifs protégés, placés sous l'autorité directe des seigneurs, les *Schutzjuden*, ne sont pas toujours des *Familianten* soumis aux règles du fameux registre. Le revers de la médaille est que leurs maîtres peuvent très bien leur retirer leur appui.

Au cours du XVIIIe siècle, la communauté villageoise respecte encore les prescriptions religieuses traditionnelles avec beaucoup de dévotion. Mais une évolution profonde se produit. Les Juifs parlent d'abord un « allemand juif », c'est-à-dire de l'allemand mâtiné d'expressions en yiddish. Bientôt, l'enseignement de l'allemand se répand dans les écoles juives que leurs enfants fréquentent. Dans un grand nombre de ces familles campagnardes, on parle le tchèque pendant la semaine, et l'allemand le jour de Shabbat. Les relations avec la communauté chrétienne sont souvent assez bonnes, au point que les villageois juifs assistent à la messe le dimanche et que les villageois chrétiens se rendent le samedi à la synagogue.

En 1849, la suppression de la loi discriminatoire et restrictive du *Familiantenbuch* et la création au sein de l'Empire austro-hongrois d'un nouveau statut pour les Juifs, qui sont alors placés sous la protection directe de l'empereur François-Joseph, provoquent une forte émigration vers les villes, où ils vont prospérer et poursuivre leur assimilation.

On peut faire remonter l'arbre généalogique des Kafka à l'année 1802, date du mariage de leur ancêtre, Josef Kafka. Sans doute a-t-il été le premier à porter ce nom, qui signifie « corneille » en tchèque et qui, dans cette partie de la Bohême, est relativement commun. Il est installé à Osek (qu'on écrit tout aussi bien Wosek, Wohsek ou Ossek). Son deuxième fils, Jakob, est le père de Hermann, lui-même futur père de Franz Kafka. Dans sa jeunesse, il partage sa chambre avec ses cinq frères et sœurs, mange plus de pommes de terre que de raison et n'est jamais très bien habillé. À six ans, Jakob est déjà sur les routes pour livrer de la viande. Il devient boucher et pratique le *shekht'n*, l'abattage rituel, sans doute aidé par le serviteur de la synagogue. Il fournit cependant les maisons chrétiennes des alentours. N'étant pas l'aîné, il ne peut pas se marier. Mais il rencontre une jeune femme à son goût, Franciska Platowski, avec laquelle il vit dans l'illégalité et a aussi des enfants illégitimes, vraisemblablement bénis en secret par le rabbin. Quand est promulguée la loi d'émancipation en 1849, comme beaucoup d'autres couples clandestins, ils peuvent enfin célébrer leur mariage, le 16 juillet. Hermann naît peu après, en 1852, dans leur maison, au n° 35 de la rue des Juifs. Dans sa famille, on est très pieux et on observe les grandes fêtes. Pendant le Shabbat, on fait venir une *shabes goyte*, une servante chrétienne qui accomplit les tâches interdites aux Juifs ce jour-là. L'après-midi, le chef de famille lit le *Khumesh*, les cinq livres de Moïse, et il enseigne l'hébreu à ses fils.

Après la cérémonie de la *bar-mitsva*, le jeune Hermann, étant entré dans l'âge adulte, se rend à Pisek pour travailler chez un parent, Ludwig Kafka. Par la suite, il devient colporteur. Julie sa future épouse a relaté ces dures années d'apprentissage : « Mon mari a quitté Wosek à l'âge de quatorze ans et a dû assurer sa subsistance. À vingt ans, il fut soldat et s'éleva au grade de *zugsführer* [chef de train][1]. » Versé dans le 2e régiment du génie, il y est employé dans une équipe technique. Il est libéré au bout de trois ans et peut aller travailler à Prague vers 1875 chez son cousin Ange-

1. *Ibid.*, p. 5.

lus, qui est négociant en gros de vins et de spiritueux. En 1880, Hermann vit toujours chez son cousin dans la Karpfengasse (Kaprová) et lui fait office de représentant de sa petite entreprise.

Cette même année, il fait la connaissance d'une jeune fille, Julie Löwy, qui habite la maison Smetana, à l'angle de l'Eisengasse et de la place de la Vieille-Ville. Elle est née à Bad Podebrady, à soixante kilomètres de Prague. Son grand-père, talmudiste connu et respecté, possède un commerce de tissu prospère. Son père est originaire de Humpolitz et est drapier. Ses frères sont convertis au catholicisme et ont choisi Lanner comme nouveau nom. Franz Kafka se forgera de sa famille maternelle une image presque mythique :

> L'arrière-grand-père de ma mère était encore plus savant que le grand-père, il jouissait d'une considération égale chez les chrétiens et chez les juifs ; lors d'un incendie sa piété provoqua un miracle, le feu passa par-dessus sa maison et l'épargna tandis que toutes les maisons à la ronde brûlaient[1].

Jakob Löwy, le père de Julie, a vendu sa maison et son magasin de Podebrady pour aller vivre à Prague. Quant à sa mère, Esther Porias, elle est morte du typhus à l'âge de vingt-huit ans. Son père s'étant remarié peu après sa disparition, à ses trois frères se sont ajoutés deux demi-frères.

Hermann Kafka et Julie Löwy se marient le 3 septembre 1882. Ils réunissent leurs deux familles et leurs amis à l'hôtel Goldhammer, place de la

1. *Journaux*, 25 novembre 1911, p. 200.

Vieille-Ville. Aussitôt après, Hermann ouvre un magasin de « fil, coton et nouveautés » sur le côté nord de cette même place en plein centre ville, au n° 12 de la Zeltnergasse (aujourd'hui Celetná). Julie se rappelle qu'il l'a épousée alors qu'il entrait « dans sa trentième année. Il s'était établi avec peu de moyens financiers et, comme nous étions travailleurs, il devint un homme considéré [1] ». Cinq années passent et le magasin est transféré dans la Stockhausgasse (aujourd'hui Vezenška), la partie nord de la place devant être livrée aux démolisseurs. Hermann se dépense sans ménagement pour développer son affaire, ce à quoi il réussit fort bien. Il s'installe de nouveau dans la Zeltnergasse, cette fois au numéro 3. L'année suivante, il propose en plus aux chalands des manchons, des chaussures de toile avec des semelles en cuir, des sous-vêtements. En 1906, il décide brusquement d'abandonner son atelier et vend tout son stock avant de déménager de l'autre côté de la rue. En 1912, il redéménage encore une fois pour installer son négoce à côté du palais Kinsky, place de la Vieille-Ville.

Si son commerce connaît une relative prospérité, les ennuis ne manquent pas. Il est dénoncé anonymement à cause de son étal à l'extérieur de la boutique, sous le prétexte que les passants chrétiens courent le risque de s'y déchirer leurs vêtements le dimanche matin, quand ils se rendent à la messe. En 1884, il est accusé par un capitaine de police de

1. *La Famille Kafka de Prague*, Alena Wagnerová, p. 58.

troubler le repos dominical. Quatre ans plus tard, il est encore sur le banc des accusés, cette fois pour avoir acheté de la marchandise suspecte ; il finit par être disculpé, mais il perd sa qualité d'expert auprès du tribunal de commerce. Il doit aussi faire face à une affaire plus grave de fausse monnaie, ayant fait l'objet de plusieurs dénonciations de la part de ses voisins tchèques. Dans ses journaux, Franz Kafka reconnaît à quel point son père était tourmenté par toutes les tracasseries causées par le magasin : « Ce soir, mon père ne pouvait s'endormir, tant il était agité par les soucis que lui cause sa maison de commerce et la maladie qu'ils ont réveillée. Compresse sur le cœur, nausée, étouffements, va-et-vient parmi les gémissements [...]. Il marche de long en large en gémissant et en secouant la tête[1]. » Au cours du mois d'octobre 1911, il se montre admiratif à l'égard de son père parce qu'il a su convaincre la majeure partie de son personnel qui voulait donner son congé de rester : « Grâce à ses bonnes paroles et à sa cordialité, sa grandeur et sa force d'autrefois, son expérience et son intelligence, il parvint à les regagner presque tous au cours de conférences ou d'entretiens privés[2]. »

Hermann est donc un homme qui s'est fait à la force du poignet, atteignant les objectifs qu'il s'était fixés dans sa jeunesse, mais au prix de beaucoup de labeur, de bien des sacrifices et aussi d'âpres difficultés dont la famille a souvent eu à pâtir.

1. *Journaux*, pp. 34-37.
2. *Ibid.*, p. 110.

Max Brod a conservé l'image des parents de Kafka à l'époque où il rejoignait Franz au magasin, désireux de les aider après ses cours à l'université :

> Je me souviens particulièrement des innombrables paires de pantoufles que je voyais sur les rayons, lorsque Franz [...] voulait vainement tenter d'aider son père accablé sous le poids du travail ou du moins leur montrer sa bonne volonté, lui arracher un regard affectueux ou une parole d'approbation. Sa mère elle-même était une collaboratrice active de son mari, qui ne pouvait d'ailleurs se passer d'elle ; pendant un certain temps, j'ai aussi remarqué la présence d'une sœur de Franz [1].

La sœur cadette de Franz, Ottla, a en effet travaillé quelque temps avec ses parents. Elle préfère alors s'occuper au magasin plutôt que de rester enfermée dans le foyer familial, trop étouffant pour elle.

1. *Franz Kafka*, Max Brod, *op. cit.*, p. 16.

D'une enfance, l'autre

L'enfance de Franz Kafka est sans doute comparable, à peu de chose près, à celle des fils de la nouvelle bourgeoisie de son temps. De ses tendres années, il ne conserve quasiment aucune trace dans ses écrits intimes. En revanche, dans la « Lettre à son père », il relate un épisode traumatisant de sa petite enfance qui met en scène un Hermann Kafka furieux. L'enfant réclamant à boire avec insistance, le père se fâche et le punit : « [...] tu me sortis du lit, me portas sur la *pawlatsche* et m'y laissas un moment seul en chemise, debout devant la porte fermée[1]. » C'est pour le petit Franz le premier acte de l'apprentissage de l'obéissance, qui se serait concrétisé par une grande incompréhension : « Conformément à ma nature, je n'ai jamais pu établir de relation exacte entre le fait, tout naturel pour moi, de demander de l'eau sans raison et celui, particulièrement terrible, d'être porté dehors[2]. » Il croit se souvenir d'avoir ressenti ce châtiment

1. « Lettre à son père », O.C. IV, p. 837.
2. *Ibid.*

injuste comme une épreuve de force entre un « homme gigantesque » et un petit garçon sans défense qui a la sensation de n'être rien du tout.

Comme bon nombre d'enfants à cette époque, il n'est pas élevé par sa mère, mais par des domestiques. Il le rappelle avec amertume à Felice Bauer en décembre 1912 : « J'ai donc vécu très longtemps seul et j'ai bataillé avec des nourrices, de vieilles bonnes d'enfants, des cuisinières hargneuses et de tristes gouvernantes, car mes parents étaient continuellement au magasin[1]. » La première de ces femmes qui s'occupent de lui s'appelle Marie Werner, mais on la surnomme familièrement *Slecna*, c'est-à-dire Mademoiselle, parce qu'elle ne parle que le tchèque. Il en fait plus tard un portrait peu flatteur dans une lettre envoyée à Milena Jesenská : « Notre cuisinière [était] une petite femme sèche et maigre, le nez pointu et les joues creuses, jaunâtre, mais solide, énergique, supérieure[2]... » C'est une vieille fille endurcie, juive, de caractère timide et effacé. Elle est arrivée chez les Kafka peu après leur mariage et y reste longtemps pour élever leurs enfants.

Quand Franz Kafka a sept ans, il doit entrer à l'école, celle-ci étant obligatoire en Autriche depuis 1744. Ce n'est pas sa mère — celle-ci étant enceinte de sa sœur Gabrielle et presque à terme —, mais la fameuse cuisinière qui l'y accompagne le 16 septembre 1889 pour entamer ce premier et décisif contact avec l'univers pédagogique. Celui-ci prend

1. Lettre à Felice Bauer, O.C. IV, p. 166.
2. Lettre à Milena Jesenská, *ibid.*, p. 937.

l'aspect de la *Deutsche Volks und Bürgerschule*, juste en face de l'école tchèque, un bâtiment d'allure plutôt rébarbative sur le Fleischmarkt, un marché à la viande qui a été depuis quelques années remplacé par le marché aux gros poissons. Il s'acclimate rapidement à ce microcosme et se lie bientôt avec plusieurs de ses camarades de classe. Il s'arrange pour regagner son domicile à deux pas de là en leur compagnie, comme le rappelle Hugo Hecht :

Nous rentrions toujours en groupe et en suivant différents trajets. Kafka faisait presque toujours partie de notre groupe qui passait devant sa maison avant d'arriver à destination. Bien entendu, nous prenions rarement le plus court chemin. C'était si agréable de traîner dans toutes ces ruelles tortueuses, de faire du lèche-vitrine ou de jeter un coup d'œil dans les arrière-cours[1].

Son ami d'enfance le dépeint ensuite comme un garçon paisible, studieux, en bonne harmonie avec son maître de troisième et quatrième année, Moritz Beck, et ayant d'excellents résultats : « Il fut toujours un bon élève, classé souvent premier ; les professeurs aimaient beaucoup ce bon élève, calme et discret[2]. » Dans la fameuse lettre que Franz adresse à son père en 1919, il donne de ses premières expériences scolaires un tout autre son de cloche puisqu'il déclare avoir dû surmonter les obstacles que l'enseignement ne cessait pas un instant de placer devant lui : « Jamais, pensais-je, je ne réussirais en

1. « Douze ans en classe avec Franz Kafka », Hugo Hecht, in *J'ai connu Kafka*, p. 34.
2. *Ibid.*, p. 36.

première classe de l'école communale, mais j'y parvins, j'eus même un prix[1]... » Il confie à Milena Jesenská, des décennies plus tard, combien il a abhorré cette institution : « L'école, pour moi, par elle-même, était déjà un objet de terreur, et voilà que la cuisinière voulait en faire un objet d'épouvante[2]. » Et il raconte qu'il l'a suppliée, mais qu'elle l'a tiré de toutes ses forces en brisant sa résistance : « Je m'accrochais aux boiseries des magasins, je me cramponnais aux pierres d'angle, je ne voulais pas faire un pas de plus avant qu'elle ne m'eût pardonné, je la tirais en arrière par la jupe (elle n'avait pas elle non plus la tâche facile)[3]... » Il associe d'ailleurs étroitement cette figure menaçante de la domestique à ce qu'il regarde comme les méfaits causés par son éducation.

En dépit des recommandations de l'instituteur de Franz, qui conseille à ses parents de lui faire faire une cinquième année facultative, ils décident de passer outre et il se voit contraint de présenter l'examen d'entrée au collège en 1893. Il l'obtient sans difficulté. La question se pose dès lors de savoir s'il doit entrer au lycée, qui le destinerait à une carrière dans l'administration ou dans les affaires, ou dans une *Realschule*, qui dispense une formation plus pragmatique. Hermann Kafka, dans son désir d'ascension sociale, choisit de vouer son fils aux humanités classiques. C'est ainsi qu'il entre à l'Alstädter deutsches Gymnasium, plus

1. « Lettre à son père », O.C. IV, p. 867.
2. Lettre à Milena Jesenská ; O.C. IV, p. 938.
3. Cité in *Franz Kafka*, Max Brod, p. 22.

précisément au « Staatgymnasium mit deutscher Unterrichtsprache in Prag-Alstadt ». Il « passait pour le plus sévère de Prague, souligne Max Brod. Il n'était pas très fréquenté comme il y avait peu d'élèves dans les vastes classes [...]. On craignait les professeurs [1]... ». Il est installé dans le magnifique palais Kinsky, l'un des grands édifices baroques d'Anselmo Lurago construits pour le comte Goltzentre entre 1755 et 1765, dont la façade très ornée donne sur la place de la Vieille-Ville. Hugo Hecht en rappelle les dimensions énormes : « L'aile seigneuriale donnant sur la rue était absolument magnifique ; le lycée comprenait aussi en retrait de la rue des bâtiments très étendus qui incluaient deux vastes cours. C'est ici que les élèves, sous la surveillance des professeurs, se retrouvaient durant la récréation de dix heures [2]. » Il a une excellente réputation pour le niveau de son enseignement et la rigueur de sa discipline. Pendant les dix mois de l'année scolaire, on y étudie vingt-quatre heures par semaine — huit heures pour le latin pendant les trois premières années, trois pour le grec, quatre pour la grammaire allemande pour les petites classes, trois pour la géographie (c'est alors la matière préférée de l'adolescent), le reste du temps étant consacré aux mathématiques (qui le rebutent) et à la littérature. L'histoire, réduite à une seule heure, n'est enseignée que dans les grandes classes. Le tchèque n'est obligatoire que pendant les deux

1. « Douze ans en classe avec Franz Kafka », Hugo Hecht, in *J'ai connu Kafka*, p. 38.
2. *Ibid.*

premières années, comme d'ailleurs la calligraphie (caractères grecs et gothiques), une fois par semaine. Les élèves peuvent aussi suivre des cours facultatifs de tchèque, de français et d'éducation physique. Kafka s'inscrit aux trois, même si, chez lui, ses parents ont engagé une gouvernante française, Mlle Bailly, pour qu'il puisse apprendre la langue de Racine. Elle va s'employer à cette tâche pendant dix ans, non sans mal.

Là encore, l'image de lycéen modèle que nous transmet Hugo Hecht est assez éloignée de celle que Franz Kafka a de lui-même :

> Au cours des huit années qu'il passa dans ce lycée, il fut toujours un très bon élève, et reçut parfois des prix. Il avait la moyenne dans toutes les matières, sauf en mathématiques. Malgré la meilleure volonté du monde — il prit même parfois des cours particuliers —, il n'arriva pas à faire de progrès dans cette matière. Il était très bon dans toutes les matières littéraires, en langue, en littérature, en philosophie, mais il n'était plus très à l'aise dès qu'il s'agissait d'un savoir concret comme la géographie, la minéralogie, la géologie ou la physique. À force de travail et persévérance, il parvint cependant à des résultats dans ces matières [1].

Ce lycée, réputé pour être très conservateur, a ceci de particulier qu'il est constitué de professeurs autrichiens qui, en règle générale, prennent à cœur leur mission auprès de leurs élèves en majorité juifs de bonnes familles. Un autre condisciple de Kafka, un Tchèque, Zvendo Vanek, met l'accent sur ce point : « Mes camarades de classe étaient surtout

1. *Ibid.*, p. 39.

issus des riches familles juives d'industriels et de commerçants. Nous étions seulement quelques-uns d'une autre confession, ce qui nous obligeait à quitter la classe lorsque le rabbin arrivait pour le cours de religion[1]. » Klaus Wagenbach explique en quoi consiste cet enseignement religieux :

> Deux leçons par semaine. Explication de la Bible, jusqu'à la mort de Moïse. Histoire de Josué et des Juges. Chapitres choisis de l'Exode dans le texte original. L'enseignement de la religion juive — deux fois par semaine jusqu'à la classe terminale — comprenant la lecture de l'Ancien Testament (version allemande, pages choisies dans le texte), quelques extraits du Talmud et l'histoire du peuple juif[2].

À la fin de ses études secondaires, Kafka a la chance d'avoir deux excellents professeurs, Emil Gschwind, un ancien pianiste qui vit au couvent, qui possède une vaste culture classique, enseigne le latin, le grec et surtout la philosophie, et Adolf Gottwald, qui enseigne la biologie, la physique, la botanique, la zoologie, la minéralogie et l'astronomie. Ce dernier se révèle un très bon pédagogue qui sait insuffler l'amour de la science à ses élèves. Kafka y est peu réceptif. En revanche, il subit l'influence du premier. Il se passionne d'abord pour Spinoza, puis pour les théories de Charles Darwin. Il rencontre alors Hugo Bergmann, futur disciple de Franz Brentano, qui a un certain ascendant sur

1. « Souvenirs d'un camarade de classe », Zvendo Vanek, in *J'ai connu Kafka*, p. 47.
2. *Franz Kafka, les années de jeunesse*, Klaus Wagenbach, p. 38.

lui, et avec lequel il entretient des discussions animées sur des sujets austères et élevés :

C'est ainsi qu'il me souvient en tout cas d'avoir eu avec Bergmann, pendant mes années de lycée, de fréquentes discussions sur Dieu et son existence possible, discussions que je ne poussais pas très loin — il est probable que je me fatiguais déjà facilement — mais auxquelles je donnais un tour talmudique que j'avais soit trouvé spontanément en moi, soit copié sur lui. À cette époque, je m'appuyais volontiers sur un thème découvert dans une revue chrétienne — *Die Christlische Welt*, je crois — où se trouvaient confrontés une montre, le monde, l'horloger et Dieu, l'existence de l'horloger devant démontrer celle de Dieu. Selon moi, je pouvais parfaitement réfuter cela vis-à-vis de Bergmann [1]...

Bergmann confirme que Kafka a adopté cette « philosophie » : « À l'époque, Franz passait par une phase d'athéisme ou de panthéisme, et il voulut absolument me détourner de mes croyances juives [2]. » Oskar Pollak, qui, avec l'aide de Hugo Hecht, le « convertit » à l'athéisme, devient l'ami intime de Kafka. Il lui fait découvrir la revue *Der Kunstwart* et, du même coup, la pensée de Friedrich Nietzsche, qui en est le cofondateur.

Quoi qu'il en soit, Kafka ne se voit donc jamais rétrospectivement comme l'élève docile, discipliné et appliqué qu'il paraît être aux yeux de tous. Il s'en ouvre à Max Brod, qui rapporte ce curieux autodénigrement : « Plus tard, Franz m'a raconté qu'il ne s'en était tiré en mathématiques qu'"en pleurant

1. *Journaux*, 31 décembre 1911, O.C. III, pp. 207-208.
2. « À l'école et à l'université, Hugo Bergmann », in *J'ai connu Kafka*, p. 27.

lors de ses interrogations", et grâce à Hugo Bergmann qui lui permettait de copier ses devoirs[1]. » Et il semble ressentir le collège comme une épreuve presque insurmontable :

> Jamais, pensais-je, je ne réussirais en première classe de l'école communale, mais j'y parvins, j'eus même un prix ; dans ce cas, je serais certainement refusé à l'entrée du lycée, mais je fus reçu ; maintenant, j'étais sûr d'échouer en première au lycée, mais je n'échouai pas et je réussissais toujours. Cependant, je n'en tirai aucune raison de confiance ; au contraire... [...] Je voyais souvent en pensée la terrible assemblée des professeurs (le lycée n'est ici que l'exemple le plus cohérent, mais tout se passait de façon analogue autour de moi) qui, lorsque j'aurais surmonté l'épreuve de la première classe, c'est-à-dire quand je serais en seconde, puis quand j'aurais surmonté l'épreuve de celle-ci, donc quand je serais en troisième classe, se réuniraient pour examiner ce cas révoltant et découvrir comment j'avais pu, moi, le plus incapable et en tout cas le plus ignorant de tous, arriver sournoisement jusqu'à une pareille hauteur, jusqu'à cette classe qui, maintenant que l'attention générale était attirée sur moi, allait naturellement me vomir aussitôt, au milieu de l'allégresse de tous les justes délivrés de ce cauchemar[2].

Mais entre la réalité de sa scolarité et le souvenir que Kafka en a, avec la somme de peurs, d'angoisses, de frustrations qu'il en a retirées *a posteriori*, il y a bien sûr l'immense marge de l'imaginaire qui lui a suggéré la représentation calamiteuse de lui-même, comme en témoigne ce passage de son journal :

1. *Franz Kafka*, Max Brod, p. 22.
2. « Lettre à son père », O.C. IV, pp. 867-868.

Alors qu'il m'arrive parfois de croire que tout au long de mes années de lycée et même avant, j'étais capable de penser avec beaucoup de rigueur et que, si je ne puis plus en juger de façon équitable aujourd'hui, c'est uniquement parce que ma mémoire s'est affaiblie par la suite, je m'aperçois à d'autres moments que ma mauvaise mémoire ne fait que me flatter et que je me suis montré d'une très grande paresse d'esprit, du moins dans les choses insignifiantes en soi, mais lourdes de conséquences[1].

C'est dans ce doute perpétuel et ce perpétuel déni de ses qualités intellectuelles et de sa faculté de jugement qu'il faut considérer la vision qu'il conserve de ses huit années de lycée.

L'éducation de Franz Kafka ne se termine pas quand il quitte le Gymnasium : elle se poursuit chez lui. Il y a, cela va sans dire, les sempiternelles leçons de français dispensées par Mlle Bailly, qui aurait, prétend-il, tenté de le séduire quand elle lui a lu *La Sonate à Kreutzer*. Il y a aussi les fastidieuses et inutiles leçons de piano et de violon. Il ne montre aucune disposition pour la musique, comme il le confie à Felice Bauer :

Mon professeur de violon, désespérant de mon manque de mémoire musicale, préférait me faire sauter par-dessus des bâtons qu'il tenait lui-même et mes progrès en musique consistaient en ceci qu'il levait le bâton un peu plus haut d'une leçon à l'autre[2].

Mais ce dont il paraît avoir le plus souffert, c'est de la forme d'éducation la plus fondamentale et la

1. *Journaux*, 31 décembre 1911, O.C. III, p. 207
2. Cité in *Franz Kafka*, Claude David, p. 53.

plus profonde — l'éducation parentale. Quand il rédige sa longue, douloureuse et ambiguë lettre à son père, dont on ne sait trop si elle est purement autobiographique ou purement littéraire à partir de son histoire familiale, Kafka y déclare toute son aversion pour la manière dont son père l'a élevé. Sur ce chapitre, il est intarissable. Puisque son père est celui qui détient l'autorité suprême en la matière — « comme tu étais mon véritable éducateur [1] » —, il est le seul responsable de ce qu'il est devenu :

Contrairement à ce que tu penses, ton système pédagogique a touché juste ; je n'ai échappé à aucune prise ; tel que je suis, je suis (abstraction faite, bien entendu, des données fondamentales et de la façon dont la vie a agi sur moi) le résultat de ton éducation et de mon obéissance [2].

Et il entre dans le détail de cette relation qui a eu pour but de faire de lui un homme à la hauteur des ambitions du père : « Tes moyens les plus efficaces d'éducation orale, ceux du moins qui ne manquaient jamais leur effet sur moi, étaient les injures, les menaces, l'ironie, un rire méchant et — chose remarquable — tes lamentations sur toi-même [3]. » Il corrige immédiatement ces accusations en précisant qu'il ne l'a jamais injurié de façon directe. Et il ajoute : « Tu renforçais les injures par des menaces qui, elles, me concernaient bel et bien [4]. » Et d'énumérer la gamme infinie de ces menaces. De

1. « Lettre à son père », O.C. IV, p. 843.
2. *Ibid.*
3. *Ibid.*, p. 844.
4. *Ibid.*

plus, il avoue ne pas avoir pu supporter ce qu'il appelle « l'éducation par l'ironie » : « Chacune de ces questions s'accompagnait d'un rire et d'un visage courroucés[1]. » Ces pages rageuses, véhémentes, où les paradoxes abondent, s'achèvent sous une forme encore plus paradoxale quand il admet sa défaite et fait parler son père en ces termes :

> Parvenu à ce point, tu aurais donc, grâce à ta duplicité, obtenu un assez beau résultat, puisque tu as démontré trois choses : premièrement, que tu es innocent, deuxièmement, que je suis coupable, et troisièmement que, par pure générosité, tu es prêt, non seulement à me pardonner, mais encore — ce qui est à la fois plus et moins — à prouver et à croire toi-même, à l'encontre de la vérité d'ailleurs, que je suis également innocent[2].

Et l'accusateur en tire cette terrible et paradoxale conclusion : « À cela je réponds d'abord que cette objection — qu'on peut d'ailleurs retourner en partie contre toi — ne vient pas de toi, mais de moi[3]. » En sorte que ce long et dramatique réquisitoire contre le père se change en un réquisitoire contre lui-même.

Il faut lire cette lettre avec de très grandes précautions. Pour la postérité, Hermann Kafka passe pour un personnage odieux, presque monstrueux, qui, d'excès de colère en châtiments exemplaires, a consacré le plus clair de son temps à tyranniser son fils et à le terroriser, entravant ses désirs, ses aspirations et sa vocation d'écrivain, l'installant

1. *Ibid.*, p. 845.
2. *Ibid.*, p. 880.
3. *Ibid.*, p. 881.

définitivement dans un labyrinthe de complexes écrasants. L'humour grinçant du renversement de point de vue, à la fin de cette lettre, atteint un summum quand le père prend la parole, et démontre que le fils a inventé cette histoire pour justifier sa totale incapacité à affronter l'existence : « Dès lors, que t'importe d'être incapable de vivre, puisque c'est moi qui en porte la responsabilité ? Toi, cependant, tu t'étends de tout ton long et tu te laisses traîner par moi, à travers la vie, physiquement et spirituellement parlant[1]. » L'humour, à la fois cocasse et très noir, prend ici toute sa signification, car trancher le nœud gordien est impossible.

Et pourtant c'est vrai : Franz a été le pur résultat de l'éducation de Hermann. Il a eu la possibilité d'effectuer ce saut qualitatif auquel son père a tant aspiré. Mais cela s'est traduit d'une manière diamétralement opposée à ses prévisions, car le fils, qui a entre les mains toutes les cartes de la réussite sociale, dans l'esprit de ce père exigeant, n'en fait rien, décevant ainsi toutes ses expectatives. Franz fait partie d'une génération de jeunes gens qui ont été élevés avec soin et qui, pour un certain nombre d'entre eux, se sont révélés des intellectuels de talent (philosophes, juristes, journalistes, professeurs, penseurs politiques, médecins), mais peu engagés dans la vie active, pas assez en tout cas pour réaliser un grand rêve de réussite dans le monde réel. En somme, les aspirations de ces deux générations, celle du père et celle du fils, convergent parce que les enfants ont

1. *Ibid.*, p. 880.

dépassé en tout leurs parents, mais divergent parce qu'en réalisant les vœux de ces derniers ils ont perdu de vue l'objectif réel qui est le pouvoir et la richesse. L'objet de la lettre de Kafka n'est pas de décrire le caractère de son père ni sa volonté d'hypothéquer le destin du fils, mais de rendre compte d'un quiproquo absolu. Max Brod rappelle que Kafka, devenu adulte et ayant déjà esquissé son œuvre littéraire, a toujours recherché « une approbation paternelle qu'il lui était pourtant impossible d'obtenir [1] » : il lui a même dédié un de ses plus beaux récits, *Le Médecin de campagne*. Il éclaire mieux cette relation en nous apprenant que Hermann faisait preuve de la plus grande indifférence devant son ambition littéraire : « Franz citait souvent la réponse par laquelle celui-ci accueillit le livre (et où n'entrait certainement pas de mauvaise intention). Il dit seulement : “Pose-le sur la table de nuit” [2]. » Un autre jour, Franz lui offrit les *Mémoires* de Benjamin Constant. Et un autre encore, il lui lit la nouvelle intitulée « Le Soutier » qu'il écouta avec impatience et « la plus extrême répugnance [3] ».

« À côté du père, voilà la mère, s'exclame Max Brod, idéal de raison dans le désarroi de l'enfance [4]. » Kafka brosse son portrait en 1911, lui témoignant de l'affection, mais mettant pourtant en avant un de ses défauts, comme pour introduire une réserve imperceptible à son encontre :

1. *Franz Kafka*, Max Brod, p. 43.
2. *Ibid.*, p. 44.
3. *Ibid.* ou *Journal*, p. 249.
4. *Ibid.*, p. 41.

Ma mère travaille toute la journée, elle est gaie ou triste, comme cela se trouve, sans revendiquer le moindre égard pour sa propre situation, sa voix est claire, trop bruyante pour la conversation ordinaire, mais bienfaisante quand on est triste et qu'on l'entend tout d'un coup au bout d'un certain temps[1].

Franz la perçoit dans une double perspective, dans une vision à deux *foci*, comme son narrateur le dit à son père : « Ma mère était infiniment bonne pour moi, c'est vrai, mais, pour moi, tout cela se trouvait en rapport avec toi, c'est-à-dire dans un mauvais rapport. Sans le savoir, elle jouait le rôle du rabatteur à la chasse[2]. » D'un côté, l'amour maternel, indéfectible, infini, protecteur, de l'autre, l'un des piliers de ce couple solide, soudé : « [...] ma mère rétablissait l'équilibre par sa bonté, ses paroles raisonnables, [...] par son intercession, et j'étais encore une fois rejeté dans ton cercle[3]... »

C'est en définitive le cercle vicieux du lien filial qui le prend au piège ; et les prévenances de sa mère sont impuissantes à le protéger, ne faisant en définitive que resserrer les mailles du filet. Brod, qui continue à fréquenter Julie Kafka jusqu'en 1934, a laissé d'elle un bref portrait suffisant à faire comprendre à quel point Franz, enfant, a eu besoin de se réfugier auprès d'elle face à l'autorité du père : « C'était une femme douce et aimable, extrêmement intelligente, je devrais dire pleine de sagesse[4]. »

1. *Journaux*, 23 octobre 1911, O.C. III, p. 122.
2. « Lettre à son père », O.C. IV, p. 848.
3. *Ibid.*
4. *Franz Kafka*, Max Brod, p. 11.

La vie de famille

Franz Kafka, pendant toute son enfance, son adolescence et même par la suite, ne pouvant s'extirper de la matrice familiale quand il trouve un emploi, reste donc sous l'emprise de son père, emprise qui prend dans sa vie un tour cauchemardesque. Max Brod corrige néanmoins la vision négative qui transparaît dans la correspondance de son ami et dans la « Lettre à son père » : « Franz est resté toute sa vie dans l'ombre de son père, cet homme imposant au physique comme au moral — il est grand de taille et large de carrure », écrit-il, tenant cependant à ajouter : « La vénération qu'il avait pour son père était infinie, elle avait quelque chose d'héroïque et pouvait même contenir maint élément exagéré à celui dont le regard, moins passionné, n'était pas pris — et c'était mon cas — par l'atmosphère du foyer. Quoi qu'il en soit, cet exemple fut essentiel pour la formation de Franz[1]. » Bien plus tard Franz confie à Felice Bauer : « T'ai-je déjà dit que j'admire mon père[2] ? »

1. *Franz Kafka*, Max Brod, p. 11.
2. Lettre à Felice Bauer, 24 août 1913, O.C. IV, p. 470.

Il se doit en même temps de corriger cette appréciation positive en dévoilant le revers de la médaille, qui ne l'annule pas : « Qu'il est mon ennemi et moi le sien, comme notre nature le veut, cela tu le sais ; [...] mon admiration pour sa personne est peut-être encore plus grande que la peur qu'il m'inspire[1]. » Et dans la « Lettre », le fils doit admettre : « Or, tu es bien, au fond, un homme bon et tendre [...] mais tous les enfants n'ont pas la persévérance et l'audace de chercher aussi longtemps qu'il faut pour arriver à la bonté[2]. » Il doit pourtant aussi constater que ce rapport conflictuel a eu pour résultat une contradiction qui n'a pu que le paralyser, le maintenant dans un état de dépendance humiliant : « Récemment, je me suis figuré que j'ai été vaincu par mon père étant petit enfant et que l'ambition m'empêche de quitter le champ de bataille durant ces années, bien que je sois constamment vaincu[3]. »

Quant à sa mère, elle est aussi sous la domination de cet homme et apparaît presque toujours comme une figure placée dans l'ombre de son mari. Il la revoit en train de jouer aux cartes avec lui le soir, une sorte de rituel quotidien auquel elle doit se plier. Il éprouve une sorte de tristesse à assister à la dégradation de sa physionomie ; le poids des années et les affres de la maternité prolixe l'ayant accablée : « [...] ma pauvre mère qui n'a jamais eu le temps de tenir son corps en bon état, qui

1. *Ibid.*
2. « Lettre à son père », O.C. IV, p. 836.
3. *Journaux*, 2 décembre 1921, O.C. III, p. 517.

d'ailleurs n'aurait pas su comment s'y prendre et qui maintenant est bouffie et déformée par six accouchements et une vie de travail[1]... »

Franz est le seul garçon de la famille. Il a eu deux frères, le premier, Georg, né en septembre 1886, est mort de la rougeole au printemps 1887 ; le second, Heinrich, né en septembre 1887, meurt lui aussi en bas âge, victime d'une otite. Par la suite, trois sœurs vont faire leur apparition.

Gabrielle, qu'on surnomme Elli, voit le jour le 22 septembre 1889. Hermann ne va pas beaucoup l'aimer. Franz n'a pas non plus beaucoup d'affinités avec elle, mais il prend rétrospectivement sa défense dans la « Lettre à son père » :

> Elli, par exemple, avec laquelle j'ai été brouillé pendant des années. C'était pour moi une vraie fête de la méchanceté et de la joie maligne que de t'entendre lui dire presque à chaque repas quelque chose comme : « Il faut qu'elle se tienne à dix mètres de la table, cette grosse donzelle » et de te voir, plein de colère dans ton fauteuil, essayer d'imiter sans la plus légère trace de gentillesse ou de bonne humeur, en ennemi acharné, la manière exécrable selon toi dont elle se tenait à table[2].

Quand elle atteint le cap de ses vingt ans, on se hâte de la marier. Ses parents lui trouvent un fiancé convenable, sans plus, Karl Hermann, un négociant, pour lequel une dot de 30 000 florins est un argument de poids. Le mariage est célébré le 27 novembre 1910. Le couple a son premier enfant, Felix, l'année suivante. Une fille, Gerti,

1. Lettre à Felice Bauer, 25 juin 1913, O.C. IV, p. 420.
2. « Lettre à son père », O.C. IV, pp. 845-846.

complète le tableau familial en novembre 1912. Elle est donc la première à quitter le domicile des Kafka.

Valérie, familièrement appelée Valli, est née le 25 septembre 1890. C'est la plus équilibrée des trois sœurs. Elle possède des aptitudes réelles pour la rhétorique, elle s'exprime avec aisance et, jeune fille, fait preuve d'une assez bonne culture générale. Une fois sa sœur mariée, son tour vient rapidement. Ses parents, pour accélérer les choses, font même appel à une marieuse professionnelle. Franz est un peu déconcerté par l'apparition de cette personne : « En présence d'une marieuse qui est venue à midi chez nous pour l'une de mes sœurs, j'ai éprouvé un embarras qui, pour plusieurs raisons mêlées, me mettait un poids accablant sur les yeux. La femme avait une robe à laquelle l'âge, l'usure, la crasse donnaient un reflet gris clair[1]. » Et il complète son tableau par un portrait physique de cette femme qui l'a marqué au plus haut point. Un futur mari est vite débusqué. Il se nomme Josef Pollak. Ce n'est encore qu'un petit employé. Plus tard, il va fonder une fabrique de papier. Leur union est célébrée le 19 décembre 1913. Ils ont une fille, Marianne, l'année suivante.

Franz n'a pas non plus d'atomes crochus avec Valérie. Il dépeint ses deux sœurs et leur condition de femmes mariées sans la moindre complaisance, mais avec un soupçon de compassion :

1. *Journaux*, 30 octobre 1911, p. 135.

[...] il y avait ma sœur aînée, qui, il y a deux ans, était encore une jeune fille et qui, après deux accouchements, par négligence et ignorance plus que par manque de temps, a un corps dont l'aspect se rapproche déjà vraiment de celui de ma mère, et se tient là dans un corsage bizarre avec ce corps tout gonflé. Et si l'on regarde attentivement, même ma deuxième sœur se rapproche déjà de l'aînée[1].

En revanche, il se développe un lien privilégié avec la petite dernière, Ottilie, qui prend le surnom d'Ottla. Elle naît le 22 octobre 1892. Et quand il en parle à un tiers, il n'hésite pas, comme un Pâris impitoyable, à déclarer à laquelle va son affection : « [...] j'ai trois sœurs, l'une mariée, l'autre fiancée ; sans préjudice de mon amour pour les autres, la célibataire est de loin celle que je chéris le plus[2]. » Comme lui, elle éprouve très tôt un grand désir d'indépendance et sans nul doute avec plus de résolution. À dix-sept ans, elle tient à aider ses parents dans leur commerce et ne rechigne pas à la tâche. Franz est admiratif devant cette ardeur qu'elle met dans son labeur :

Ottla, elle, travaille à notre magasin, elle y est dès 7 heures et quart pour l'ouverture (mon père n'y va qu'à 8 heures et demie) et elle y reste pour déjeuner, on lui apporte son repas sur place, elle ne rentre que l'après-midi vers 4 ou 5 heures, et en saison elle reste même jusqu'à la fermeture[3].

Le problème avec Ottla est que son esprit d'indépendance la pousse à refuser de se marier. Elle

1. Lettre à Felice Bauer, 23 juin 1913, O.C. IV, pp. 420-421.
2. *Ibid.*, 1er novembre 1912, O.C. IV, p. 29.
3. *Ibid.*, 5-6 février 1913, O.C. IV, p. 276.

fréquente même en secret un jeune homme, Josef David, un Tchèque, chrétien de surcroît, à partir de 1912. Celui-ci, en dehors du fait grave qu'il n'est pas juif, appartient à un milieu relativement modeste : son père est le sacristain de l'église Saint-Étienne et arrondit ses fins de mois grâce à ses dons pour la calligraphie. Josef David est employé à la caisse d'épargne municipale, bien qu'il ait fait des études supérieures. Il est appelé sous les drapeaux en avril 1915. L'année suivante, pour pouvoir le retrouver lors des permissions, Ottla loue une de ces petites maisons à Hradcany, dans la ruelle d'Or, où auraient vécu les alchimistes de la cour de l'extravagant Rodolphe II et, plus vraisemblablement, où auraient travaillé les batteurs d'or venus se réfugier dans des baraques en bois construites sur ces hauteurs après l'incendie du quartier de Malá Strana en 1541. C'est d'ailleurs ainsi qu'elle va fournir la possibilité à son frère de venir travailler en toute quiétude dans ce quartier désert le soir. En 1917, elle se confie à Josef David qui est sur le front, elle ne cache pas son désir de quitter sa famille et d'échapper aux projets de son père : « Je voudrais que mon père ait plus de considération pour moi[1]. » En fait, elle s'organise pour partir. Elle tente de trouver une école d'agriculture où les jeunes filles puissent être admises. Elle songe même un moment à émigrer en Palestine. En fin de compte, elle prend sur elle d'administrer une ferme appartenant à un membre éloigné de la famille,

1. *La Famille Kafka de Prague*, Ana Wagnerová, p. 202.

Hugo Hermann à Zürau (aujourd'hui Sirem), au fin fond de la Bohême occidentale. Quand son fiancé caché est démobilisé à la fin de 1918, elle doit bien avouer à ses parents cette liaison, qui est loin de les enchanter. Mais ils finissent par accepter la situation et par recevoir le prétendant. Il leur fait bonne impression, mais ils font tout de même observer à Ottla qu'il est regrettable de ne pouvoir discuter avec lui en allemand. Ottla cherche alors une place dans une propriété agricole, en vain. De guerre lasse, la famille décide de lui acheter un petit domaine dans la forêt de Bohême. Pendant ce temps, Josef David s'efforce avec courage de terminer ses études de droit afin d'obtenir un doctorat. Ottla reprend elle aussi ses études et passe ses derniers examens au printemps 1919. Ils se marient le 15 juillet 1920. Mais ce ne sera pas un mariage très heureux. Ottla ne peut que se féliciter que l'amour fraternel de Franz ne se démente jamais.

Avec la venue au monde de toutes ces filles arrive une nouvelle gouvernante, le 1er octobre 1902, Anna Pouzarová. Elle a connu Hermann Kafka à Stakonice. Elle est exclusivement chargée de s'occuper des trois sœurs. C'est elle qui conduit Valli à l'école privée de Schönborn et les deux autres à l'école municipale de la rue des Bouchers (aujourd'hui Masne Ulice). Dans ses souvenirs, elle raconte que ces « jeunes filles étaient très gentilles, elles travaillaient sérieusement [1] ». En dehors de

1. « J'ai été la gouvernante de la famille Kafka », Anna Pouzarová, in *J'ai connu Kafka*, p. 69.

cela, elle doit aussi préparer le petit déjeuner de Franz. Il y a alors chez les Kafka une cuisinière, Fanny, une belle femme dans la trentaine. Franz semble avoir entretenu d'excellentes relations avec ces domestiques. Et la vieille dame tient à mettre l'accent sur ce fait :

> Quand Franz venait nous rejoindre à la cuisine, il était toujours très gentil avec la cuisinière et moi. Ce n'était pas un jeune homme qui riait facilement et il n'aimait pas beaucoup papoter. Même son regard, lorsqu'il était joyeux, avait encore quelque chose de sérieux. Il nous demandait comment nous allions et si nous avions beaucoup de travail. Fanny se plaignait parfois parce que M. Kafka lui avait passé un savon. Franz se contentait de hocher la tête, mais, par ce seul geste, il se montrait envers le personnel de maison plus compréhensif que les autres membres de la famille[1].

Elles ont été pour lui, d'une certaine façon, une famille parallèle.

Et, en dépit de la solitude relative qu'il éprouve, ne serait-ce qu'à cause du fait qu'enfant il ne pouvait pas jouer avec ses sœurs, leur différence d'âge étant trop grande, la vie de famille n'a pas été toujours aussi sombre qu'il a tendance à le faire croire, comme si la domination sans partage du père avait jeté une ombre pesante sur tout. En sa qualité d'aîné, il exerce un ascendant sur ses sœurs, qui semblent d'ailleurs lui obéir avec docilité. Pour l'anniversaire de ses parents, il écrit de petites pièces de théâtre qu'il met en scène, mais où il ne joue pas. Ce sont ses sœurs qui en sont les héroïnes.

1. *Ibid.*, p. 74.

La gouvernante, qui y prend part elle aussi, y fait allusion :

> C'était l'anniversaire de Mme Kafka et, selon l'expression de ses sœurs, Franz écrivit un premier projet de pièce. Le point culminant de l'œuvre était une scène de compliment. Les jeunes filles et moi, nous devions jouer à partir d'un texte écrit au préalable par Franz. Nous répétions à plusieurs reprises, nous devions savoir le texte par cœur[1].

Ces spectacles enfantins, auxquels assiste parfois l'oncle Richard Löwy, s'intitulent *Georges de Podiebsad*, *Le Jongleur*, *Des photographies qui parlent*. Par la suite, il choisit des saynètes dramatiques de Hans Sachs. Et la gouvernante poursuit le récit de ces événements :

> Arrive le jour de la première. Le public prit place au salon, la scène occupant tout l'espace de la salle à manger, et la porte de communication avait été transformée en rideau de scène. [...] Je crois que notre entrée en scène fut très réussie et que nous avons bien joué. Les jeunes filles m'avaient collé sur le nez une paire de lunettes afin que sur « scène » je donne l'air d'une femme instruite[2].

En 1903, dans une lettre envoyée à son ami Oskar Pollak, Kafka fait une discrète allusion à ces pièces minuscules : « Il n'y manquera rien que les choses de l'enfance[3]. » En outre, son autorité sur ses trois cadettes ne se limite pas aux fêtes familiales. Il insiste pour qu'elles aient une certaine

1. *Ibid.*, p. 79.
2. *Ibid.*, p. 80.
3. Lettre à Oskar Pollak, 6 septembre 1903, O.C. III, p. 565.

hygiène de vie et les oblige à faire de la gymnastique régulièrement comme le rappelle la gouvernante : « Quand il ne faisait pas trop froid, les jeunes filles s'étendaient toutes nues sur le tapis, et y faisaient les exercices de respiration que Franz exigeait d'elles de temps en temps[1]. » Déjà pointe chez lui ce penchant pour la vie sportive et saine dont il va être un adepte convaincu. Toujours sous sa tutelle, les filles devaient également nager, ramer et faire du patin à glace. Enfin, il tient beaucoup à ce qu'elles apprennent à lire et à parler le tchèque comme lui auprès de leur gouvernante, qui leur lit des passages du célèbre roman de Božena Némcová, *Babicka* (*Grand-mère*), que Franz aime pardessus tout (et qu'il continue à aimer une fois adulte). Sans doute veut-il alors se montrer à la hauteur de son père, investi des mêmes pouvoirs et menant son petit monde féminin à la baguette.

1. « J'ai été la gouvernante de la famille Kafka », Anna Pouzarová, in *J'ai connu Kafka*, p. 72.

Les années de l'université, ou le début d'une double vie

En juillet 1901, Franz Kafka et vingt-deux de ses camarades de classe reçoivent le *Reifenzeugnis*, la *maturitat*, qui est le sésame permettant d'accéder à l'université. Il n'a aucune mention. Mais l'essentiel est fait : franchir cet obstacle qui lui avait paru infranchissable. Il doit maintenant choisir sa voie. Sa pente naturelle aurait été de s'inscrire en philosophie à l'université Ferdinand-Karl. Cela va sans dire : son père trouve cette hypothèse « sans ressources ». Et il considère franchement *meshugge* l'idée d'opter pour une discipline qui ne mène à rien de pratique ou presque. Sans doute s'est-il même évertué à convaincre *Herr Sohn*, « monsieur mon fils », d'y renoncer. Après quelques semaines de vacances, Kafka se plie à sa volonté, sans d'ailleurs beaucoup de discussions, ne faisant que se rendre à la raison. Si curieux que cela puisse sembler, il finit par s'inscrire en chimie. Peut-être a-t-il voulu ne pas se séparer de ses deux amis, Oskar Pollak et Hugo Bergmann. Ce dernier avance une explication à ce choix pour le moins inattendu :

Les premiers pas de nos études universitaires, nous les avons faits ensemble. À cette époque, la situation était telle que si un Juif, ayant terminé ses études universitaires, refusait de se faire baptiser pour devenir fonctionnaire du gouvernement, il n'avait d'autre choix que la médecine ou le droit, les deux professions qui permettaient de travailler à son compte. Comme ces deux voies ne nous intéressaient pas, nous avons dû chercher ailleurs, et on nous conseilla d'étudier la chimie, car il semblait qu'il y eût des possibilités d'emploi pour les Juifs dans l'industrie chimique. Voilà pourquoi nous sommes allés tous les deux à l'institut de chimie de l'université allemande de Prague, dirigé par un Juif converti, le professeur Goldschmied[1].

Bergmann et Kafka se rendent vite compte qu'ils ne sont pas faits pour cette discipline. Bergmann va tout de même jusqu'au bout de sa première année, puis il se tourne vers les mathématiques, la physique et la philosophie. Quant à Kafka, il ne tient pas plus de quinze jours. Il opte finalement pour le droit. Et là, dans la « Lettre », il disculpe complètement son père, puisqu'il se serait abstenu de lui imposer quoi que ce soit : « Avec les vues larges et même la patience que tu avais dans cet ordre d'idées, tu m'as laissé entièrement libre. Il est vrai qu'en cela, tu te conformais au comportement général — déterminant pour toi — de la petite bourgeoisie juive à l'égard de ses fils[2]... » Il poursuit en précisant qu'il n'était déjà plus en mesure de jouir d'une telle liberté. Et de conclure : « Il ne pouvait donc y avoir aucune liberté véritable pour

1. « À l'école et à l'université », Hugo Bergmann, in *J'ai connu Kafka*, pp. 23-24.
2. « Lettre à son père », O.C. IV, p. 865.

moi dans le choix d'une profession[1]. » Mais il s'agit d'une liberté sous haute surveillance car le choix laissé aux Juifs à l'époque est assez réduit et, pour éviter un conflit grave avec son géniteur, il opte pour une solution qui ne lui plaît pas : « [...] il s'agit donc de trouver la profession qui, sans blesser par trop mon amour-propre, autorisera le mieux mon indifférence. Ainsi, les études de droit allaient de soi[2]. »

Il s'inscrit donc à la faculté de droit au second semestre. Il doit assimiler les principes fondamentaux des jurisprudences romaine et allemande. Mais l'histoire du droit l'ennuie. Au bout de ces six premiers mois, il ressent une lassitude profonde. Il est hermétique aux leçons sur les droits romain, allemand et autrichien du professeur Pfaff, ainsi qu'aux cours de droit canonique du professeur Singer, tout cela à raison de vingt heures par semaine. Pendant l'été 1902, il va tenter quelque échappatoire. Il décide en premier lieu de suivre les cours de germanistique et d'histoire de l'art. C'est ainsi qu'au mois d'août il s'initie à la littérature allemande et surtout à la poésie sous la direction de Hartmann von Aue, et à la syntaxe du haut allemand moderne avec des exercices de style et le commentaire des lettres de Gestenberg, un grand critique du XVIIIe siècle, sur les caractéristiques de la langue allemande. Son professeur dans cette discipline, August Sauer, est une sommité. Il dirige depuis l'automne 1901 la revue *Deutsche Arbeit*, qui a pour mission

1. *Ibid*, p. 868.
2. *Ibid*.

déclarée de mettre en valeur les accomplissements culturels des Allemands de Bohême. En dépit du caractère rébarbatif de ce programme et de son nationalisme pangermanique exacerbé, Kafka découvre grâce à lui Hebbel, Stifter et Grillparzer. Quant à l'histoire de l'art, il étudie la statuaire chrétienne et la peinture hollandaise. La visite du bon oncle maternel, Alfred Löwy, qui est un brillant homme d'affaires, lui fait miroiter quelque espérance. Il s'est hissé au rang de directeur général des chemins de fer espagnols au gré d'une carrière tourmentée. Franz Kafka écrit à son ami Oskar Pollak :

> C'est à cause de lui que je suis à Prague. Peu avant son arrivée, j'ai conçu l'idée bizarre, très bizarre malheureusement, de la prier [...] de trouver un moyen de m'aider dans ces sortes de choses, de me guider quelque part où je pourrais mettre la main à la pâte[1].

Mais l'oncle de Madrid, qui a la nationalité française depuis 1890 et sera fait officier de la Légion d'honneur en 1905, reste évasif, s'interrogeant sur son éventuel départ de son poste en Espagne. Il ne peut donc pas venir en aide à son neveu, ne sachant pas lui-même ce que le lendemain lui réserve. Cet homme haut en couleur ne cesse pourtant de le fasciner, de l'amuser et de le faire rêver. Il en fait un portrait à main levée dix ans plus tard : « Mon oncle d'Espagne. La coupe de sa veste. L'influence de son voisinage. Les détails de sa personnalité. — Sa manière de traverser l'antichambre pour se

1. Lettre à Oskar Pollak, O.C. III, p. 560.

rendre aux W.-C. Il ne répond pas si on lui adresse la parole à ce moment-là [1]. » En somme, cette timide tentative pour échapper au cours inexorable de ses études a échoué. Mais il cherche toujours une issue. À la fin de l'été, il part pour Munich, vraisemblablement à l'instigation d'un de ses amis, Paul Kisch, frère du journaliste et écrivain Egon Erwin Kisch, et peut-être même avec lui. Son but ? Y étudier la germanistique en terre allemande. C'est de nouveau un fiasco. Il n'y reste d'ailleurs qu'une semaine, et demeure très laconique sur cette escapade.

Aussi reprend-il ses études le troisième semestre comme si de rien n'était. Cette seconde année comprend des cours juridiques — droit privé, droit commercial et de change, procédure civile, droit pénal, instruction criminelle, ainsi que du droit administratif, général et autrichien, des sciences économiques et politiques, de la législation financière, des cours d'histoire et de philosophie du droit, enfin, de la statistique générale autrichienne. Ce fardeau ne l'empêche pas de suivre d'autres cours, en philosophie, à la faculté. Il est alors sous la coupe de professeurs qui en imposent, comme Horace Krasnopolski, le juriste le plus considéré de son temps, aussi pompeux que fastidieux, ou comme le conseiller aulique Josef Ulbrich, recteur de l'université et coauteur du *Dictionnaire national autrichien des termes administratifs*, que son camarade Guido Kisch décrit « avec son visage exsangue et blafard éternellement mal rasé, habillé

1. *Journaux*, 4 septembre 1912, O.C. III, p. 289.

avec soin, la tête penchée et ne levant jamais les yeux, qu'il gardait rivés sur son bureau[1] ». Et il ne faut pas oublier Anton Rintelen, qui, lui, enseigne le droit civil et qui est un grand spécialiste des procédures du tribunal (le seul à la fois jeune et dynamique), ni Ludwig Spiegel, qui a toutes les apparences d'un rabbin.

Le 18 juillet 1903, Kafka passe son premier examen d'histoire du droit sans trop de problèmes. Il s'en sort avec trois voix sur quatre, tout juste « satisfaisant ». Dans « Lettre à son père », il met l'accent sur les affres accompagnant les révisions qu'il a dû souffrir en vue de cette épreuve : « [...] pendant les quelques mois qui précédaient les examens, je me suis nourri spirituellement d'une sciure de bois que, pour comble, des milliers de bouches avaient déjà mâchée pour moi[2]. » Épuisé par cette épreuve, il passe deux semaines à la maison de repos du Cerf Blanc aux environs de Dresde. Et pourtant, les examens vont s'enchaîner à un rythme exténuant. Le 16 mars 1906, il doit encore passer celui de droit national et international. Alors qu'il le prépare, il écrit, un peu embarrassé, à Max Brod :

> Je ne pourrai pas aller à l'exposition ni demain ni plus tard. C'est que j'ai fait une sottise en me présentant trop tôt, alors que mes connaissances sont plus qu'insuffisantes. Ce serait un peu osé, donc très joli, s'il ne me fallait pas toujours penser au certificat médical que je me ferai bientôt établir pour pouvoir me retirer[3]...

1. *Franz Kafka ou Le cauchemar de la raison*, Ernst Pawel, p. 128.
2. « Lettre à son père », O.C. IV, p. 869.
3. Lettre à Max Brod, 19 février 1906, O.C. III, p. 582.

Grâce à son abnégation, il obtient encore une fois un résultat « satisfaisant » avec trois voix sur cinq en sa faveur. Et reste toutefois l'examen final, qui est surnommé la *Rigorosa*, qui concerne les droits romain et allemand (« du superflu pour du superflu », soupire-t-il). Le 13 juin, il obtient une mention satisfaisante à l'unanimité. Cinq jours plus tard, il est officiellement docteur en droit.

Au printemps 1906, Kafka a déjà commencé une période probatoire dans le cabinet de son oncle *sis* dans l'Alstädter Ring (place de la Vieille-Ville). Pourquoi cet empressement ? Kafka anticipe cette question en des termes sans équivoque : « pour ne pas perdre de temps car, dès le début, j'avais l'intention de quitter la profession d'avocat[1] ». Cette fois, la boucle est définitivement bouclée. Mais il doit néanmoins faire un stage obligatoire d'un an auprès du tribunal de la ville. Pour avoir accès à une carrière dans l'administration, les diplômés en droit doivent faire ce stage dans un tribunal civil, puis un autre au tribunal correctionnel. Il caresse vaguement l'idée d'aller étudier l'année suivante à l'Export Akademie de Vienne et y renonce presque aussitôt.

Toutes ces années éprouvantes, scandées par cette laborieuse ascension pour obtenir cette distinction universitaire qu'il n'a conquise que comme l'accomplissement d'un devoir, Franz Kafka les a heureusement mises à profit dans bien d'autres

1. In *Franz Kafka, les années de jeunesse*, Klaus Wagenbach, pp. 122-123.

domaines. Et sa découverte des fruits défendus de la culture, qui lui sont refusés dans l'orbe de ces études rébarbatives, il la doit d'abord à d'anciens camarades de lycée et des nouveaux amis qu'il a pu se faire à l'université.

Paul Kisch va être l'un des premiers collégiens proches de lui à échapper à ses origines en adhérant à une corporation d'étudiants dite « à couleurs », c'est-à-dire un cercle nationaliste ultra-conservateur dont les membres arborent sur leurs casquettes les couleurs distinctives. Il écrit alors un essai explicite, « Hebbel et les Tchèques ». Kafka ne partage pas son pangermanisme, mais a le même goût pour la tradition littéraire allemande. Kisch va par la suite s'installer à Vienne et travailler au journal *Neue Freie Presse*. Quant à Rudolf Illový, il introduit Kafka aux idées socialistes. Plus tard, il le dépeint comme un homme paisible, modeste à l'excès. Ensuite, il le perd de vue. Il part en effet lui aussi pour Vienne en 1898 et y travaille à la rédaction de la *Neue Freie Presse*. Autre ami du lycée, Ewald Felix Přibram, qui a lui aussi eu le courage de rompre avec son univers familier. Emil Utitz le tient en haute estime et le respecte, comme la plupart des collégiens, parce qu'il avait osé quitter la communauté religieuse sans pourtant se convertir au christianisme.

De tous ces jeunes gens avec lesquels il a eu une relation suivie au lycée, Kafka ne continue plus à fréquenter, un certain temps, qu'Emil Utitz et Hugo Bergmann. Utitz deviendra plus tard professeur à Halle et à Prague avant d'être déporté à

Theresienstadt et d'en réchapper par miracle. Bergmann, qui a publié à l'âge de dix-huit ans sous le pseudonyme d'Ernst Limé un recueil de poésie intitulé *Des ultimes énigmes de la vie,* va se faire une nouvelle vie en RDA après avoir milité dans les rangs communistes. Bergmann, lui, est très tôt un fervent partisan du sionisme : il va d'ailleurs émigrer en Palestine en 1920 où il deviendra professeur à l'université hébraïque de Jérusalem. Kafka fait allusion à son engagement et aux conversations passionnées qu'il a eues avec lui : « Je me souviens d'avoir souvent discuté avec Bergmann du temps de nos études, de Dieu sur un ton talmudique, [...] tantôt trouvé spontanément, tantôt copié sur le sien [1]. » En 1899, leur amitié s'étiole déjà. Kafka ne va le revoir qu'une seule fois après l'université, lorsqu'il viendra à Prague faire une conférence sur le sionisme en 1923 ; à la fin il ira le voir pour lui dire avec effusion : « C'est pour moi que tu as fait cet exposé [2]. »

Sous leur double influence, il rejoint le cercle très fermé de Franz Brentano. Celui-ci jouit alors d'une grande réputation à Prague et même au-delà. Ce n'est pas un personnage banal. Ancien moine dominicain, il s'est défroqué pour pouvoir se marier. Ayant perdu sa chaire à l'université, il a dû s'exiler à Florence tant le scandale a été retentissant. En sorte que le brentanisme se développe et fait des adeptes en son absence. Franz Kafka est

1. *Journaux*, O.C. III, p. 207.
2. « À l'école et à l'université, Hugo Bergmann », in *J'ai connu Kafka*, p. 29.

initié à ce culte pendant l'été 1902 alors qu'il suit les cours privés d'Anton Marty, un disciple de Brentano qui publiera six ans plus tard un essai, *Recherches pour le fondement de la grammaire et de la philologie générale* — sujet qui ne saurait laisser Kafka indifférent. Emil Utitz, qui prétend alors élaborer une esthétique strictement brentaniste, y assiste aussi :

Tous les jours, de midi à treize heures, Marty lisait ses cours : d'une voix lente et basse, renonçant à tout ornement rhétorique. C'était un pédagogue de premier ordre. Au séminaire, il ne laissait passer aucune remarque sans l'examiner à fond. Les auditeurs prirent peu à peu l'habitude de peser leurs mots : l'air frais et pur de cette science non dénaturée donnait ses lettres de noblesse à ces heures inoubliables... Il était timide et craintif[1].

Il semblerait que Kafka a continué à suivre ces cours jusqu'en 1905 et qu'il aurait échoué à l'examen proposé. Mais Max Brod, qui a fréquenté les leçons données par ce « vieux monsieur respectable », n'y a jamais croisé Kafka...

Un autre haut lieu du brentanisme triomphant est le café Louvre, situé au n° 20 de la Ferdinandstrasse (aujourd'hui Nàrodni). Brod, qui est aussi un des jeunes membres admis dans ce cercle savant, a narré dans son autobiographie en quoi il a consisté :

À Prague, au « café Louvre » [...], un cénacle de philosophie se réunissait tous les quinze jours, aux heures de la soirée, dans

1. In *Franz Kafka, les années de jeunesse*, Klaus Wagenbach, p. 99.

une pièce tranquille à part, donnant sur la cour. C'était à proprement parler une dépendance de l'Université allemande, où la doctrine de Franz Brentano résonnait d'un pouvoir presque illimité. Un penseur d'une réelle originalité comme le professeur Christian van Ehrenfels, qui se considérait, sans doute, comme l'élève de Brentano, mais en avait développé les idées d'une manière indépendante, était complètement isolé à la faculté des lettres de Prague. Ehrenfels acquit une importance mondiale comme fondateur de la *Gestalttheorie* qui, aujourd'hui, a une valeur presque universelle, mais on oublie, il est vrai, très souvent de mentionner son nom comme celui du véritable auteur de cette découverte[1].

Et Brod, qui ne se souvient plus comment il a été introduit dans ce milieu, explique en quoi, tout au moins au début, il l'a transporté d'enthousiasme : « Ce qui était beau dans ce cercle, c'est qu'il ne s'y attachait pas la moindre trace d'esprit partisan, d'association, qu'on avait le sentiment qu'on était là uniquement au service de la vérité pure de la recherche[2]... » Il en conserve le souvenir ému d'une libre confrontation d'opinions contrastées sans que des oppositions parfois fondamentales provoquent un conflit ou une rupture. Cela est si vrai que même les étudiants présents peuvent prendre la parole au milieu d'une assemblée constituée essentiellement d'éminents professeurs tels que Eisenmeyer, un psychologue, Alfred Kastil, le grand ennemi du modernisme sous toutes ses formes, Oskar Kraus, connu pour sa *Meyeriade* et qui s'occupera de l'édition posthume des œuvres de Brentano, Anton

1. *Une vie combative*, Max Brod, p. 191.
2. *Ibid.*, p. 195.

Marty, qui est rarement présent car il est âgé et de santé fragile, ne se déplaçant guère que pour enseigner au Clementinum, le docteur Max Lederer, Leopold Pollak, Mme Berta Fanta et sa sœur, Ida Freund enfin, qui sont parmi les premières femmes admises à l'université. Max Brod y fait un exposé sur « l'évidence morale », en fait contre celle-ci, « en faisant ressortir le critère schopenhaurien que tout principe moral repose sur la pitié[1] ». L'exposé rencontre une froide désapprobation mais a pour conséquence un débat qui se prolonge durant deux autres soirées…

Pourquoi Franz Brentano a-t-il une telle aura à Prague ? Au début, Kafka lui voue une grande admiration parce qu'il a réfuté avec éclat la psycho-physique de Fechner, un système pour mesurer les sensations dont il a été abreuvé et qui l'a tant ennuyé au lycée. De nos jours, une théorie de ce genre ferait rire mais, à l'époque, elle est prise très au sérieux. De plus, Brentano est un féroce adversaire d'Emmanuel Kant et avance une théorie des phénomènes psychiques dérivée des utilitaristes anglais, Locke, Leibniz, Bentham entre autres. L'un de ses élèves les plus illustres est Husserl, fondateur de la phénoménologie, qu'il a découverte à partir de l'enseignement de Brentano, dont il s'est cependant vite éloigné. Brod propose une filiation ultérieure avec Scheler et Heidegger. Mais il n'est pas alors question de dériver de la *doxa* que représente les *Quatre phases de la philosophie et de leur état*

1. *Ibid.*, p. 196.

actuel. Brentano a une conception singulière de la morale qui repose sur une théorie de la langue :

Un plus ample usage de la langue permet au demeurant d'appeler « meilleur » ce qui est bon, face à ce qui est mauvais ou simplement indifférent, et même ce qui est mauvais à la différence de ce qui est pire encore... comment reconnaître si une chose est réellement meilleure ? En présumant la simple connaissance du bien et du mal, nous semblons puiser cette idée dans certains actes de la préférence portant les signes distinctifs de l'exactitude[1].

Tout cet édifice spéculatif repose sur une division des phénomènes psychiques en trois catégories — les images, les jugements et les élans du cœur —, étant entendu que le seul jugement peut décider d'un comportement moral estimé juste. C'est là une des questions les plus souvent débattues au café Louvre.

Difficile de savoir ce que Kafka a pu tirer de ces grandes discussions. Une seule chose est certaine : il a conservé un authentique intérêt pour les travaux de Franz Brentano puisque, dix ans plus tard, il demande à Gustav Janouch de lui prêter *La Leçon de Jésus* qui est en sa possession. Mais il ne parle plus de Brentano avec Max Brod. Ce dernier, réfutant la thèse de Klaus Wagenbach selon laquelle le brentanisme aurait exercé une influence profonde et durable sur Kafka, croit plutôt qu'il faut rattacher ses premiers écrits à la lecture de Søren Kierkegaard et de Henrik Ibsen. Dans sa *Vie*

1. In *Franz Kafka, les années de jeunesse*, Klaus Wagenbach, pp. 104-105.

combative, il souligne même que son ami ne venait que rarement aux réunions des brentanistes :

> Au cénacle du Louvre, Kafka [...] avait déjà été introduit avant moi. À l'époque où je prenais part aux séances, son intérêt pour des débats philosophiques abstraits était déjà complètement éteint. Il allait à contrecœur au café Louvre, je devais formellement le déterminer à y faire une visite par tous mes talents de persuasion[1].

En 1906, année où il se met à déserter les réunions du Louvre, Kafka fréquente de manière irrégulière le cercle de Mme Berta Fanta, la femme d'un riche pharmacien, Otto Fanta, demeurant dans la maison dite « À la Licorne », dont le magasin a conservé le charme désuet d'un style Restauration. Brod décrit la maîtresse de maison comme une femme « d'une grande noblesse de pensée et qui s'intéressait de la façon la plus fervente à la philosophie[2] ». Pour l'essentiel, les personnes qu'elle invite chez elle, lors de « soirées kantiennes » où l'on discute aussi bien de la *Doctrine de la science* de Fichte que de la *Phénoménologie de l'esprit* de Hegel, sont les mêmes que celles qui hantent le café Louvre. Mais le cercle de ses relations ne cesse de s'élargir et son salon ne tarde pas à être l'un des centres les plus intéressants de Prague. Albert Einstein y viendra après guerre quand il enseignera à Prague : « Einstein nous fit une fois le plaisir d'interpréter une sonate de Mozart pour violon, tandis

1. *Une vie combative*, Max Brod, p. 198.
2. *Ibid.*

que je me chargeais du piano[1] », écrit Max Brod. Le professeur Gerhard Kowalski y a fait une conférence sur la théorie des quantités (« les nombres transfinis de Cantor »). On y parle aussi bien de sciences, de psychanalyse et de la théorie de la relativité. On y croise le gynécologue et poète Hugo Salus et le compositeur Otto Klemperer. En dehors de Brod, d'autres connaissances de Kafka s'y rendent, comme Hugo Bergmann et Felix Weltsch. Kafka semble avoir continuer à se rendre chez Mme Fanta jusqu'en 1914, mais avec de plus en plus de réticence, ce qu'indique un billet envoyé à Brod : « Demain, chez Fanta, je n'irai guère, je n'aime pas y aller[2]. » Comme toujours, bien des légendes ont été formulées *post mortem* quand Kafka a été universellement reconnu. Brod rapporte l'une d'elles qui a trait à ces soirées :

> Else Bergmann [la fille de Berta Fanta] relate, dans sa chronique familiale, que Kafka avait composé chez sa mère, pour une soirée de carnaval, une parodie des *Maîtres chanteurs* qui renfermait des allusions satiriques au cercle des Brentanistes. Eh bien, cette parodie est de moi : elle est sans doute la chose la plus sotte que j'aie jamais écrite [...]. La saynète devait être représentée en improvisant dans le style d'une *commedia dell'arte*[3].

Comment d'ailleurs Kafka aurait-il pu penser ce genre de chose, lui qui n'entendait rien à la musique ?

1. *Ibid.*, p. 200.
2. Lettre à Max Brod, 6 février 1914, O.C. III, p. 726.
3. *Une vie combative*, Max Brod, p. 199.

Dans son initiation à la philosophie, Franz Kafka révèle une curiosité immense, profonde, pour des questions qui sont souvent hors de sa portée ou qui ne le concernent que de loin. Et il fait déjà preuve d'une relative « absence », ou plutôt d'un désir d'écouter, de contempler avec distance les idées qui animent ses contemporains, sans jamais y prendre part directement et en évitant d'afficher ses propres convictions. En somme, en y faisant des apparitions fantomatiques.

Deux amitiés à l'enseigne de la littérature

Durant ses premières années passées à la faculté de droit, Franz Kafka perd de vue la majorité de ses amis de lycée. Pour la simple et bonne raison que rien ne le liait véritablement à eux. Un seul élève a vraiment compté pour lui, Oskar Pollak, lequel, déjà au Gymnasium, faisait preuve d'une plus grande maturité que lui. Passionné par les théories de Darwin, que leur enseignait le professeur Gottwald, il les avait adoptées et mettait tout en œuvre pour convertir Kafka. « Mais, je suppose qu'il en sait un peu plus [sur la sexualité], vers la première, surtout que le garçon le plus proche de lui à cette époque était Oskar Pollak, un des plus mûrs » [1], affirme Hugo Hecht qui se souvient que Pollak avait préparé un exposé sur les thèses génériques de Häckel. Hugo Bergmann le décrit comme un être débordant de vitalité, jusque dans sa façon de parler. « Il avait de l'avance sur nous tous, se passionnait pour l'histoire et l'art, les sciences naturelles et la philosophie hindoue [2]. »

1. « Douze ans en classe avec Franz Kafka », Hugo Hecht, in *J'ai connu Kafka*, p. 40.
2. *Franz Kafka, les années de jeunesse*, Klaus Wagenbach p. 56.

C'est lui qui fait découvrir à Kafka la revue *Der Kunstwart*. Revue bimensuelle de poésie, de musique, de beaux-arts et d'art appliqués, elle est dirigée par Ferdinand Avenarius depuis octobre 1887. Friedrich Nietzsche en a été le cofondateur. Kafka s'y abonne en 1900 ou au début de 1901 et continue à la lire jusqu'en 1909. Elle s'est donné pour objectif de défendre la « pureté du style allemand », mêlant nationalisme et une conception relativement conservatrice des arts de l'époque. On y lit des écrits de Georg de Ompteau et de Cesar Flaischen, on y voit des reproductions d'œuvres des artistes Karl Harder et Ludwig von Hoffmann. Mais on peut aussi y découvrir des textes de Liliencron, de Spitteler, de Dehmel et des œuvres de Marées, de Puvis de Chavannes et de Ferdinand Hodler. Plus important encore, Kafka rencontre, pour la première fois sans doute, les noms de Stefan Georg, Hugo von Hofmannsthal et y retrouve Friedrich Hebbel.

Oskar Pollak est profondément marqué par l'esprit de cette publication comme le prouve un article paru en septembre 1907, qui traite de « L'ancienne et la nouvelle beauté de Prague », où il dénonce, sans nuance, toute « l'horreur de cette gamme de styles à partir du grec ». En ce qui concerne Kafka, la question est plus délicate. Mais, comme le fait remarquer, non sans fondement, Klaus Wagenbach, certaines idées défendues par *Der Kunstwart* peuvent avoir eu à ses yeux un certain poids. Comme ce qu'a écrit Paul Schulze-Naumburg en 1899 : qu'un artiste doit avoir pour devise de « ne se donner qu'une seule idée claire et bien construite plutôt que dix qui le seraient moins[1] » ; ou ce qu'a déclaré Avenarius : « Il faut creuser plus profond et bâtir plus solide dans le *fond*, c'est-à-dire donc la vie réelle. » Sans nul doute, ces injonctions répondent-elles aux préoccupations du jeune écrivain qui n'a alors produit que des essais littéraires.

Pollak lui fait connaître une autre revue en 1903, *Die Neue Rundschau*, qui est d'un esprit plus large et qui s'insurge contre les académismes. Quand Kafka écrit pour la première fois à Oskar Pollak, il scelle son amitié avec lui en lui rappelant qu'elle ne date pas d'hier : « Cela fait trois ans que nous parlons, on en vient pour bien des choses à ne plus distinguer le tien du mien. Souvent je ne pourrais pas dire si quelque chose est de moi ou de toi, peut-être cela t'arrive-t-il aussi[2]. » Citons aussi cette autre lettre, qui n'est pas une déclaration d'amour, mais plus précisément la confirmation d'une complicité ou d'une entente *par défaut* — signe d'une entente profonde, mais aussi d'un manque et d'un frein :

Sans fioritures morales ni grains de beauté : quand nous parlons ensemble, nous sommes gênés par des choses que nous voulons dire et ne pouvons dire tout de go, mais que nous proférons de telle sorte que nous nous comprenons de travers ou faisons la sourde oreille — là où même nous nous moquons l'un de l'autre [...] ; comme nous refaisons continuellement l'essai et que jamais il ne réussit, nous finissons par être fatigués,

1. *Ibid.*, p. 99.
2. Lettre à Oskar Pollak, 2 février 1902, O.C. III, p. 557.

mécontents, rétifs. Si nous essayions d'écrire la chose nous serions plus légers que lorsque nous en parlons[1]...

Dans les lettres suivantes, Kafka se révèle léger, enjoué. Il se sent libre de dire les choses telles qu'elles lui passent par la tête, sans la moindre retenue. Il ose même (et il faut imaginer ce que cela a dû lui coûter) aider Pollak à entrer en relation avec la gente féminine quand il séjourne à Libuch le 12 août 1902. Par la suite, il lui fait part de ses promenades, de ses moments d'oisiveté dans sa chambre, ou d'un incident qui a opposé Utitz à Brod. À mesure que le temps passe, il change de tonalité et prend le ton de la confidence. Il ne lui cache pas : « Car je veux quelque chose de toi, et non pas par amitié ou dans un élan de confiance, comme on pourrait le croire, mais par égoïsme, uniquement par égoïsme[2]. » Il lui fait part de ses lectures, de ses impressions, lui parle du Graben le dimanche, avoue sa présente stérilité littéraire, lui envoie des poèmes, lui professe ses convictions sur le rôle et l'importance du livre. Cette correspondance est brève car son ami va partir pour un château en province pour y être précepteur. Puis il va se rendre à Rome pour poursuivre ses études sur l'art baroque. Il lui a demandé d'être pour lui « une fenêtre sur la rue » — Kafka en tirera plus tard une nouvelle intitulée précisément « La fenêtre sur rue ».

1. *Ibid.*, pp. 556-557.
2. *Ibid.*, 6 septembre 1903, p. 564.

De tous les jeunes gens, tu es le seul à qui j'ai vraiment parlé, et s'il m'arrivait de parler à d'autres, ce n'était qu'en passant, ou à cause de toi, ou par ton intermédiaire, ou en fonction de toi. Entre beaucoup d'autres choses, tu étais aussi pour moi une fenêtre à travers laquelle je pouvais écrire sans la rue. Tout seul, je ne pouvais pas, car malgré ma longueur, je n'arrive pas encore à la hauteur de l'appui[1].

Et sa dernière lettre est pleine de tristesse. Il y raconte l'histoire d'un sage « dont la sagesse était cachée » et d'un fou. À la fin, le sage saute au cou du fou et l'embrasse en lui criant trois fois merci. « Pourquoi ? La folie du fou avait été si grande qu'elle avait montré au sage sa sagesse[2]. » Et il conclut cette ultime missive en lui disant, dans une formulation paradoxale qui va devenir son *modus operandi* : « J'ai l'impression de t'avoir fait du tort et d'avoir à te demander pardon. Mais je ne me connais aucun tort[3]. » Faute avouée est à moitié pardonnée — encore faut-il savoir de quelle faute il s'agit. Y a-t-il eu un différend, une dispute ?

Ce qui est sûr, c'est que Kafka est blessé. Ainsi Oskar Pollak sort-il de son existence pour aller faire le précepteur en province. Ordinaire à l'université, il se portera volontaire en 1915 et sera tué sur le front de l'Isonzo face à l'armée italienne. En dépit de son jeune âge, il laisse derrière lui un travail impressionnant et qui est encore inédit quand il meurt. On retrouve les deux volumes, prêts pour

1. *Ibid.*, 9 novembre 1903, p. 567.
2. *Ibid.*, 27 février 1904, p. 576.
3. *Ibid.*

l'impression, de *L'Action artistique sous le pape Urbain VIII*, ainsi que des notes fournies sur les papes de la fin de la Renaissance, Innocent III et Alexandre VII Borgia, sans parler des notes sur Pietro da Cortina et d'autres peintres du XVIe siècle. Étrange ironie du sort, remarque Brod : « L'érudit qui avait consacré la plus grande partie de sa vie au culte de l'art italien tomba sous les balles italiennes[1]. » Ses premières recherches, comme les *Arkitechturlenmaärchen* (*Contes des architectes*) ont été reçues avec chaleur par ses collègues. Hugo Bergmann a rédigé une nécrologie dans *Bohemia* du 4 juillet où il rappelle quel jeune homme remarquable il avait été :

> La variété de ses intérêts était inépuisable, mais si quelque chose l'enthousiasmait, l'entraînait, il s'y consacrait tout entier, en oubliant tout le reste et devenait bientôt un fervent et un prophète. C'est ainsi qu'il étudia les Upanishad, la Bible, Luther, saint François d'Assise, les nouvellistes italiens de la Renaissance (avec quelle pureté il lisait le *Decaméron* !), c'est ainsi qu'il joua du luth et fit des sports[2].

Un de ses pairs en Suisse, J. A. F. Orben, qui enseigne à Genève, fait son éloge dans la *Neue Züricher Zeitung* (27 août). Il tient à rappeler que Pollak ne s'est pas contenté de hanter les bibliothèques et les archives, mais qu'il a souhaité avoir un contact intime avec les œuvres et les monuments qu'il a voulu étudier :

1. *Franz Kafka*, Max Brod, p. 71.
2. *Ibid.*, p. 73.

À la première heure nous apercevions à la Vaticane son visage bronzé, et nous savions que le jour précédent il avait rapporté des endroits les plus reculés du Latium une riche moisson de notes et de négatifs sur les châteaux de plaisance et les églises de Barberini. C'est avec le même esprit entreprenant qu'il s'asseyait soit devant une pile de livres provenant de l'administration de la Fabbrica di San Pietro, de la bibliothèque Barberini ou de la chambre des comptes papale, soit devant des volumes rares du Seicento [...]. Il a fait des merveilles dans l'interprétation de notes presque sténographiques trouvées dans ces livres administratifs d'où peuvent surgir à chaque instant des faits capitaux sur Gian Lorenzo Bernini [1].

Entre-temps, un autre jeune homme s'est immiscé dans la vie et bientôt dans la correspondance de Kafka. Il s'agit de Max Brod. Celui-ci rapporte dans ses souvenirs : « J'ai fait la connaissance de Franz Kafka durant ma première année d'université, en 1902-1903, probablement déjà pendant le semestre d'hiver 1902 [2]. » Et il rappelle les circonstances de leur rencontre : « Nous nous sommes rencontrés pour la première fois dans le "Hall de lecture et de conférences des étudiants allemands". La salle de réunion était située dans la Ferdinandstrasse (maintenant Nàrodni) [3]. » Il explique que cette association, la Lese und Redhalle des deutsches Studenten in Prag, est d'orientation « allemande libérale », c'est-à-dire contraire aux idées nationalistes, mais aussi fermée aux idéaux sionistes bien que beaucoup d'étudiants juifs en fassent partie. En effet, par deux fois, en 1904 et

1. *Ibid.*, p. 72.
2. *Ibid.*, p. 54.
3. *Ibid.*, p. 56.

en 1907, la direction de la Salle adresse une requête à l'université pour qu'elle interdise l'organisation des étudiants sionistes Bar Kochba, qui a été fondée, sous le nom de Maccabea, en 1848 pour répandre la culture allemande à l'université. Elle se démocratise et se libéralise en 1892, quand les pangermanistes s'en détachent pour fonder une nouvelle organisation, la Germania. La « Halle » s'affirme de plus en plus comme le centre intellectuel de Prague. Elle possède une excellente bibliothèque, et ses activités demeurent toujours complémentaires de celles de l'université. Elle organise des conférences qui sont souvent données par d'illustres représentants de la culture allemande, des concerts, des expositions, des groupes de discussion sur des sujets très divers. À l'époque de Kafka et de Brod, elle compte environ quatre cent cinquante adhérents, en majorité des Juifs, mais pour la plupart convertis au christianisme ou en tout cas des adeptes convaincus de l'assimilation. Elle est contrôlée par un conseil d'administration monopolisé par des aspirants politiciens qui s'en servent comme d'un tremplin pour leurs ambitions. L'ironie du sort veut que ce soit Bruno Kafka, un cousin germain de Franz (ils ont un arrière-grand-père commun, Josef Kafka), dont le père, Mortiz, a été pendant un certain temps le représentant légal des affaires de Hermann Kafka, qui se trouve à la tête du conseil d'administration. Mais Franz ne le rencontre jamais. Brod insiste sur le fait que Franz « ne fit mention que plus tard de sa parenté avec Bruno Kafka et de son admiration pour cet homme énergique[1]... ». Celui-ci ne s'intéresse pas au versant culturel de l'association et Brod a maille à partir avec lui à ce propos. Par la suite, Bruno Kafka va faire une brillante carrière. Il est vrai qu'il aura mis tous les atouts de son côté : il épouse la fille du « roi du cuivre » en Bohême, Max Bondy, qui rachète le grand périodique de langue allemande *Bohemia* et lui en confie la responsabilité éditoriale. Grâce à cette machine de guerre, il fraie son chemin dans la politique, se hisse à la direction du parti des démocrates-sociaux, et siège dans le premier Parlement tchécoslovaque (il accuse alors Max Brod de vouloir provoquer une scission au sein de son parti avec ses impératifs sionistes). Seule la mort met un terme à son ascension irrésistible en 1931, alors qu'il n'a que cinquante ans.

En dépit de cette incompréhension entre le conseil et les jeunes intellectuels des divers départements culturels, la « Halle » préserve son prestige, organisant des soirées sur Gottfried Keller, Nietzsche, Grillparzer et parvenant à inviter des écrivains prestigieux comme Gustav Meyrink, Paul Leppin, le jeune prodige Franz Werfel et aussi des auteurs étrangers. Kafka, inscrit à la section littéraire et artistique, s'occupe désormais de prendre contact avec les futurs conférenciers, parvenant à rester autonome en dépit de la mauvaise volonté du comité :

> Je me souviens, écrit Brod, que nous avions prié Detlev von Liliencron de venir faire une conférence à Prague et que le

1. *Ibid.*, p. 57.

comité ne voulait pas accorder les honoraires convenus ou du moins nous proposait une somme insuffisante. Par rapport au comité avec ses soirées dansantes et ses beuveries, nous étions, dans notre section, les défenseurs de l'esprit[1].

C'est à la faveur d'une de ces conférences que Franz Kafka rencontre Max Brod. Un beau soir, celui-ci se trouve derrière le pupitre pour parler d'Arthur Schopenhauer : il conservera de cette soirée un souvenir très vif car c'est la première fois qu'il s'exprime en public. Son discours fait quelque sensation :

J'étais alors un schopenhauerien fanatique et résolu, et en cette qualité je considérais littéralement comme un crime de lèse-majesté les moindres contradictions que l'on pouvait formuler contre les thèses de mon idole ; aussi je n'étais pas allé par quatre chemins et j'avais tout simplement traité Nietzsche de « charlatan »[2].

Kafka est stupéfié par ce *Wunderkind* qui n'a que dix-huit ans et qui vient à peine comme lui de sortir du lycée. Toujours sous l'influence lui-même de la revue *Kunstwart* et nietzschéen convaincu, il met un point d'honneur à aborder ce jeune présomptueux et brillant exégète pour mettre en pièces l'« indifférentisme » de l'auteur du *Monde comme volonté de représentation*. Brod nous confie comment s'est déroulée cette discussion qui scellera leur amitié :

1. *Ibid.*
2. *Ibid.*

Après cet exposé, Kafka [...] m'accompagna sur le chemin du retour. Il assistait assidûment à toutes les séances de la « section » ; jusqu'alors pourtant nous avions à peine pris garde l'un à l'autre. Il eût d'ailleurs été difficile de le distinguer, lui qui prenait si rarement la parole et qui était d'allure si modeste ; jusqu'à ses élégants complets bleu foncé pour la plupart, tout en lui participait de cet effacement et de cette réserve. Mais à ce moment-là quelque chose dut l'attirer en moi, il fut plus expansif que de coutume. Cependant, notre interminable conversation débuta par d'assez âpres critiques de sa part sur la simplicité de mes jugements [1].

Ce qui se passe entre eux au cours de cette discussion enflammée ne ressortit pas à proprement parler à des affinités électives, dans le sens qu'on leur confère en général. C'est plutôt la révélation d'une même passion partagée pour la littérature. Brod en est aussitôt conscient et tient à le faire savoir : « La véritable explication est celle-ci : nous ne nous sentions tous deux franchement attirés par l'activité littéraire, mais cela nous ne voulions pas nous l'avouer [2]... » Il est d'ailleurs remarquable que leur relation se soit consolidée lors d'une deuxième rencontre et lors d'un différend autour de Gustav Meyrink. Brod fréquente à l'époque le petit groupe très fermé qui fait cercle autour de ce dernier et des écrivains se réunissant au café Central, forteresse du germanisme pragois. Il décrit ce haut lieu de la littérature fantastique en ces termes :

Dans l'un des angles de la salle d'échecs, la table était réservée pour Meyrink et sa suite. On parlait bas, très bas, on se

1. *Ibid.*, p. 58.
2. *Ibid.*, p. 55.

réglait sur la voix calme, à peine audible, du maître. [...] Les sujets de conversation à la table de Meyrink étaient : premièrement, d'obscures allusions à des événements sociaux que je ne comprenais pas et qui avaient rapport, de quelque manière, aux souffrances de l'injustice dont Meyrink n'avait quand même pas pu se consoler entièrement ; deuxièmement, la nouvelle de Meyrink qui venait de paraître dans *Simplicissimus* et l'histoire extraordinaire à laquelle il était en train de travailler[1]...

Parmi ses fidèles se trouve l'étrange et inquiétant Paul Leppin, l'auteur de *Severins Gangs in die Finsternis* (*Dans les ténèbres*).

Revenons à la fameuse soirée qui voit la deuxième rencontre entre Brod et Kafka. Brod vante la valeur de *La Mort violette* de Meyrink qui vient de paraître. Kafka n'apprécie pas beaucoup cet homme de lettres qui voit le monde à travers le prisme déformant de l'occulte et de l'ésotérisme et qui ne peut s'empêcher de saturer ses phrases d'adjectifs pleins d'emphase. Brod se fait insistant :

Alors je lui citai de « beaux passages » que je savais par cœur, dont la « mort violette » de Meyrink, où les papillons étaient comparés aux pages des grands livres magiques. Kafka ne cessait de faire la moue. Cela lui paraissait recherché et par trop voyant ; il fuyait les œuvres où se trahissait l'intellect, et il détestait ces modes de classification[2].

Voilà comment naît une amitié...

Max Brod n'est ni beau ni de belle apparence.

1. *Une vie combative*, Max Brod, pp. 234-235.
2. *Franz Kafka*, Max Brod, pp. 58-59.

Stefan Zweig se souvient de lui lorsqu'il le croise en 1904 : « Vingt ans, petit, frêle et infiniment modeste[1]... » Atteint de cyphose dans sa prime jeunesse, il en est demeuré marqué physiquement de manière indélébile. Il a compensé cette mauvaise farce du destin par une intelligence fine et aiguisée et par une rare accumulation de dons. Zweig est très impressionné par l'immensité du champ de ses intérêts et aussi par son flair inné pour débusquer des talents nouveaux :

> [...] il parle des musiciens tchèques Smetana et Janáček qu'il fit découvrir au monde, toujours des autres, jamais de lui-même, de ses propres mélodies et sonates. On l'interroge sur ses écrits : pour toute réponse, il porte aux nues un Franz Kafka parfaitement inconnu en qui il voit le vrai maître de la prose, de la psychologie nouvelles. On lui parle de ses propres poèmes, mais il se dérobe : voyez Franz Werfel, c'est lui, le plus grand poète lyrique de notre époque. Ainsi, ce jeune poète se dévouait sans compter à tout ce qui lui paraissait grand... ses dons sont innombrables, un seul pourtant lui fait défaut — le plus noble défaut pour un jeune homme de son espèce : l'audace de la détermination[2].

Quand il croise le chemin de Kafka, il a déjà écrit un recueil de poèmes, collabore à plusieurs revues, dont *Kunstwart*, ce qui lui vaut d'être mis en accusation par Emil Utitz au cours d'une des réunions du café Louvre — humiliation qui restera une cicatrice honteuse pendant une bonne partie de son existence et dont son œuvre témoigne à plusieurs

1. *Franz Kafka, les années de jeunesse*, Klaus Wagenbach, p. 142.
2. *Ibid.*

reprises. En 1908, il publie son premier roman, *Schloss Nornepygge*. Les années suivantes, il écrira quatre-vingt-deux autres ouvrages, dont dix-sept de poésie, des romans, dont le très bel *Astronome qui trouva Dieu*, des essais, des biographies, bien sûr ses souvenirs sur Kafka et ses autobiographies. Musicien de talent, il compose des morceaux pour piano, des sonates et des lieder, et écrit comme critique musical dans le *Prager Tageblatt*. Il se fait l'ardent défenseur de Leoš Janáček, contribue à la révélation du compositeur Carl Nielsen. S'il prend part aux combats pour imposer une poésie allemande d'une facture moderne, il est aussi l'un des premiers admirateurs de Jaroslav Hašek, l'imprévisible et fantasque auteur du *Brave soldat Schveik*, contribuant là encore à sa reconnaissance internationale. Sans parler de cette passion précoce pour la philosophie qui l'a conduit à adopter la doctrine pessimiste de Schopenhauer, qui aboutit dans son esprit à un pardon universel, et qui ne cesse de l'obséder dans le développement de son œuvre littéraire. Il y a, confie-t-il, « les débats de ma conscience et de la connaissance réelle (Schopenhauer, la question religieuse, l'antiquité). J'ai essayé d'en toucher quelques mots dans mes livres : *Stefan Rott, Presque un élève privilégié, Le Corail rose*[1]... ».

Comme l'a fait si bien observer Zweig, Brod a compris presque immédiatement que Kafka possède un bien précieux — un talent sous-jacent, qu'il sait, lui, ne pas posséder à ce degré. Il écrit dans son jour-

1. *Une vie combative*, Max Brod, p. 158.

nal au début de leur histoire commune ce simple constat : « Je vois en Kafka le plus grand écrivain de notre temps[1]. » Le 9 février 1902, il fait paraître un bilan de la nouvelle littérature de langue allemande dans la revue *Die Gegenwart*. Il y évoque des personnages déjà connus comme Meyrink et Wedekind. Il place à leurs côtés le nom de Kafka, qui n'a encore presque rien écrit et surtout rien publié :

> C'est un indice du haut niveau atteint par la littérature allemande que nous ayons actuellement plusieurs auteurs capables de satisfaire à des critères extrêmement élevés, et qui, par leur art et leur cruauté, embellissent l'existence dans ses aspects les plus divers. Heinrich Mann, Wedekind, Meyrink, Franz Kafka et l'auteur de cette pièce appartiennent à cette sainte confrérie[2].

Quand il reçoit la revue et lit l'article de Brod, Kafka lui écrit une courte lettre où la gratitude, la gêne, même un embarras visible et l'humour se mêlent : « Donc, c'est le Carnaval, absolument le Carnaval, mais de tous le plus aimable. Bien, j'aurais donc fait un pas de danse cet hiver. Ce qui me réjouit surtout, c'est que tout le monde ne voit pas la nécessité de mon nom à cette place[3]. »

Cette admiration qui a surgi comme une intuition fulgurante ne signifie pas qu'il n'a pas été présent quand son ami a fait ses premiers essais poétiques. Au cours de l'été 1904, Kafka tombe sur un essai de Hugo von Hofmannsthal paru en février

1. *Ibid.*, p. 221.
2. Cité in *Franz Kafka ou Le cauchemar de la raison*, Ernst Pawel, p. 171.
3. Lettre à Max Brod, 12 février 1907, O.C. III, p. 586.

dans la *Neue Rundschau.* Il s'agit des *Conversations sur la poésie.* Ces pages ont été rédigées après l'affaire de la *Lettre à Lord Chandos*, qui a fait grand bruit, et en constituent une sorte de défense et illustration. Ce qui intéresse ici Kafka, c'est que ces considérations incitent à aller au fond de soi-même pour pouvoir émerger de nouveau à la surface et qu'elles mettent en évidence le caractère effrayant, la puissance et la nécessité des choses extérieures. Ce double mouvement vers le plus intérieur (le plus profond et donc le plus enfoui) et le plus en surface ramène à ce qui est le plus évident. Cela l'amène à suivre les pas de l'écrivain. Brod pense rétrospectivement que cette impulsion lui a été donnée par la *Lettre à Lord Chandos*, mais sa mémoire le trahit. Les conclusions qu'il tire de cette relation avec l'auteur de *La Femme sans ombre* sont néanmoins éclairantes :

> Kafka fait un pas de plus que Hofmannsthal. Chez Hofmannsthal, l'expérience ne peut être exprimée par le truchement des mots, chez Kafka elle prend une puissance tellement excessive que le héros est contraint de se défendre contre elle et qu'il cherche à la dissoudre au moyen de mots et de représentations détachées de celle-ci, pour subsister seulement comme celui qui fait l'expérience[1].

Si Kafka est sensible à l'enseignement de Goethe — il veut entendre cette « voix de la nature aux douces inflexions » —, il trouve chez le poète autrichien une forte résurgence de cette pensée :

1. *Une vie combative*, Max Brod, p. 210.

Pour me donner un exemple de la prose qui lui plaisait, Kafka me cita cette phrase d'Hofmannsthal : « L'odeur de la pierre humide dans le vestibule ». Et il se tut longtemps, n'ajouta rien, comme si cette modeste impression de la vie familière devait parler par elle-même. Cela me fit une si profonde impression que je sais encore aujourd'hui la rue et la maison devant laquelle nous nous entretenions[1].

On sent poindre cependant une réserve sur le style trop sophistiqué qui est alors celui de Kafka et les effets de certaines admirations qui l'ont convaincu de suivre cette voie, en particulier au sujet des poèmes que Kafka a donné à Oskar Pollak, même si, avec le recul du temps, il les présente comme les annonciateurs de l'œuvre à venir :

Lorsque j'ai fait la connaissance de Kafka, il était juste en train de surmonter sa période maniérée, d'une facture de miniaturiste, pour ainsi dire gothique où, sous l'influence de *Kunstwart* [...], il était tombé occasionnellement dans la teutomanie [...]. Tout, même les petits poèmes du début, fait une impression d'authenticité, l'impression de quelque chose d'unique. Seule la sécheresse du cœur et l'incompréhension y trouvent matière à critique[2].

Dans sa biographie, il décrit la rapide métamorphose de sa calligraphie, révélatrice de la métamorphose de son style :

L'écriture elle aussi montre qu'il ne peut guère s'agir que des premiers temps de notre amitié ; c'est l'écriture gothique, plus

1. *Franz Kafka*, Max Brod, p. 59.
2. *Une vie combative*, Max Brod, p. 219.

tard Kafka emploiera les caractères latins. Son écriture a subi une certaine évolution. Aux volutes gothiques du début correspond un style riche, orné et parfois précieux. À une époque antérieure les lettres adressées à Oskar Pollak sont d'une langue encore plus maniérée. Dans les premiers essais le style est parfois franchement prétentieux[1].

C'est par conséquent avec ce débat mettant en scène Meyrink et Hofmannsthal que débute une complicité rare que sous-tend une complémentarité bien étrange. Brod a tenu à expliquer la nature spéciale des rapports qu'ils entretiennent pendant qu'ils suivent leurs études de droit :

> Qu'on n'aille pas s'imaginer [...] que dans toutes ces relations d'amitié j'avais le rôle dirigeant, éducateur, et que Kafka était l'élève obéissant. Ce qu'il y avait de beau et d'unique en son genre dans nos relations mutuelles, c'était que, pour ainsi dire, nous alternions dans le rôle dirigeant, que nous nous complétions et que nous avions tant à nous donner l'un à l'autre, que tantôt l'un, tantôt l'autre prenait l'initiative[2].

Le lien qui unit alors Max Brod et Franz Kafka et va les unir jusqu'à la fin est le seul que Kafka ait cultivé malgré des brouilles passagères et des coups de colère, des crises, des disputes et de brusques incompréhensions. Ce qui le sépare de Brod l'en rapproche et ce n'est pas sa jalousie possessive qui fera casser ce fil rouge. Non, Kafka ne connaîtra pas d'intimité aussi intense avec un autre homme, même s'il a eu de grandes amitiés, en particulier avec des jeunes gens.

1. *Franz Kafka*, Max Brod, p. 59.
2. *Une vie combative*, p. 219.

L'entrée dans la vie

L'année 1907 est marquée par d'importants changements dans l'existence de Franz Kafka. Le premier est un énième déménagement de sa famille. La chose le concerne au plus haut point puisqu'il habite toujours avec elle. Le 20 juin, les Kafka quittent le n° 3 de la Zeltnergasse (aujourd'hui Celetná n° 2) près de la vieille Pulverturm (la Tour poudrière), pour aller s'installer au troisième étage d'un immeuble au 36 Niklasstrasse (aujourd'hui Pařížká třída, l'avenue de Paris). C'est un bâtiment moderne, rebaptisé « Le Bateau », qui se dresse dans le quartier de Josefstadt — lequel a remplacé l'ancien ghetto dont la destruction a été votée dix ans après la naissance de Franz, en 1893. Les travaux commencés en 1900 durent jusqu'en 1914. Ce qui n'était plus qu'un quartier assez mal famé, insalubre et surpeuplé, que la population juive avait majoritairement déserté, et qui n'abritait plus que quelques Juifs très pauvres et une poignée d'orthodoxes qui ne voulaient l'abandonner à aucun prix, s'intègre désormais parfaitement au reste de la ville, grâce notamment au plan directeur d'Alfred Husting qui a simplifié à l'extrême le tracé des rues. L'immeuble où habite la famille Kafka donne sur la Vltava (que les Allemands appellent Moldau) avec une vue sur le quai, la piscine, le pont, la colline où a été bâti le Belvédère. De sa chambre, Franz peut voir l'église russe et une statue baroque plus grande que nature. Alors que ses trois sœurs dorment dans la même chambre, il jouit d'un espace bien à lui, sa fenêtre étant la dernière, à gauche, au troisième étage.

> Un jour, écrit Friedrich Thieberger, nous étions en train de regarder par la fenêtre qui donne sur le Ringplatz [place de la Vieille-Ville]. Alors Kafka m'a dit : Là c'était mon lycée, puis là, en face, l'université, et un peu plus loin à gauche, mon bureau. Toute ma vie, dit-il, en traçant quelques petits ronds du bout des doigts, s'inscrit dans ce petit cercle [1].

Rien n'est plus vrai. Quand il a vu le jour, ses parents habitaient dans un vieil édifice appelé « Zum Turm » (À la Tour), situé dans l'ancienne Maiselgasse (aujourd'hui Jàchymova), au coin de la Carpfengasse (aujourd'hui Karpová), à la jonction précise de l'ancien monde juif et du monde chrétien. On racontait qu'elle remontait à l'an de grâce 1409 et qu'elle avait appartenu à un greffier municipal, Ulrich von Falkenau, puis au greffier général Johan Tousek, ami intime du futur pape Aenas Silvius. Reconstruite entre 1717 et 1730 par l'architecte Kilean Ignace Dientzenhofer dans le style baroque, elle a d'abord été le presbytère de

1. *Franz Kafka*, Max Brod, p. 71.

l'église Saint-Nicolas avant que son monastère soit sécularisé par Joseph II et devienne ainsi en 1787 un ensemble de rapport. Cet édifice, qui a eu une si longue histoire, a été détruit entièrement par un incendie en 1897 et remplacé par un nouvel ensemble où a été néanmoins préservé le portail original[1]. Les Kafka l'avaient abandonné bien avant le drame. En mai 1889, ils ont emménagé place Venceslas, se faisant voler presque immédiatement après leur installation une corbeille pleine de draps et de lingerie. En décembre de la même année, ils ont changé encore de domicile et se sont retrouvé à Dušni, puis en 1887 au n° 2 de la Niklasstrasse (aujourd'hui Larežka). Un an plus tard, ils habitaient au n° 2 de la Zeltnergasse (aujourd'hui Celetná). En 1889, ils ont trouvé un nouveau logement donnant sur l'Alstädter Ring (place de la Vieille-Ville), jouxtant l'hôtel de ville, la maison « Minuta », baptisée ainsi parce qu'elle est censée se trouver à une minute de n'importe quel point de la ville. Cette maison datant du XVIIe siècle ne portait plus sur sa façade ses magnifiques graffitis noirs et blancs qui étaient alors recouverts d'un enduit gris. Au coin de l'immeuble, un lion montait toujours la garde. Sa patte antérieure tenait un cartouche, ultime vestige d'une pharmacie baptisée « Au Lion Blanc » qui s'y trouvait de 1712 à 1750 et qui avait été, plus tard, remplacée par un bureau de tabac. Ils y sont restés sept ans. C'est là que sont nées les trois sœurs de Franz. Septembre 1896 : la

1. Une plaque commémorative en bronze y a été apposée, œuvre de Karel Hladík.

famille s'étant considérablement agrandie, elle a dû trouver un appartement plus vaste. C'est pourquoi, elle est revenue dans la Zeltnergasse, cette fois au n° 3, dans la maison dite des « Trois Rois ». C'est cette maison que fréquente Max Brod au début de son histoire commune avec Franz Kafka et c'est là qu'ils échangent leurs idées sur la philosophie et la littérature : « Si la lecture de Platon était due à mon initiative [...], Kafka en revanche me fit connaître Flaubert, c'est de là que je tiens cette passion. [...] La plupart du temps, ces lectures avaient lieu dans la petite chambre de Kafka, dans la maison paternelle [...] parfois aussi chez moi [1]. » Brod est frappé par les œuvres d'art qui se trouvent dans cette chambre. Et ce décor qui le surprend sera celui qu'il décrira dans son roman *Le Royaume enchanté de l'amour*, publié quatre ans après la mort de Kafka et qu'il reprend dans ses souvenirs : « Son modeste ameublement — un lit, une table, le vieux bureau brun foncé, presque noir, il y avait peu de livres, mais un décor de feuillets écrits — accompagna Kafka dans toutes ses habitations pragoises [2]. »

Kafka se retrouve maintenant dans l'appartement de la Niklasstrasse, comme nous l'écrivions au début de ce chapitre, où il bénéficie d'une « deuxième issue, par la cuisine et la salle de bains [3] », profitant ainsi d'une autonomie relative au sein de sa famille. En 1907, il a vingt-quatre ans, il a fini ses études avec succès et est sur le point

1. *Franz Kafka*, Max Brod, p. 69.
2. *Ibid.*, p. 70.
3. *Ibid.*

d'entrer dans la vie active. Le choix de l'Agenzia Generale delle Assicurazioni Generali, dont le siège social se trouve à Trieste, qui est alors le grand port de l'Autriche-Hongrie sur la mer Adriatique, est certainement dû à un concours de circonstances. Son père, qui est en bons termes avec le vice-consul américain Weissberger, lui-même le père du représentant de cette compagnie d'assurances à Madrid — et là, on peut soupçonner l'influence de l'oncle de Madrid, Alfred Löwy —, a obtenu de ce diplomate une lettre de recommandation. Ainsi Franz Kafka dépose sa candidature le 1er ou le 2 octobre 1907 en expliquant dans une lettre de motivation qu'il n'a pas « l'intention de demeurer dans la magistrature », qu'il parle l'allemand, le tchèque, le français et l'anglais et qu'il est familiarisé avec la sténographie allemande. Il est immédiatement engagé.

Comme le soulignent Elena et Stelio Vinci :

> [...] le travail lui impose un nouveau rapport au temps. Comme on le constate dans sa correspondance de cette période, il met l'accent sur ce problème du temps, thème récurrent dans son œuvre, au point d'assumer parfois un caractère paradoxal, tout à la fois obsessionnel et rationnel. L'écrivain envisageait la valeur du temps dans toute sa plénitude et la conscience de sa brièveté et de sa préciosité avait accru la souffrance d'être forcé à « le gaspiller » avec les longues heures passées au bureau comme ces lignes le prouvent : « Du travail, je ne me plains pas comme de la lenteur du temps boueux. En effet l'horaire de bureau ne peut pas se subdiviser, jusqu'à la dernière demi-heure on sent le poids des huit heures comme pendant la première. C'est souvent comme voyager en train nuit et jour quand on devient à la fin heureux et on ne pense

ni au travail de la locomotive ni au paysage vallonné ou plat et on attribue le moindre effet à la montre qu'on tient devant soi dans la paume de la main »[1].

Kafka a pris avec une absolue abnégation cette initiation au monde du travail — tout comme Max Brod qui est entré de son côté dans l'administration des postes avec une certaine résignation. C'est donc sans regret et sans émotion qu'il franchit le seuil du bâtiment de la société situé place Venceslas. Il ne perçoit qu'un modique salaire de quatre-vingts couronnes. On lui donne une formation qui touche spécifiquement l'assurance-vie et on le destine à accomplir des missions à l'étranger. Il éprouve pourtant une certaine difficulté à s'adapter à sa nouvelle condition. Il écrit en octobre :

> Pour ce qui est du bureau : je suis aux *Assicurazioni Generali*, avec l'espoir toutefois d'aller m'asseoir moi-même un jour dans les fauteuils de pays très lointain, de voir par une fenêtre de bureau des champs de canne à sucre ou des cimetières musulmans ; et les assurances elles-mêmes m'intéressent beaucoup, mais pour l'instant mon travail est triste[2].

Un mois plus tard, il se pose beaucoup de questions sur son avenir. Il s'en ouvre au mois de novembre dans une autre lettre : « J'ignore si j'aurai bientôt un poste et s'il sera éloigné, ça ne se fera sans doute pas d'ici un an : le plus joli serait que

1. « Le Premier emploi de Franz Kafka », Elena et Stelio Vinci, in *Métamorphoses de Kafka*, p. 122.
2. Lettre à Hedwig Weiler, 8 octobre 1907, O.C. III, p. 604.

la société me mette dehors, ce n'est pas tout à fait impossible[1]. » Il se sent pris au piège. Il ne songe plus qu'à partir, qu'à échapper à Prague et à ces journées au rythme vide, à rejoindre les rives de l'Adriatique : « J'apprends l'italien, car il se peut que j'aille d'abord à Trieste. Ces premiers jours, j'ai dû avoir un air très émouvant pour qui serait sensible à ces choses-là. Quoi qu'il en ait été fait, j'avais l'impression d'être déclassé[2]... »

Ce qui mine Kafka, c'est qu'il doit travailler de huit heures du matin jusqu'à dix-huit heures, ce qui signifie qu'il n'a plus le soir la moindre énergie pour écrire. À la fin de l'année, il n'a déjà plus qu'une idée en tête : quitter son emploi pour entrer dans l'administration. Il en a déjà discuté avec Max Brod et il lui précise les choses dans un court billet, ravi de savoir que son père pourrait faire appel à deux personnes de sa connaissance, mais inquiet qu'on puisse apprendre qu'il est mécontent de sa situation actuelle. Et il doit bien admettre : « Naturellement, si j'obtiens une place dans les postes, ce qui est encore fort douteux, il faudra bien en venir à de pareilles explications[3]. »

Mais les efforts de son père ne donnent pas les résultats escomptés. Cela ne le décourage pas. En juin 1908, il écrit à Brod pour lui annoncer : « J'ai passé mon dimanche matin et le début de l'après-midi à solliciter un poste — absolument, terrible-

1. *Ibid.*, novembre 1907, O.C. III, p. 606.
2. *Ibid.*, pp. 606-607.
3. Lettre à Max Brod, fin 1907, O.C. III, p. 610.

ment en vain[1]... » Ainsi, le 10 juin, il expédie une lettre au directeur de la Compagnie d'assurances contre les accidents du travail pour le royaume de Bohême : « Le soussigné prie la Direction de la Compagnie d'assurances [...] d'accueillir favorablement la demande qu'il lui adresse pour être admis comme auxiliaire[2]. » Il explique qu'il a suivi des cours d'assurances du travail à la Haute École de commerce du 3 février au 30 mai. Le salut est venu d'un ancien ami du lycée, Ewald Felix Přibam. Son père est un homme influent, qui a réussi dans les milieux conservateurs de la haute finance et de l'industrie. Il participe au conseil d'administration de plusieurs sociétés importantes. Entre autres, il est le président de cette Compagnie d'assurances contre les accidents du travail. Grâce à ce secours providentiel, sa requête est reçue favorablement et il commence un stage d'essai au mois de juillet en qualité d'auxiliaire dans le département des accidents industriels. C'est pour lui un énorme soulagement, d'autant plus que cette institution ne veut théoriquement pas d'employés juifs : Kafka sera le seul sur les deux cent cinquante personnes qui en dépendent. Des années plus tard, il commentera ce curieux état de choses : « Lui, le premier [Přibam père], moi le deuxième et dernier Juif de l'établissement, celui-là en train de s'effriter[3]. » Ce n'est vraisemblablement pas de gaieté de cœur qu'il se rend tous les matins à ce nouveau tra-

1. Lettre à Max Brod, 9 juin 1908, O.C. III, p. 616.
2. À la compagnie d'assurances, 10 juin 1908, O.C. III, p. 616.
3. Cité in *Franz Kafka ou Le cauchemar de la raison*, Ernst Pawel, p. 192.

vail, mais l'Arbeiter-Unfall-Verischerungsanstalt für das Königreich Boehmen in Prag offre au moins un avantage : celui de pouvoir quitter le bureau à deux heures de l'après-midi et ainsi de mener une autre vie, celle qu'il a choisie, et qui ne peut être qu'une vie parallèle, voire fantomatique. Auprès de Max Brod, il se félicite de ce succès, mais n'est pas dupe, il ne sera pas heureux : « Maintenant, à 5 heures, avaler avec du lait l'ennui de six heures de travail, cela a encore un sens, à la rigueur, mais pour le reste[1]... » Cela ne l'empêche pas de continuer à fantasmer sur un éventuel emploi « en Espagne ou, mieux, en Amérique du Sud, aux Açores, à Madère[2]... ». Il ne peut en réalité que se raccrocher à l'hypothèse d'un possible avancement et se féliciter de ces horaires avantageux. Mais il a conscience que le piège est en train de se refermer sur lui.

Cette institution, où il est entré sans coup férir, a été créée après le vote des lois sur la protection sociale entre 1885 et 1887, des lois qui ont été rédigées sur le modèle prussien et qui n'ont guère d'autre équivalent en Europe occidentale. Elles ont pour finalité de définir les responsabilités de l'État à l'égard des travailleurs. C'est ainsi que, dans l'optique de cette législation, qui représente un véritable progrès social, figure une assurance obligatoire couvrant les accidents du travail dans l'industrie, alimentée par des cotisations patronales et

1. Carte postale à Max Brod, 2 septembre 1908, O.C. III, p. 617.
2. Lettre à Max Brod, mi-août 1907, O.C. III, p. 189.

salariales. Cette institution a été dotée d'un statut mi-étatique mi-privé, ce qui lui permet une relative autonomie de fonctionnement et fournit à ses employés la qualité de fonctionnaires avec tous les avantages que cela représente. En Bohême, son activité englobe environ trente-cinq mille entreprises. Quant à son efficacité, elle semble se révéler, à l'époque où Kafka y entre, quelque peu limitée. En effet, elle ne compte que sept inspecteurs, ce qui est largement insuffisant pour tout le royaume. De plus, les patrons s'efforcent de déclarer le moins possible d'ouvriers et, faute de pouvoir effectuer une vérification sur place, les fraudes ne risquent pas souvent d'être percées à jour. Un déficit important s'est creusé à partir de 1893 et il ne fait que s'aggraver depuis.

L'arrivée de Kafka coïncide avec une réorganisation complète, « qui correspondait en fait à un nouveau départ et qui lui offrit une situation favorable [1] ». Un nouveau directeur est nommé, un certain Morschner, qui décide de reprendre les choses en main avec vigueur en établissant un système de contrôle draconien, tout en assainissant les comptes. En un an, il obtient un bilan positif, sans pouvoir cependant résorber le déficit. Kafka est rapidement apprécié par ses supérieurs. L'un d'eux tient à aviser sa hiérarchie qu'il « associe un zèle remarquable à un intérêt soutenu pour toutes ses missions [2] ». Quelques mois plus tard, une autre note de service

1. *Franz Kafka ou Le cauchemar de la raison*, Ernst Pawel, p. 194.
2. *Ibid.*, p. 196.

spécifie : « Le Dr Kafka est un employé éminemment travailleur, doué d'un talent et d'un dévouement exceptionnels[1]. » Minutieux, scrupuleux, il est tout spécialement estimé pour la qualité de ses rapports de mission qui le font sillonner la région dans tous les sens. Il sait aussi se faire apprécier de tous ses collègues. Après la mort de son ami, Max Brod ira rendre visite aux employés qui l'ont connu bien des années plus tôt, voilà le témoignage qu'il rapportera de son périple :

Il y a quelques jours, je suis de nouveau allé [...] dans la maison d'assurances où travaillait Kafka. Que de fois lui ai-je rendu visite là ; nous déambulions côte à côte dans un des corridors déserts et sonores. Je parlais avec un des chefs qui avait été le collègue de Kafka. À ce qu'il me dit, Franz Kafka était très aimé ; il n'avait pas d'ennemis. Son dévouement était exemplaire et on faisait grand cas de son travail. Ce monsieur [...] soulignait qu'il avait coutume de prendre les affaires à l'inverse des autres, ce qui est une remarque très pertinente[2].

Si peu gratifiant que puisse être cet emploi, il lui vaut des appréciations élogieuses. Ce qui ne l'empêche pas d'écrire avec rage et un sentiment d'impuissance à la jeune fille qui occupe alors ses pensées :

Tu sais, j'ai eu une semaine affreuse, j'ai été surchargé de travail au bureau, ce sera peut-être toujours comme maintenant, eh oui, il faut gagner sa tombe...[3].

1. *Ibid.*
2. *Franz Kafka*, Max Brod, p. 97.
3. Lettre à Hedwig Weiler, début 1908, O.C. III, p. 612.

Il s'efforce alors d'apprivoiser le temps comme l'observe Brod avec commisération : « Il fut bientôt évident qu'il ne réussirait pas, malgré ses tentatives répétées, à trouver une répartition de son temps qui lui rendît loisible de s'adonner sans restriction à sa passion d'écrire[1]. » Il s'arrange pour dormir un peu l'après-midi, puisqu'il sort du bureau à quatorze heures, et pour écrire une partie de la nuit. Mais ce rythme l'épuise bientôt et, de surcroît, n'est pas très aisé à respecter. Bien sûr, Brod et Kafka sont parvenus à leurs fins, à l'inverse de Rainer Maria Rilke qui, une décennie avant eux, a fait ses bagages en laissant Prague derrière lui pour échapper à une place dans une banque que son père, haut fonctionnaire aux chemins de fer, lui avait fait miroiter. Mais Brod, avec un réalisme bien ancré chez lui, exprime noir sur blanc le moyen de concilier le nécessaire travail salarié et le désir de se consacrer à la littérature : « Il devait subsister une marge nette entre le gagne-pain et l'art de la plume ; Franz se refusait à un compromis tel que le journalisme[2]. » Kafka va refuser de devenir rédacteur du périodique *Der Jude*. Il va néanmoins accepter d'écrire quelques articles — ce qui n'est pas sans provoquer quelques dilemmes, dont témoigne une lettre qu'il adresse au début de 1909 à Franz Blei, poète ami de Brod, traducteur de Claudel, de Gide, d'Oscar Wilde, de Valery, jour-

1. *Franz Kafka*, Max Brod, p. 96.
2. *Ibid.*

naliste connu et qui écrit aussi des comédies, et dans laquelle il s'excuse : « Ne me tenez pas rigueur d'avoir rendu compte de la Puderquaste dans la revue berlinoise *Der neue Weg* sous la forme que vous trouverez ci-jointe[1]. » Et d'énumérer à l'auteur de ce livre les coquilles qui ont changé le sens des mots et donc des phrases avec un soin maniaque — sans parler des problèmes de présentation. Dans ce livre, Blei raconte l'histoire d'un prince imaginaire qui se nomme Hippolyte, un épicurien ayant une vaste culture doublé d'un sophiste qui disserte sur la vie facile et l'érotisme. Il est aussi l'auteur d'un « bréviaire pour dames » qu'il baptise avec humour *La Houpette*. Kafka envoie aussi un papier à la revue *Bohemia* à la fin de 1908, qui n'est pas publié, comme il le fait entendre à Brod : « Mon cher Max, tu t'en souviens, je t'ai parlé de la *Bohemia* avec un peu trop de confiance me semble-t-il maintenant. Or un refus me chagrinerait beaucoup, moins pour le refus que pour la chose elle-même[2]. »

Max Brod a beau faire pour l'entraîner dans son sillage, à mener la vie de polygraphe immergé dans le petit monde de la culture moderne qui lui réussit si bien malgré ses obligations quotidiennes à l'administration des postes, son ami demeure réticent, furtif, insaisissable. Brod doit admettre à bout d'arguments : « Je fus de longues années l'ami de Kafka avant d'apprendre qu'il écrivait[3]. » Et quand

1. Lettre à Franz Blei, 7 février 1909, O.C. III, p. 628.
2. Lettre à Max Brod, 21 janvier 1909, O.C. III, p. 627.
3. *Franz Kafka*, Max Brod, p. 77.

celui-ci finit par le lui apprendre, c'est pour lui annoncer qu'il vient de faire une expérience qui s'est soldée par un échec : « Une des premières mentions qu'il me fit de son activité littéraire, ce fut lorsqu'il m'annonça sa participation à un concours de la revue *Zeit* à Vienne. L'envoi se fit sous pseudonyme et avec le titre suivant : *Himmel in engen Gassen* (« Le Ciel dans les rues étroites »)[1]. » Kafka n'a reçu aucune réponse et sa nouvelle n'est pas passée. Cela ne l'empêche pas de continuer à travailler à une seconde version de *Description d'un combat*. Et s'il a d'autres choses en tête, il se garde bien de l'ébruiter, car il ne parvient toujours pas à trouver le temps indispensable pour assouvir sa passion.

1. *Ibid.*

La puissante et fugace tentation de l'art

La plupart des biographes de Franz Kafka, à commencer par Max Brod, qui a pourtant été le premier à collectionner puis à publier ses dessins, ont évité d'évoquer, ou sinon ont minimisé, on ne sait pour quelle raison, son désir éphémère mais néanmoins réel d'embrasser une carrière de dessinateur, comme d'ailleurs ses études artistiques vite abrégées dont il parle dans sa correspondance avec Felice Bauer — à moins qu'il ne s'agisse d'études d'histoire de l'art comme certains le prétendent. Seul Joachim Unseld, dans *Franz Kafka, une vie d'écrivain*[1], qui s'intéresse plus précisément à la question éditoriale, met l'accent, dans un bref chapitre, sur cet épisode qui marque le cours de l'année 1907 si indécise et pourtant tellement importante pour son inscription dans l'univers. Ernst Pawel règle l'affaire avec une légèreté certaine et même avec désinvolture :

> [Kafka] semble même avoir caressé brièvement l'idée de renoncer à l'écriture pour les beaux-arts — moins, on suppose,

1. *Franz Kafka, ein Schriftstellerleben*, 1982.

sous l'effet d'une nécessité intérieure pressante qu'à cause d'une insatisfaction bien compréhensible devant ses résultats littéraires, comparés aux épanchements prolixes de ses contemporains, tels que Brod, Werfel et Baum. Mais cette envie ne survécut pas aux quelques leçons de peinture qu'il s'imposa, contre sa juste intuition, et auxquelles il reprocha plus tard d'avoir ruiné à jamais le peu de talent qu'il avait pu avoir au début[1].

Cette reconstruction est une pure fiction qui ne repose sur aucun fait avéré, puisque ses références ne sont pas ses trois amis.

Que se passe-t-il donc de si important dans l'existence de Kafka au cours de cette année 1907, qui voit la naissance du cubisme à Paris et du groupe *Der Blaue Reiter* à Munich ? Avant toute chose, il écrit très peu. Peut-être continue-t-il à rédiger *Description d'un combat*, peut-être ébauche-t-il le canevas de *Préparatifs de noce à la campagne*, qui est une fiction inachevée à tonalité fortement autobiographique. Mais sa correspondance ne fait état que de ses lectures, de son nouveau travail, des difficultés qu'il doit affronter dans tous les domaines, qu'ils soient professionnels ou personnels.

En revanche, Kafka dessine et dessine même beaucoup. Brod est frappé par la qualité expressive de ses encres, qui possèdent une vraie qualité « abstraite ». Il est difficile de savoir comment Kafka a développé cet intérêt pour l'art. Il faut toutefois tenir compte de son meilleur ami pendant ses études secondaires et au début de l'université, Oskar Pol-

1. *Franz Kafka ou Le cauchemar de la raison*, Ernst Pawel, p. 178.

lak, qui lui a recommandé de s'abonner à la revue *Kunstwart*, qui abordait des sujets littéraires, mais aussi la peinture, la sculpture, l'architecture et les arts mineurs. Pollak se consacrait à l'étude de l'histoire de l'art avec une incroyable maturité. Premier destinataire des écrits de Kafka et aussi premier critique des timides essais poétiques de Kafka, il a rapidement disparu de son cercle intime. Il n'en reste pas moins qu'en dépit de la déception causée par ce départ, il a laissé une empreinte profonde dans l'esprit de son ami. En outre, Kafka dessinait déjà sur les polycopiés de ses cours au lycée. Et il ne cessera jamais de le faire. Même quand il renonce à en faire son activité majeure, il continue à dessiner compulsivement comme en témoigne Gustav Janouch[1]. Et il le fera d'une manière presque honteuse, devant expliquer à son jeune interlocuteur que ce sont là des gribouillis sans intérêt, avant de les détruire ostensiblement devant lui.

1907 est, si l'on y réfléchit, une date essentielle pour l'art moderne tchèque. Elle marque la fondation du groupe d'artistes baptisé *Osma* (*Huit*). À Prague, sous l'impulsion du conseil municipal, soucieux de renforcer ses liens avec la ville de Paris, sont organisées à grands frais de conséquentes expositions d'art français. La première est celle d'Auguste Rodin en 1902, que prend en charge la société Mánes fondée peu de temps auparavant. Celle-ci présente aussi en 1905 une rétrospective de l'artiste norvégien Edvard Munch, qui a profondé-

1. *Conversations avec Kafka*, Gustav Janouch.

ment ébranlé les milieux artistiques européens et qui a déjà été à l'origine en 1892 de la Sécession berlinoise. L'exposition de l'impressionnisme français, deux ans plus tard, fait découvrir les œuvres de Paul Gauguin et de Vincent Van Gogh, qui ont un impact formidable sur les créateurs pragois. L'exposition des Indépendants en 1910 consomme la rupture entre les artistes d'avant-garde et les autres, et favorise l'épanouissement du cubisme tchèque.

La relation de Kafka à l'art moderne est très énigmatique car l'on sait par ailleurs que quand il se rend à Paris, à deux reprises, d'abord en 1910 puis, plus longuement, en 1911, il ne ressent aucune curiosité pour les grands courants artistiques qui y ont vu le jour, si tout du moins l'on prête foi à son *Journal* qui est toujours très lacunaire et elliptique... Il se limite à visiter le Louvre et à faire des croquis d'après Léonard de Vinci. Il fait un récit assez précis de la visite du musée avec Brod, de leurs longues pauses devant les tableaux de Mantegna, ceux du Tintoret, de Titien, du Pérugin et de l'école florentine. Les deux amis parcourent la grande galerie et contemplent les compositions de Léonard de Vinci qu'elle renferme, sauf la *Joconde*, qui a été volée quelques semaines plus tôt. Il voit aussi des tableaux de batailles de la collection du château de Versailles. Mais il ne désire voir rien de ce qui constitue la modernité, que cela ressortisse à la sphère de l'art ou à celle de la littérature.

En 1907, Max Brod s'apprête à publier chez l'éditeur allemand Axel Junger un recueil de poésie intitulé *Der Weg des Verliebten*. Il lui propose d'illustrer la couverture avec un dessin de Kafka. Ce projet ne se réalise pas pour des raisons techniques. Mais cette anecdote prouve que Brod fait son possible pour faire connaître son ami non plus comme prosateur, mais en tant qu'artiste, notamment lorsqu'il essaie d'organiser un rapprochement entre Kafka et les membres du groupe *Osma* dans lesquels il pense distinguer « des artistes d'un genre inouï, qui ont abandonné l'aspect et le comportement stéréotypés de la bohème de la Belle Époque[1] ».

Il est sensible que ce groupe soit composé de quatre Tchèques (Antonín Procházka, Emil Filla, Bohumil Kubišta, Otakar Kubín) et de quatre « Allemands » (Willy Nowak, Horb, Georg Kars, Friedrich Feigl), dont trois Juifs. Brod, comme Kafka, est très sensible à la situation politique qui s'est fait jour à Prague, où la montée du nationalisme tchèque s'accompagne d'un sentiment antisémite.

Et même d'autres luttes, souligne-t-il, sont oubliées. Printemps ! Printemps !... Ces Allemands et ces Tchèques se sont rencontrés, huit artistes qui ne se soucient pas de leur nationalité. Justement ici, à Prague, le centre de cette lutte, où non seulement les associations de joueurs de quilles, mais aussi les clubs poétiques se réunissent à l'ombre des enseignes nationales... Il est difficile d'expliquer à quelqu'un qui n'est pas de Prague les drôles de subtilités de notre société linguistiquement stratifiée, qui sont utilisées avec un grand zèle toujours et exclusivement pour accentuer ce qui divise les deux peuples, mais pas ce qui les unit[2].

1. Texte repris in *Der Prager Kreist*, 1966.
2. « Osma », in *Métamorphoses de Kafka*, pp. 128-129.

Et quand il entre dans le vif du sujet, c'est-à-dire dans la description des œuvres de ces créateurs, il se montre particulièrement frappé par leur capacité d'évoquer des sensations de chaleur ou de froid, par la faculté qu'a Horb de traduire dans son langage la lumière violente de l'été :

> Horb dépeint une place inondée par un soleil aveuglant. Il y a plus ici que l'habituel soleil naturaliste, plus que la vérité des couleurs et de l'observation. La place resplendit comme lavée par le soleil ; elle est baignée par le soleil, un vaste et long éclair. Et, comme si toute la lumière du monde s'était déversée sur cette place, dans le ciel, sur la route adjacente et sur le fond se concentre l'obscurité d'une nuit mystérieuse... il faudrait presque une lampe électrique pour avoir de la lumière et combattre les ténèbres[1].

Ce que Brod dit de ces tableaux prouve qu'ils ont été conçus en songeant autant à Munch qu'à Van Gogh.

Dans ses mémoires, le peintre Friedrich Feigl relate la rencontre avec Franz Kafka, qui a dû selon toute vraisemblance se dérouler au Café Union, rendez-vous préféré des jeunes artistes novateurs :

> Au cours d'une discussion réunissant des peintres d'avant-garde connus à Prague sous le nom du « Club des Huit », Max Brod fit la remarque suivante : « Je peux vous citer le nom d'un très grand artiste : Franz Kafka. » Là-dessus, il nous montra quelques-uns de ses dessins, des dessins expressionnistes qui me firent penser aux œuvres de Paul Klee ou à Kubin. Cependant Kafka ne développa pas ce talent de dessinateur[2].

1. *Ibid.*, p. 131.
2. « Franz Kafka et l'art », Friedrich Feigl, in *J'ai connu Kafka*, p. 171.

Cette impression de Feigl devant les dessins de son ancien camarade de lycée est corroborée par le peu qu'en dit Brod dans *Une vie combative* : « L'immédiateté avec laquelle Kafka pose au lieu de la réalité le langage des formes qui lui est particulier l'apparente aux tendances expressionnistes de la peinture d'aujourd'hui[1]. »

De cette rencontre, pour ce que l'on en sait, rien de concret n'est sorti. Toutefois, Kafka a continué à fréquenter Feigl, incitant à plusieurs reprises et avec insistance Felice Bauer à lui rendre visite dans son atelier de Berlin, de s'informer de ses prix pour faire un cadeau de mariage. Finalement il décide de lui acheter une toile :

> Lorsque je rencontrai de nouveau Kafka à Berlin, nous continuâmes à discuter des mêmes thèmes. Il m'acheta une toile que j'avais peinte à partir d'une vue de Prague et dont l'atmosphère assez inquiétante rappelait Edvard Munch. [...] Il est assez révélateur que Kafka ait choisi justement cette toile. Il semble avoir ressenti pour Prague un mélange d'amour et de haine. Il fit cadeau de cette toile à sa fiancée[2].

Franz Kafka est loin d'avoir été un collectionneur ni même un amateur d'art averti. Cela ne l'a pas empêché d'avoir des relations plus ou moins suivies avec certains artistes. Il a eu, entre autres, une relation très amicale, profonde et bien étrange avec le dessinateur et écrivain Alfred Kubin quand ce dernier a quitté la Haute-Autriche, où il s'était

1. *Une vie combative*, Max Brod, p. 160.
2. Friedrich Feigl, in *J'ai connu Kafka*, p. 175.

installé en 1907 pour venir passer quelques semaines à Prague à la fin de 1911[1]. De nombreux passages du *Journal* de Kafka parlent de leurs relations, qui sont placées sous le signe de l'hypocondrie. Il est difficile de comprendre en lisant ces pages quels ont été leurs points de convergence en matière de littérature ou d'art. Il est par contre certain que le roman de Kubin, *Das Andere Seite* (*De l'autre côté*), l'a profondément influencé, et ce livre est abondamment illustré par cet immense dessinateur[2]. L'univers fantastique et cruel de l'artiste n'est pas non plus sans présenter des analogies évidentes avec l'univers de l'auteur de *La Colonie pénitentiaire*. Il a aussi développé une relation avec Ladá Novák, un ami de Brod (il raconte avec un luxe de détails rare l'exécution du portrait de Max Brod par cet artiste), sur lequel il a écrit un bref essai. Là encore, il achète deux lithographies à l'artiste : *Vendeuse de pommes* et *Promenade*.

Comme toujours, Kafka demeure insaisissable : quand il répond, après la guerre, aux questions de Gustav Janouch, Kafka démontre qu'il a non seulement une bonne culture artistique classique, mais qu'il est largement au fait de l'art de son temps. Il défend la démarche de Josef Čapek, le frère de Karel, l'écrivain, qui s'est engagé dans la voie du cubisme, commente Georg Grosz, qui fait à ses yeux de la littérature sous forme de dessins, mais dit ne pas trop apprécier le style d'Oskar Kokoschka. Le nom de Giovanni Segantini jeté dans la

1. Cf. *Kafka et Kubin*, Gérard-Georges Lemaire.
2. *Conversations avec Kafka*, *op. cit.*, p. 191.

conversation lui inspire un réflexion sur la création artistique. Quand Janouch l'accompagne pour visiter l'exposition des Artistes français en 1921 ou 1922, il parvient à consigner par écrit les réflexions que lui inspirent les « déformations » de Pablo Picasso : « Il ne fait que noter les difformités qui ne sont pas encore parvenues jusqu'à notre conscience. L'art est un miroir qui "avance" comme une horloge. Parfois. » Ces quelques confidences arrachées par son interlocuteur témoignent amplement de l'ouverture d'esprit de Kafka, qui sait apprécier avec discernement les plus audacieuses aventures de la peinture du début du XXe siècle.

Mais le seul artiste pour lequel il manifeste un réel transport est sans nul doute Vincent Van Gogh. Quand Gustav Janouch lui montre des reproductions des toiles de ce peintre, il tient à commenter à son intention *Café,* exécuté lors du séjour du peintre à Arles : « Cette terrasse de café, avec la nuit violette à l'arrière-plan, est de toute beauté, dit-il. Les autres tableaux sont beaux aussi. Mais ce café m'enchante. Connaissez-vous ses dessins ? — Non, je ne les connais pas. — C'est dommage. Ils se trouvent dans le recueil des *Lettres de l'Asile*[1]. » Curieusement, Kafka prolonge ce commentaire par des considérations amères sur le fait qu'il ne sache pas dessiner : « J'aimerais tant savoir dessiner. En réalité, j'essaie d'ailleurs sans cesse. Mais cela ne donne rien. Ce sont des idéogrammes

1. Gustav Janouch, *op. cit.*, pp. 174-175.

tout personnels, dont je suis incapable moi-même, au bout d'un certain temps, de redécouvrir le sens[1]. »

Cette retranscription ne nous apprend rien à propos de la correspondance de l'artiste — dans son *Journal*, il a écrit le 17 décembre 1917 : « Lettres de Gogh [*sic*][2]. » Pourtant, son intérêt pour ces écrits doit être grand puisqu'ils viennent à peine de paraître à Berlin. Les deux lignes qui précèdent ce simple enregistrement disent ceci : « L'art se sacrifie et s'annule lui-même : ce qui est fuite devient prétendument promenade, voire attaque[3]. » Le 11 décembre, il a consigné dans son *Journal* : « Notre art, c'est d'être aveuglé par la vérité ; seule est vraie la lumière sur la face grimaçante qui recule, rien d'autre[4]. »

Les méditations sur l'art de sa part sont assez rares pour qu'elles ne retiennent pas notre attention. À l'inverse de Platon, Kafka pense que l'art entretient un rapport étroit et dangereux avec la vérité, et semble croire que son sens se trouve dans le rapport personnel à cette vérité, qui est effroi et douleur, donc dans sa représentation. Qu'il s'agisse de peinture ou de littérature, il paraît clair que dans son esprit les paramètres de la création se trouvent dans l'impossibilité de parvenir au vrai, éblouissant et par conséquent indescriptible, et à ce que le vrai provoque chez l'individu qui le recherche. L'art

1. *Ibid.*, p. 175.
2. O.C. II, p. 460.
3. *Ibid.*
4. *Ibid.*, p. 458.

réside non dans ce qui est vu, puisqu'on ne peut rien voir, mais dans l'imprudence du désir de voir et dans les cicatrices profondes causées par cette folle ambition. L'être vaincu est le seul et unique objet de l'art. L'art advient dans le constat effrayant de cet échec. Les héros de ses romans ne recherchent-ils pas quelque chose qui échappe, qui n'est pas nommé, qui fuit sans cesse la moindre définition et la moindre qualification ? Ces êtres décrits dans *Le Procès*, *Le Château* ou *Le Disparu* n'ont-ils pas en commun de courir à leur perte en s'obstinant à poursuivre leur quête, si vaine et absurde soit-elle ? Il est délicat d'être aussi affirmatif sur le dessein de l'auteur car aucun de ces trois livres n'est tout à fait achevé, le dernier restant encore en chantier. Mais on est en droit d'en avoir le soupçon.

Dans les propos qu'il échange avec Gustav Janouch, il lui cite les propos de Giovanni Segantini recueillis dans ses *Écrits et Lettres* :

> L'art n'est pas cette vérité qui est et subsiste hors de nous. Elle n'a et ne peut avoir aucune valeur en tant qu'art. Celui-ci n'est et ne peut être qu'une imitation aveugle de la nature, autrement dit rendre simplement la nature de la matière. Or la matière doit être élaborée par l'esprit, pour croître et atteindre l'art éternel[1].

Kafka, quelque temps plus tard, confie au jeune homme sa conception de la création artistique, qui n'est pas éloignée des idées du peintre suisse :

1. Janouch, *op. cit.*, p. 212.

En somme, il renverse la perspective idéaliste, puisque l'artiste part de la matière pour l'élever à l'éternité. Et il conclut en affirmant que tout créateur, quelle que soit sa discipline, est aux prises avec la tension immanente existant « entre le monde subjectif du moi et le monde extérieur objectif [1] ».

Cela sous-entend qu'une telle tension ne peut ni ne doit jamais s'apaiser car elle est le moteur de la pensée et de l'acte créatif.

Il serait vain de spéculer sur la connivence probable que Kafka a imaginée entre Van Gogh et lui. Il ressort en tout cas que Kafka a trouvé dans la peinture matière à réfléchir sur la démarche de l'écrivain, qu'il identifie aisément à celle de l'artiste puisqu'il considère son métier comme un art. Presque chaque fois qu'il s'exprime à propos d'un peintre, il ne cesse de revenir sur la question de la mise à nu d'un « arrière-plan caché [2] ». À l'insolente formule de Picasso qui dit : « Je ne cherche pas, je trouve », Kafka aurait pu rétorquer : « Je ne trouve pas, je cherche. » Pour lui ne compte que la quête qui ne peut avoir de terme sinon la destruction, que l'élan qui va au-devant de la fulgurance et, en fin de compte, de la mort. C'est un étrange et dérangeant entendement de l'absolu, puisque ce n'est pas le but, mais l'agent révélateur tout comme il est l'acide qui dissout l'être. Van Gogh est lui aussi allé au-devant de cet inconnu et de cet inconnaissable qui l'a attiré comme le vide et y a perdu la raison. Mais Vincent Van Gogh a été tout sauf un

1. *Ibid.*, p. 248.
2. *Ibid.*, p. 211.

fou. Il a tout bonnement emprunté un de ces chemins qui ne paraissent mener nulle part. Et qu'a fait d'autre Franz Kafka ? Et il a lui aussi approché les régions ambiguës aux confins de la raison et de la folie, comme il l'écrit à Grete Bloch le 11 juin 1914 : « Je suis asocial jusqu'à la folie, non seulement pour moi, mais également pour tous ceux que j'aime[1]. »

Patrizia Runfola a analysé avec justesse cette chasse esthétique qui a été la sienne tout comme Van Gogh a été le chasseur d'une représentation où le monde tangible côtoie le monde infrangible qui lui apporte un surcroît d'âme :

> Au nom de la vérité, Kafka fouillait dans le détail, même le moins évident, avec une précision fulgurante, dévoilant des aspects qui paraissaient étranges à première vue parce qu'ils étaient inattendus. C'étaient des enquêtes poussées, précises, très éloignées des bavardages quotidiens et souvent inutiles de la vie pratique, mais pas toujours. La cohérence de ses idées n'admettait ni lacunes ni mots insignifiants. Il était attentif à ne pas perdre de vue le noyau originel de chaque question, se maintenant à bonne distance de la fatuité et du cynisme. En sa présence, le monde quotidien se transformait, dévoilait des facettes insoupçonnées, parfois même douloureuses et écrasantes, mais sans jamais exclure une possibilité de soulagement, car rien ne s'avère dépourvu d'intérêt ou superficiel[2].

1. Cité in *Franz Kafka, une étude sur l'artiste*, Jürg Aman, p. 67.
2. *Prague au temps de Kafka*, Patrizia Runfola, p. 31.

L'initiation à la douleur de l'amour

Toujours en 1907, au mois d'août, Franz Kafka fait la connaissance d'une jeune fille alors qu'il passe ses vacances chez son oncle Siegfried Löwy à Triesch, en Moravie. Elle se nomme Hedwig Weiler. Elle a seize ans. Il s'empresse de prévenir Max Brod de cette belle rencontre :

> Mais la majeure partie de mon temps [...] je l'ai passé avec deux petites jeunes filles très intelligentes, des étudiantes très social-démocrates qui doivent serrer les mâchoires pour ne pas risquer d'énoncer à tout propos un principe ou une conviction. L'une s'appelle A. ; l'autre, H. W., est petite, ses joues sont rouges sans interruption ni limites ; elle est très myope, et non pas uniquement à cause du joli geste pour poser son lorgnon sur le nez — un nez dont le bout se décompose en de petites facettes d'une façon vraiment gracieuse ; cette nuit, j'ai rêvé de ses grosses jambes raccourcies, c'est grâce à des détours de ce genre que je reconnais la beauté d'une jeune fille et que j'en tombe amoureux[1].

Le portrait de cette étudiante juive qu'il s'emploie à courtiser ne paraît pas extrêmement flat-

1. Lettre à Max Brod, mi-août 1907, O. C. III, pp. 590-591.

teur. Et pourtant Kafka en est amoureux. Quand il rentre à Prague, il lui écrit deux fois le même jour. Tout en se plaignant amèrement d'être souffrant et d'être astreint à des travaux pénibles, il lui déclare : « La table se presse presque amoureusement contre le papier, la plume se couche comme un enfant complaisant dans le creux entre pouce et index et la pendule chante comme un oiseau[1]. » Le soir, il lui envoie un poème écrit quelques années plus tôt et en profite pour lui avouer : « Tu vois, je suis un homme ridicule; si tu m'aimes un peu, c'est par pitié, ma part à moi est la peur[2]. » Cette peur est une peur enfouie profondément, une peur déchirante de l'amour qui l'attire et le repousse. Aussi se présente-t-il rapidement sous un jour peu flatteur pour obtenir un amour inconditionnel et aussi, dans une contradiction déroutante, pour qu'il échoue aussitôt afin de ne plus se trouver sous son égide.

Kafka a toujours ressenti une gêne embarrassante et une extrême timidité devant les choses de l'amour. C'est ce qu'ont remarqué tous ses camarades au lycée :

Comme dans chaque groupe de jeunes, nous avions des conversations touchant à la sexualité. Au collège, la plupart d'entre nous n'y connaissaient à peu près rien et comme dans tout groupe, il y avait aussi des précoces. Au lycée, cette proportion s'inversait. Si je me souviens bien, jamais Kafka ne participa à ces conversations, où il était question de

1. Lettre à Hedwig Weiler, 29 août 1907, O.C. III, p. 592.
2. *Ibid.*, p. 593.

sexualité. Nous n'osions pas le consulter à ce sujet, d'autant plus qu'on ne le voyait jamais en compagnie d'une fille [1].

Quand, au cours de l'été 1921, il envoie des lettres nourries concernant l'éducation des enfants à ses sœurs devenues mères de famille, il aborde le point délicat de l'émergence de la libido. Il fait valoir que le petit garçon est « un incorruptible chercheur de vérité et un informateur sans arrière-pensée ; quant à ce qui lui manque en fait de savoir et d'expérience, on peut lui faire confiance pour le ressentir en vertu de la bassesse qui est en lui car il est bien de la même chair que les autres [2] ». Et, à partir de ces considérations où il dispense une sagesse en la matière qui lui ressemble si peu, il parle sans détour de ses compagnons de classe qui ont voulu l'initier à tout prix. Il leur voue un mépris qui ne s'est pas éteint avec le temps et éprouve à leur encontre un profond ressentiment. Ce qui l'a le plus choqué alors, c'étaient leurs rires (c'est aussi son rire qu'il critique chez son père), un rire qui a dû lui faire perdre sa contenance et le peu de confiance en soi qu'il avait. Il désigne deux responsables, « celui de droite » et « celui de gauche », le premier ayant été frappé par la syphilis, le second étant devenu professeur de vénérologie. Celui de droite est Hugo Hecht. Emil Utitz est le futur spécialiste des maladies vénériennes. Dans ses mémoires, Emil Utitz, tout en insistant sur la discrétion et sur la distance

1. « Douze ans en classe avec Franz Kafka », Hugo Hecht, in *J'ai connu Kafka*, pp. 39-40.
2. Lettre à Elli Hermann, été 1921, O.C. III, p. 1094.

de Kafka, confirme toutefois ce que Kafka révélera beaucoup plus tard : « Une seule fois il vint avec nous dans un endroit très louche[1]. » Dans son journal, Kafka confesse une curieuse inclination de son esprit, une sorte de perversion :

> Jeune garçon j'étais aussi innocent, aussi peu intéressé par les questions sexuelles (et je le serais resté très longtemps si l'on ne m'avait poussé à m'en occuper) que je le suis aujourd'hui, disons pour la théorie de la relativité. Seuls des détails insignifiants attiraient mon attention (et même ceux-là, après qu'on m'eut fourni des éclaircissements précis), le fait, par exemple, que les femmes de la rue qui me semblaient les plus belles et les mieux habillées dussent précisément être mauvaises[2].

Franz Kafka est né dans une rue où il y avait, au moment de sa naissance, plusieurs maisons closes. Et, rien que dans le vieux ghetto, il n'y avait pas moins de trente-cinq établissements qui allaient tomber sous les pioches des démolisseurs vers 1905. Au début du XXe siècle et jusqu'en 1920, date de leur fermeture par le gouvernement, Prague possédait des maisons closes qui jouissaient d'une grande réputation. Leopold B. Kreitner, qui fait la connaissance de Kafka en 1902, parle des rencontres des jeunes intellectuels pragois au Café Français, au café Louvre, au café Continental et surtout au café Arco, auxquelles participent Bergmann, Weltsch, Oskar Pollak et bien sûr Kafka. Il se remémore les soirées :

1. « Huit années à l'Alstäder Gymnasium », Emil Utitz, in *J'ai connu Kafka*, p. 54.
2. *Journaux*, 10 avril 1922, O.C. III, p. 543.

Lors de ses rencontres journalières, ou pour être plus précis nocturnes, leurs sujets de conversation n'étaient pas toujours spirituels et intellectuels. Après s'être rincé l'œil avec la collection très complète de livres pornographiques du maître d'hôtel, ces amis-là, à l'époque encore célibataires, se rendaient assez souvent dans l'établissement de Mme Goldschmidt de la Gemsengasse où, avant la Première Guerre mondiale, on pouvait danser, boire le meilleur café de la ville, et choisir parmi un éventail de « dames » légèrement vêtues qui, pour un tarif fixe de dix couronnes austro-hongroises, leur rendaient quelques services professionnels [1].

Le salon a été racheté en 1898 par la femme d'un tenancier de bordel, Friedmann, qui règne sur la maison de la Rabbinergasse (aujourd'hui Siroká). Elle le rénove et en fait un endroit élégant, l'appelant Goldschmied. Des souterrains permettent de cacher les clients quand la police y fait une descente. Tous les habitués surnomment l'endroit *Gogo* : c'est le plus couru de la ville et il a été adopté par les artistes, les journalistes, les poètes et aussi par les désœuvrés qui viennent y bavarder et y jouer. Egon Erwin Kisch, qui ne va pas tarder à être un auteur célèbre, explique les rites qui y président :

La bohème se rassemblait ici la nuit après la fermeture des cafés. Tout le monde ne possédait pas la somme requise pour la consommation. Le café était apporté sur un petit plateau avec une jolie cafetière en argent et une tasse en porcelaine car on ne servait pas une tasse de café mais une « portion » (qu'il y eût un groupe de cinq personnes ou une seule, cela ne faisait pas de différence, il faillait commander une « portion » de café

1. « Portrait de Kafka en jeune homme », Leopold B. Kreitner, in *J'ai connu Kafka*, p. 64.

qui coûtait quatre couronnes. Voilà pourquoi on essayait toujours de trouver quatre partenaires, en attendant au coin de l'Eisengasse (Zeletna) ou de la Gemsengässchen des connaissances ou des promeneurs inconnus avec lesquels on établissait une association d'intérêt commun)[1].

Paul Leppin, le plus insolite de tous les disciples de Meyrink en a fait lui aussi une description très haute en couleur :

Ici existe une tradition vieille de plusieurs décennies [...]. Le lieu s'était imposé à la noblesse et avait presque une réputation européenne. Là dansaient de belles folles avec des voiles extraordinairement fluides au son du piano, là régnait un ordre impeccable et une dignité qui allaient bien au vice, de la gaieté et du luxe. Là coulaient et le champagne et le vin du Rhin pour les riches, là embaumait un café délicieux pour les moins fortunés qui pénétraient dans ce paradis armés seulement de petites coupures. Dans les salles du fond, fermées au public par d'épais rideaux, il y avait parfois des visiteurs importants. Ces princes et notables festoyaient d'excellente humeur alors que leurs équipages attendaient dans la rue à distance. [...] En vérité, c'était une maison de la festivité et de la sociabilité[2].

Parmi les éminents clients, on peut citer Bismarck, qui est venu y fêter une victoire prussienne et a gravé le nom de sa compagne sur le verre d'une fenêtre, et Gustav Mahler, maître de chapelle à Prague entre 1885 et 1886, qui y est venu écouter le pianiste et même essayer son instrument. Dans son récit *La Maison du deuil*, Franz Werfel en montre l'aspect drolatique : « Voilà la table des très

1. Inédit, traduit par Sabrina Carnevali.
2. *Ibid.*

intelligents où prenaient place un employé des pompes funèbres, Mosé, président de la société Spinoza et maître de l'ordre des *Söhne des Bundes* [Fils du lien], ainsi que le bavard Julius Schleissner, où Werfel fait le portrait d'Ernst Pollak[1]... » Et Werfel fait lui aussi une peinture très pittoresque de ce bastion du plaisir qui a été l'un des pivots de la vie secrète des Pragois de la Belle Époque, un endroit :

> [...] absolument féodal avec ses meubles Renaissance chargés de dorures, ses miroirs ornés de couronnes, ses tentures de velours rouge et son sol marqueté, glissant comme une patinoire [...] à travers toute cette splendeur gourmande de poussière et déjà un peu rance, le regard embarrassé de la double monarchie vieillissante se posait sur le visiteur. [...] ces dames semblaient pénétrées d'un sentiment de dignité particulière, propre à tout pensionnaire de ce lieu distingué à la renommée séculaire. Y être admis voulait dire faire partie d'un monde supérieur[2].

Kafka se montre relativement discret quant à ses incursions nocturnes dans les maisons Tellier de sa ville natale. En revanche, il écrit un billet à Max Brod en 1908 pour lui raconter comment il a passé une soirée solitaire quand il se trouvait à Spitzberg pour le compte de son bureau :

> J'ai tellement besoin de quelqu'un dont le contact soit uniquement amical qu'hier je suis allé à l'hôtel avec une prostituée. Elle est trop vieille pour être mélancolique, elle déplore seulement, encore qu'elle n'en soit pas étonnée, qu'on ne soit

1. *Ibid.*
2. Cité in *Franz Kafka, les années de jeunesse*, Klaus Wagenbach, p. 145.

pas aussi gentil avec une prostituée qu'avec une maîtresse. Je ne l'ai pas consolée, puisqu'elle ne me consolait pas non plus[1].

Il est possible aussi que le jeune homme, en compagnie de Max Brod et de son frère Otto, soit allé à l'Hippodrome, qui, pendant la journée, est une école équestre et, la nuit, un lieu de plaisirs très couru. Des concours de beauté grotesques y sont organisés ainsi que des attractions de style forain. Que Kafka ait fréquenté des lieux de perdition comme ce dernier, ou le salon Dessort dans l'immeuble dit « Au Lion Bleu », ou U° Šuhu° dont parle Hašek dans son *Brave soldat Schveik* (il l'appelle Šuha), ou encore le salon Aaron immortalisé par Paul Leppin, ne fait pas le moindre doute, même s'il ne s'étend guère sur la question dans son journal, même s'il est censé n'être lu que par lui-même. Il a tout de même à cœur de coucher par écrit certaines expériences ou certaines scènes mémorables. La plus cocasse et la plus révélatrice est sans doute celle où il assiste à une cérémonie à la synagogue Vieille-Nouvelle (la plus ancienne de Prague, mais forcément la plus récente à l'époque de sa construction, d'où ce nom paradoxal). Il fait un tour d'horizon des personnages qui y sont présents et en donne une définition pour le moins incongrue : « La famille du patron du bordel[2]. » Quand il visite Paris, à la fin de l'été 1911, il tient à conserver le souvenir de ce genre d'établissements

1. Lettre à Max Brod, septembre 1908, O.C. III, p. 619.
2. *Journaux*, 1er octobre 1911, O.C. III, p. 87.

qu'il a pu voir, si différents de ceux de Prague : « Bordels organisés rationnellement. Sur toute la façade de la maison, les hautes fenêtres sont cachées par des jalousies propres. Au lieu d'un homme dans la loge du concierge, une femme correctement habillée qui pourrait être à sa place partout[1]. » Surpris par la magnificence de ces établissements parisiens, il ne peut s'empêcher une comparaison avec les maisons de tolérance pragoises : « À Prague, j'ai souvent noté à l'occasion le style Amazone des bordels[2]. » Et Brod se souvient que Kafka s'est entiché d'une petite serveuse de taverne qui s'appelle Hansi, dont il raconte pourtant que « des régiments entiers lui étaient passés sur le corps ». Kafka a eu des passades et quelques aventures sans lendemain avec des filles de salle ou des femmes de ménage.

Ces joyeuses sorties nocturnes, qu'il partage avec la majorité de ses amis et connaissances, même les plus austères philosophes, Kafka se croit obligé de les raconter plus tard comme on va au confessionnal. Il le fait au fil de son exponentielle correspondance avec Felice Bauer ou dans celle qu'il échange avec Milena Jesenská.

À la première, il s'en ouvre d'une manière voilée et, de ce fait même, tout à fait transparente sans doute, mais qui ne parle tout de même pas du plus coupable :

Si je t'avais connue il y a huit ou dix ans, que nous pourrions être heureux aujourd'hui, sans ces détours minables, sans ces

1. *Journaux*, septembre 1911, O.C. III, p. 76.
2. *Ibid.*

soupirs, sans ces lamentables silences ! Au lieu de cela, je rencontrais des jeunes filles dont je tombais légèrement amoureux, avec lesquelles j'étais joyeux et que j'abandonnais plus facilement encore ou dont j'étais abandonné sans en éprouver la moindre souffrance (seul le pluriel donne l'impression du grand nombre parce que tout cela est passé depuis longtemps)[1].

Il y a d'ailleurs dans ce récit une grande ambiguïté, car il semble embrasser dans une même catégorie les « jeunes filles » avec qui il a eu une amourette (et l'on sait que ces amours fugitives ont été plus nombreuses qu'on ne le croit) et les filles de mauvaise vie. Et là, les choses sont difficiles à trancher : éprouve-t-il du ressentiment à l'encontre de ces jeunes filles ou, au contraire, porte-t-il en haute estime ces prostituées ?

À la seconde, Milena Jesenská, avec la volonté de lui répondre sans détour, il narre sa « première fois », admettant avoir eu « un peu plus de vingt ans ». Elle s'est déroulée tandis qu'il préparait ses examens de droit, entre 1904 et 1906, quand il habitait encore avec sa famille dans la Zeltnergasse. Voilà les faits... Il avise une petite commise dans le magasin de confection situé en face de sa chambre, communique avec elle par signes et lui donne un rendez-vous. Le soir, il la trouve en compagnie d'un homme. Ils vont boire ensemble dans une taverne. Puis Kafka et l'inconnu raccompagnent la jeune fille jusque devant chez elle. Elle lui fait alors signe en catimini de rester. Ils vont dans un petit hôtel de

1. Cité in *Franz Kafka*, Claude David, pp. 71-72.

un petit hôtel de la Kleinseite. « Tout cela avait eu quelque chose d'irritant, d'excitant et d'abominable, confie Kafka, il n'en fut pas autrement à l'hôtel[1]. » Il ajoute qu'il l'a revue « deux nuits plus tard » mais qu'une fois parti en vacances, il est trop content de pouvoir lutiner une autre jeune fille. Et par la suite il n'a même plus salué la petite employée.

Quelque chose l'avait heurté dès leur première nuit :

Je ne veux pas dire (ce serait faux) que mon hostilité soit venue uniquement de ce que la petite avait fait à l'hôtel, en toute innocence, une petite abomination (qui ne vaut pas d'être détaillée), [qu'elle] avait dit une petite saleté (qui ne le mérite pas davantage), mais le souvenir restait ; j'avais su dès le début qu'il ne s'effacerait jamais ; j'avais su, ou cru savoir, que cette horreur et cette saleté faisaient partie intégrante du tout, pas nécessairement sur le plan matériel, mais extrêmement nécessairement sur le plan moral, et que c'étaient précisément cette saleté et cette horreur [...] qui m'avaient attiré avec une si folle violence dans cet hôtel que j'eusse évité de toutes mes forces en temps normal[2].

Et quand il aborde le sujet du désir, en général, il le perçoit comme « une petite abomination ». Sa confession ne s'arrête pas là. Il admet alors que, depuis qu'il a commencé à correspondre avec elle, « jour et nuit, [il bâtit] des plans, contre [s]a volonté consciente, pour [s]'emparer de la femme de chambre [...] une jeune fille [lui] tomba dans les mains, une jeune fille très consentante...[3] ». Et là,

1. Lettre à Milena Jesenská, 1920, O.C. IV, p. 1034.
2. *Ibid.*, pp. 1034-1035.
3. *Ibid.*, p. 1035.

il expose une contradiction flagrante dans l'estimation de ses propres sentiments : « Je ne vois d'ailleurs rien de sale, je ne vois pas d'excitant extérieur qui le soit, rien qui ne porte vie du dedans ; bref, je respire un peu de l'air qu'on respirait au Paradis avant la faute. Rien qu'un peu de cet air, il n'y a pas *touha* [le désir] ; pas tout cet air, il y a donc "la peur"[1]. » Ailleurs, il fait état d'une « légère mauvaise odeur », d'« un peu de soufre », d'« un peu d'enfer ». Et il compare l'être soulevé par le désir à un Juif errant « absurdement entraîné, cheminant absurdement à travers un monde absurdement sordide[2]. »

Dans la « Lettre à son père », Kafka aborde la question de la « morale sexuelle propre à une classe sociale, à un pays, à une époque donnés[3] ». Le problème est évident : cette éthique qu'il veut sienne lui a été transmise par un géniteur courroucé dont il veut faire le réquisitoire, dans un rapport impossible qui, dès le début, est né d'un terrible quiproquo rendant inconcevable toute « solide confiance réciproque[4] ». Kafka rappelle ainsi une promenade qu'il a faite avec ses parents durant laquelle, affectant un air supérieur, mais aussi en bégayant, il a voulu leur faire parler de choses « intéressantes » :

> [...] je vous fis des reproches, parce que vous m'aviez laissé dans l'ignorance, parce que mes camarades de classe avaient déjà dû se charger de m'instruire et que j'avais côtoyé de grands

1. *Ibid.*
2. Cité in *Franz Kafka*, Claude David, p. 74.
3. « Lettre à son père », O.C. IV, p. 871.
4. *Ibid.*

dangers [...] et, pour conclure, je vous fis comprendre que maintenant j'étais par bonheur instruit de tout, que je n'avais plus besoin de conseils et que tout était rentré dans l'ordre[1].

Son père, à l'en croire, s'est contenté de lui donner un conseil pour lui permettre de faire ces choses sans crainte. Il admet que c'est le genre de réponse à laquelle il s'attendait. Mais il avance une objection : « [...] elle révélait une absence de scrupules toute moderne[2]. » La réaction de l'adolescent attardé (et qui est toujours celle de l'adulte qu'il est devenu et qui écrit ces pages véhémentes) est une réaction de rejet et de dégoût : « [...] ce que tu me conseillais était la plus grande saleté qui se pût concevoir[3]. » Et son véritable reproche est de l'avoir poussé à « descendre dans la boue », comme si cette chute était justement son destin.

À partir de ce raisonnement, qui sous-tend aussi bien sa littérature que son comportement vis-à-vis des femmes, il est clair que son histoire sentimentale avec Hedwig Weiler ne peut reposer sur des fondement stables. Celle qu'il appelle *Liebe* dès la première lettre doit à partir de cet instant être le témoin privilégié de ses faiblesses physiques, de son abattement, de ses humeurs changeantes, de ses fantasmagories et de ses transports. Avec cette correspondance prolixe, on a l'impression que Kafka s'est lancé dans un monologue dont l'être aimé n'est que le destinataire presque muet, un specta-

1. *Ibid.*
2. *Ibid.*, p. 872.
3. *Ibid.*

teur qui assiste, par le truchement des mots, au spectacle que lui propose l'auteur de ces lettres. Les réactions de la jeune fille ne font qu'alimenter ce soliloque. En effet, dès que son interlocutrice fait mine de regimber, il apporte aussitôt une réponse et reprend le fil de ces minutes décousues de son drame, avec cette déroutante façon de vouloir l'attirer dans son orbite. Il s'acharne à la persuader de venir le voir à Prague, et déploie des trésors d'arguments. Sa « chère enfant », sa « mignonne » éprouve d'autres intérêts que les siens ou se sent attirée par d'autres personnes ? Il lui fait savoir : « Toi seule est visible pour moi[1]. » Ce qui signifie en fait que lui seul devrait être visible pour elle. Il lui assène la somme monstrueuse de son épuisement, de son exaspération, de ses sombres macérations (« la semaine dernière, j'allais vraiment bien avec la rue où j'habite, et que j'appelle "rue-tremplin-pour-les-candidats-au-suicide" », car cette rue « s'ouvre largement sur le fleuve »[2]). Cette lettre, qui est la dernière qu'on connaisse, se termine par une chamaillerie à propos des jours de fête au sein de l'Empire. Puis, c'est le silence définitif. Hedwig Weiler est-elle venue à Prague ? Qu'est-ce qui a provoqué cette rupture si subite ? Tout ce qui subsiste, c'est une ultime lettre de Kafka, très sèche, hostile, au début de l'année 1909 où il l'invite à déjeuner chez ses parents en l'assurant qu'il n'y sera pas présent ! Il y aura aussi une dernière lettre de la jeune

1. Lettre à Hedwig Weiler, novembre 1907, O.C. III, p. 608.
2. Lettre à Hedwig Weiler, début 1908, O.C. III, p. 612.

fille en avril 1909 où elle fait vraisemblablement état d'un long moment où elle a éprouvé un pénible sentiment de solitude. Kafka lui répond vertement, avec une certaine méchanceté, et lui parle de la vertigineuse et terrifiante solitude qui est la sienne : « Pour moi, toutefois, c'était toujours pis pendant l'hiver. Quand il fallait allumer la lampe dès la fin du dîner, baisser les rideaux, s'asseoir sans conditions à sa table, noir de malheur du pied à la tête, et qu'on se levait quand même, en criant et en levant les bras pour donner debout le signal de la fuite[1] ! » Il clôt cette scène en faisant un portrait clinique des membres de sa famille destiné à produire une impression désolante.

Entre-temps, Kafka a sollicité en juin 1908, et obtenu, d'être admis comme auxiliaire au sein de la compagnie d'assurances. Trop de débats intérieurs ont accompagné son introduction dans la triste sphère de l'administration, cette liaison épistolaire ratée, un ultime déménagement et une multitude d'hésitations quant à tout ce qu'il aurait pu attendre de lui-même dans cet avenir déjà obscurci qui se présente à ses yeux. Mais, pour l'heure, son travail l'absorbe et il commence, comme l'exigent ses fonctions, la rédaction d'une « œuvre » d'un genre complètement différent puisqu'il s'agit de textes juridiques, dont le premier est rédigé pendant l'automne 1908. Il s'agit d'un copieux rapport intitulé « Extension de l'obligation d'assurance dans les professions du bâtiment et les professions

1. Lettre à Hedwig Weiler, mi-avril 1909, O.C. III, p. 630.

annexes ». Il fait preuve d'un rare talent dans ce genre littéraire quand il expose ces considérations sur un sujet aussi ingrat : la clarté de la rédaction et la limpidité de son style le font tenir en grande estime par ses collègues. En un certain sens, le piège s'est déjà refermé sur lui parce qu'il révèle des qualités rares dans cette littérature technique. Dans une longue lettre adressée à Felice Bauer à la fin de 1912, il ne peut faire moins que de se lamenter de mener une vie déchirée entre son travail de bureau et le temps qu'il consacre à l'écriture avec une ironie mordante qu'il retourne contre lui et qui rend les choses encore plus aigres :

> À cause de ce travail [...], je suis devenu la terreur de mon chef, alors que j'étais, sinon un employé exemplaire, du moins quelqu'un de parfaitement utilisable dans bien des affaires (j'ai provisoirement le titre de rédacteur). [...] Parfois, je crois presque entendre la meule qui me broie littéralement entre la littérature et le bureau. Puis viennent d'autres moments, où je tiens relativement les deux en balance, surtout lorsque j'ai mal travaillé à la maison [1]...

Prenant immédiatement conscience du manque de légèreté de ses propos, il corrige la description déprimante de ce partage délicat entre sa vie professionnelle et sa vie imaginaire d'écrivain : « J'y repense, hier soir aussi j'ai exagéré. Car, au bureau, cela va à peu près. [...] Et maintenant à la machine à écrire [2] ! »

1. Lettre à Felice Bauer, 3 décembre 1912, O.C. IV, p. 121.
2. Lettre à Felice Bauer, 4 décembre 1912, O.C. IV, p. 123.

Le grand départ : le Cercle de Prague, la première publication et l'invention du *Journal*

Que lit donc Kafka pendant cette période de propédeutique existentielle ? Il lit les écrits de Max Brod, cela va sans dire, et commente souvent ce que ce dernier lui confie. Il estime sa poésie et en avril 1909 il le lui fait savoir :

> Ce soir, à six heures, à la nuit tombante, j'ai lu *Steine, nicht Menschen* (*Des pierres, non des hommes*) près de la fenêtre. Cela vous fait quitter agréablement l'humain, il n'y a ni péché ni bond, le départ a lieu publiquement quoique sans éclats ; chaque pas trouve sa justification. On a l'impression que, si l'on saisit le poème à pleins bras, on va sortir sans efforts du malheur, tout à la joie de cette étreinte et plus réellement que dans la réalité[1].

Dans la même lettre, il commente un roman de Knut Hamsun, *Sous les étoiles d'automne*, qui le passionne. En septembre 1911, il relate d'ailleurs la rencontre surréaliste de Hamsun et de Kubin dans son journal telle que l'artiste la lui a contée. Goethe tient bien sûr une place privilégiée, mais aussi Tho-

1. Lettre à Max Brod, Prague, mi-avril 1909, O.C. III,

mas Mann, et surtout Robert Walser en 1908, dont il a pu lire des récits dans la *Neue Rundschau*, qui aura une grande influence sur lui et qu'il apprécie particulièrement parce qu'il a le rare mérite de le faire rire. Ernst Eisner, son supérieur à la compagnie, avec lequel Kafka a de bonnes relations, compare Kafka à un personnage de Walser qui se laisse aller à rêvasser. Et Kafka lui répond : « Walser me connaît ? Je ne le connais pas, je connais *Jakob von Gunten* (*L'Institut Benjamenta*), un bon livre. Je n'ai pas lu les autres, en partie par votre faute puisque, malgré mon conseil, vous n'avez pas voulu acheter les *Geschwister Tanner* (*Les Enfants Tanner*). » Il vagabonde, n'est-il pas heureux comme un poisson dans l'eau, et pour finir il n'arrive à rien, sinon à procurer du plaisir au lecteur ? Et Gustave Flaubert, qu'il lit dans l'original, demeure une de ses grandes admirations. Brod se rappelle que c'est Kafka qui l'a initié à l'auteur de *Madame Bovary* : « Kafka, en revanche, me fit connaître Flaubert. C'est de lui que je tiens cette passion. Nous lûmes dans l'original *L'Éducation sentimentale* et *La Tentation de saint Antoine*[1]. »

Si les vicissitudes de son existence divisée lui pèsent, sans parler de ces autres vicissitudes que sont ses débats intérieurs, Franz Kafka s'est retrouvé dans un petit groupe d'amis, à l'écart des cercles qui existent alors à Prague. Toutefois il envisage ces réunions discrètes sans exclusive et non sans tisser des relations étroites avec un certain

1. *Franz Kafka*, Max Brod, p. 69.

nombre d'entre eux comme le groupe Concordia, les nouveaux romantiques de la Jeune Prague, le groupe sioniste de Hugo Bergmann, tout en attirant dans son orbite de jeunes écrivains moraves. Kafka a ses entrées, grâce à Max Brod, même dans le cénacle très fermé de Gustav Meyrink qui se réunit au café Continental. Max Brod est l'instigateur de ce petit Cercle de Prague car il a voulu réunir ses anciens camarades de classe, à commencer par Felix Weltsch, l'un de ses meilleurs amis, Oskar Baum (ils se sont rencontrés en 1903 ; Brod et Kafka font sa connaissance l'année suivante), et enfin Kafka. Ce n'est qu'en procédant avec prudence et introspection que Brod parvient à architecturer ce qu'il appellera plus tard le « Cercle restreint de Prague », puisque d'autres intellectuels vont le rejoindre, comme Franz Werfel, qui n'y fait que des apparitions ponctuelles, surtout après la disparition de Kafka. Il en explique la formation : « Le cercle de notre amitié s'était élargi depuis quelques années déjà. J'avais amené Kafka à Felix Weltsch et Oskar Baum. Ils se sentirent tous deux attirés par Kafka, aussi bien le clairvoyant philosophe [...] que le poète. » Cette ligue à quatre « était assez originale, car des liens intimes, que nulle discordance ne troublait jamais, nous unissaient deux par deux. Pendant des années, nos réunions régulières donnèrent à notre vie un rythme solide » [1].

Felix Weltsch a un an de moins que Kafka. Max Brod l'a connu dès la petite école :

1. *Ibid.*, p. 123.

L'amitié entre Felix Weltsch et moi remontait à l'époque de l'enfance et de l'école élémentaire. Entre six et neuf ans, nous fréquentâmes la célèbre école élémentaire des pianistes dans le Herrengasse (aujourd'hui Panská) où les pères, sans aucune fin missionnaire, nous dispensèrent, avec beaucoup de patience, une éducation excellente (un rabbin se chargeait, dans la salle d'étude, de l'instruction religieuse hébraïque). Felix et moi nous affrontâmes plus d'une tempête et nous cogitâmes plus d'un mauvais tour, mais inoffensif[1].

Ils se perdent de vue pendant les années de lycée, et se retrouvent à la faculté de droit. Kafka le rencontre pour la première fois à la « Halle » en 1902.

Je présentais mes deux amis l'un à l'autre. C'est ainsi que se constitua le triumvirat Kafka-Weltsch-Brod qui reposait sur une sincérité extrême de chacun à l'égard des autres ; c'était une étrange formation cristalline où venaient se confondre trois profondes relations duelles : chacun avait en effet avec chacun des autres un lien intime et unique, autonome, sans ombre, sans snobisme, sans réserve avec un grand amour passionnel. Ces trois liens se fondaient dans une unité commune[2].

Très doué, d'une intelligence peu commune, Weltsch se constitue une solide culture. Quand il obtient son doctorat en droit, il poursuit des études en philosophie et reçoit le parchemin de son second doctorat en 1911. Mais il ne trouvera qu'un modeste emploi à la bibliothèque universitaire de

1. « Les prémisses du " cercle restreint de Prague " », Max Brod, in *Métamorphoses de Kafka*, p. 127.
2. *Ibid.*, p. 128.

Prague. Il va procéder au classement des ouvrages ésotériques et travaille ensuite au département des reliures. En 1938, il part avec sa femme et sa fille en Palestine, où il devient bibliothécaire à la Bibliothèque nationale de Jérusalem. Il consacre l'essentiel de son temps à la philosophie. En 1913, il publie son traité *Perception et concept*. Suivent d'autres essais comme *Grâce et liberté*, *L'Énigme du rire*, *L'Aventure du milieu*. Il écrit aussi un livre sur Kafka : *Religion et humour dans l'œuvre de Franz Kafka*. S'il a un réel ascendant sur ses contemporains à Prague, ses réflexions ne passent guère la frontière tchèque. Il prend rapidement conscience de son isolement international et s'en livre à Hugo Bergmann : « La philosophie... je n'aime pas toucher à cette blessure. [...] Je me rends compte maintenant qu'un livre de philosophie ne peut avoir un impact sur le monde des philosophes que s'il a été écrit par un disciple ou par quelqu'un qui a lui-même des disciples[1]... » Entre 1918 et 1938, il est le rédacteur de la revue *Selbstwehr* (« L'Autodéfense »), un hebdomadaire sioniste. Cet homme blessé et menant une existence difficile a néanmoins, en dehors de ses prodigieuses facultés intellectuelles, la rare faculté de faire rire Kafka aux éclats.

Franz Kafka rencontre Oskar Baum en 1904. Ce dernier est devenu l'ami de Felix Weltsch et de Max Brod l'année précédente. Né à Pilsen en 1883 comme Kafka, Baum est borgne de naissance. À l'âge de onze ans, lors d'une bagarre féroce entre

1. In *Franz Kafka ou Le cauchemar de la raison*, Ernst Pawel, p. 140.

écoliers tchèques et collégiens « allemands », il a perdu son second œil. Ses parents l'ont envoyé à Vienne dans une institution juive pour aveugles comme interne. Il y est resté tout le temps de ses études secondaires. De cette expérience, il a retiré un inébranlable dégoût pour toutes les formes de coercition, en particulier dans l'éducation des enfants. Il n'éprouve qu'un dédain sans bornes pour les philanthropes de profession, qui n'ont à offrir que des préjugés et beaucoup d'arrogance. On ne tarde pas à se rendre compte qu'il possède une grande intelligence ainsi que des dons peu communs pour la musique. Il va écrire plusieurs romans, qui connaîtront d'ailleurs un certain succès. La première fiction qu'il a voulu écrire pour les voyants concerne le monde des aveugles. Dans *Leben in Dunkeln* (*Vie dans les ténèbres*), qui paraît en 1909, Baum se fait le porte-parole de tous ceux qui luttent dans l'obscurité — nous apprend Patrizia Runfola —, ne rencontrant que l'incompréhension et s'opposant à la morale facile qui leur était imposée. Kafka a beaucoup d'estime et d'admiration pour ses écrits et n'a de cesse d'en parler autour de lui. Il va lire par la suite *Excursion dans le rouge sombre*, publié en 1919, puis *Ein Besuch in Prag* (*Une visite à Prague*). Baum gagne sa vie comme pianiste et organiste à la synagogue, et devient l'un des plus importants critiques musicaux de Prague. En 1939, il organise un réseau pour sauver les Juifs tchèques et les réfugiés antinazis, et mourra en 1941 à l'hôpital de Prague.

Oskar Baum a conservé vivace le souvenir de sa

première rencontre avec Kafka : « Elle se fit par l'entremise de Max Brod. Il m'amena Kafka et nous lut cet après-midi d'octobre 1904 sa nouvelle *Ausflüge ins Dunkelrole* qu'il venait d'achever[1]. » La lecture de ce texte est le prétexte d'une discussion passionnée. Mais ce qui a frappé Baum, c'est la façon dont Kafka s'est comporté avec lui : « J'ai gardé la profonde impression du premier geste qu'eut Kafka, en entrant dans ma chambre. Il savait qu'il était chez un aveugle. Et tandis que Brod me le présenta, il s'inclina sans dire un mot. [...] Pour la première fois quelqu'un avait considéré mon infirmité comme un fait ne concernant que moi-même[2]. » Il devine que ce geste était conforme à ses convictions : « Cela conférait une vie intense à ses allures et à toute son attitude extérieure, malgré les luttes abstraites qui occupaient constamment son esprit[3]. »

Kafka entretient avec lui une relation différente, il lui parle avec le plus grand respect et ne se permet de le tutoyer qu'au bout de dix ans. Il avoue à Brod que cet homme grand, robuste et volontaire l'impressionne beaucoup. De son côté Oskar Baum est tout aussi impressionné par Kafka, mais pour d'autres raisons. Dans son *Almanach*, qui est un livre de souvenirs, il met l'accent sur sa singularité et, aussi, sa déconcertante objectivité qui dépasse tous les sentiments et toutes les émotions qu'il éprouve :

1. Cité in *Franz Kafka*, Max Brod, p. 124.
2. *Ibid.*
3. *Ibid.*

Il ne condamnait jamais et notait simplement les faits. Sans haine, ni délicatesse exagérée mais aussi sans sentimentalisme romantique, il allait tout droit à l'essentiel. Avec une lucidité sans égale, il examinait, démystifiait, mettait en lumière le noyau authentique de la vie intérieure [...]. Par nature c'est un exalté, plein d'une imagination débordante, mais il tenait la bride à ses ardeurs en s'efforçant constamment à une stricte objectivité [1].

Les quatre conjurés — qui ne complotaient qu'en vue d'un décryptage de l'univers et d'une mise à nu des rouages secrets de l'existence — se rencontrent le plus souvent, après le dîner, dans l'appartement de l'un des membres devant une tasse de thé et des gâteaux ou au café Arco une fois par semaine… Ce café, dès 1912, est l'un des hauts lieux de la culture pragoise aussi bien pour les écrivains et les artistes tchèques que pour leurs homologues « allemands ». C'est là, par exemple, que Heinrich Mann est invité à prononcer une conférence sur Émile Zola qui restera mémorable. Karl Kraus, le terrible pamphlétaire viennois — Juif mais antisémite ! —, débusque ce petit nid d'intellectuels et les trouve risibles. Il les regarde comme des snobs, qui se donnent des airs de mystiques orthodoxes uniquement parce que « les instituteurs, les employés aux écritures sont athées et imbus de science [2] ». Ils lui inspirent aussi un poème satirique d'après le *Chant nuptial* de Goethe qu'il publie dans sa revue *Die*

1. In *Franz Kafka ou Le cauchemar de la raison*, Ernst Pawel, p. 142.
2. « Kafka un amateur furtif des cafés de Prague », Gérard-Georges Lemaire, in *Métamorphoses de Kafka*, p. 36.

Fackel : « Ça vous maxbrode, ça vous werfele, ça vous Kafka et vous Kische[1]... » Il immortalise aussi Oskar Pollak dans une de ses pièces de théâtre, *Littérature* — « opérette magique » jouée à Vienne en 1922 dans laquelle il met en scène Poschka, le célèbre maître d'hôtel, en train de taquiner la muse pour immortaliser le café.

Les cafés de Prague ont, comme le café Arco, une place d'une importance toujours plus grande dans le débat culturel, mais aussi dans la poétique de la ville. Konstantin Biebl les projette dans le firmament mythique : « Le ciel est un café où brillent des lampadaires et les anges jouent au billard, tandis que les poètes morts rompent des petits pains et écrivent des poèmes sur une table, un madrigal pour chaque sainte[2]. » Cet établissement placé en face de la gare Masaryk a pris une place de choix dans cette mythologie et a continué à recevoir les membres du Cercle de Prague onze ans après la mort de Kafka. C'est un écrivain morave qui l'a remplacé, Ludwig Winder, l'auteur de *Die Jüdische Orgel* (*L'Orgue juif*).

Ces échanges intéressants entre les quatre jeunes hommes prennent les formes les plus variées et les plus inattendues quand on songe à ce qu'est la nature de leurs rapports.

Parfois, explique Patrizia Runfola, ils prenaient Oskar Baum bras dessus bras dessous et avec l'habileté acquise par une solide camaraderie affectueuse, guidaient ses pas jusqu'à la cam-

1. *Ibid.*
2. *Ibid.*

pagne, lui décrivant la beauté de la ville qui s'estompait au loin et des cercles tracés par les mouettes sur les rives de la Vlatva. Puis ils s'asseyaient sur un banc, un petit mur ou sur l'herbe : Baum sortait l'appareil Braille qu'il portait toujours sur lui, insérait une feuille de papier et frappait rapidement les trous carrés de la tablette métallique. Il faisait courir rapidement la pulpe de ses doigts sur les reliefs de la page et lisait ses notes à ses amis [1].

Max Brod tient à souligner le plaisir qu'il a retiré de ses escapades joyeuses aux alentours de Prague :

Tous les dimanches, en été, nous faisions un grand tour à pied ; à Pâques et à la Pentecôte, nous partions pour deux ou trois jours, et souvent nous quittions la ville dès le samedi, à midi. La plupart du temps, Felix Weltsch se joignait à nous. Nous marchions de sept à huit heures par jour (promenades, note mon journal, d'une « beauté indescriptible »), c'était là notre sport [2].

À l'occasion d'une excursion à Senohary, ils invitent Franz Werfel, plus jeune qu'eux (il est encore au lycée), à se joindre à leur groupe « et nous l'initiâmes aux beautés de notre libre vie dans la nature, écrit Max Brod. Il attrapa un terrible coup de soleil. Les poésies qu'il nous récita dans les roseaux de la Sazava nous avaient enthousiasmés [3] ».

En définitive, le cercle peut s'élargir car aucune règle ne s'impose au quatuor, comme Patrizia Runfola nous le fait comprendre, ce Cercle de Prague

n'avait pas de maître — ou en avait trop. Il prônait une littérature non artificielle, née de la vérité, du caractère naturel des

1. *Prague au temps de Kafka*, Patrizia Runfola.
2. *Franz Kafka*, Max Brod, p. 116.
3. *Ibid.*

pensées et de la vie. « Notre maître et notre programme étaient la ville de Prague, affirmait Max Brod. Ses habitants, son histoire, ses beaux alentours, proches ou lointains, les bois et les villages que nous parcourions dans des excursions ferventes ; la ville avec ses luttes, ses trois peuples, ses espérances messianiques renfermées dans de nombreux cœurs [1].

Kafka est transporté de bonheur par ces journées où il laisse derrière lui son fardeau de pensées obscures et il les trouve « pleines de toutes sortes d'enchantements et de confessions sincères ». Cette histoire d'amour avec Prague, Kafka la vit avec une insondable ambiguïté. Il a conscience qu'il en est le prisonnier et qu'il ne pourra jamais s'en évader. À Oskar Pollak, il écrit à la fin de 1902 : « Prague ne me lâchera pas. Ni l'un ni l'autre. Cette petite mère a des griffes. Il faut se soumettre ou bien... Nous devrions mettre le feu aux deux bouts, au Vyšehrad ou au Hradčany, alors peut-être pourrions-nous partir [2]. » Mais il n'en est pas moins un ardent amateur de sa ville natale. Il en aime le passé tortueux et tragique, et ses architectures anciennes n'ont pas de secret pour lui. Dans ses conversations avec l'écrivain, l'aspirant-poète Gustav Janouch, il en fait la remarque :

J'étais souvent stupéfié par les connaissances approfondies que Kafka avait des divers monuments de la ville. Il connaissait à fond non seulement les palais et les églises, mais aussi les plus cachées des maisons à passages de la vieille ville. Il savait les noms anciens des maisons même quand leurs vieilles

1. *Prague au temps de Kafka*, Patrizia Runfola, p. 92.
2. Lettre à Oskar Pollak, 20 décembre 1902, O.C. III, p. 561.

enseignes avaient été enlevées de leur entrée et mises au musée municipal. [...] Kafka déchiffrait sur les murs des vieilles maisons l'histoire de la ville [1].

Le jeune émule de Kafka ne cesse de s'émerveiller en songeant aux promenades qu'il a eu la joie de faire en sa compagnie : « Le Dr Kafka aimait les vieilles rues, les palais, les jardins et les églises de la ville où il était né. Il feuilletait avec plaisir tous les livres consacrés au vieux Prague que je venais lui montrer à son bureau [2]. » Car souvent il en a arpenté les rues sinueuses ou pentues comme Brod le révèle dans son journal en 1909 : « Kafka fait le dimanche des promenades solitaires, il va à l'aventure, sans penser à rien [3]. »

Si ces jours de bonheur passés à la campagne ont quelque chose d'idyllique, puisqu'ils lui procurent la possibilité d'une intense communion avec la nature, les autres jours s'achèvent de temps à autre à savourer les plaisirs que promet la vie nocturne de la cité. « Que de soirées passées ensemble dans les théâtres, les cafés-concerts, ou bien dans les tavernes avec de jolies filles. Car elle est fausse l'opinion de ceux qui se représentent Kafka comme un ermite et un anachorète. Il demandait à la vie bien plutôt trop que trop peu. Il exigeait d'elle la perfection, dans l'amour comme ailleurs, la perfection ou rien [4]. » Les membres du minuscule

1. *Conversations avec Franz Kafka*, Gustav Janouch, pp. 61-62.
2. *Ibid.*
3. *Franz Kafka*, Max Brod, p. 91.
4. *Ibid.*

cénacle qu'a été le Cercle de Prague ne sont ni prudes ni animés par l'esprit de sérieux, ni des rats de bibliothèque, si élevées qu'aient été leurs aspirations. Ils apprécient particulièrement les cabarets comme le Trocadéro, le Kuchebad, le London, le Montmartre et le Lucerna. Dans ses *Esquisses* de 1909, Max Brod décrit l'un de ces temps du divertissement :

> La pièce est étroite, surchauffée et, le lendemain encore, la fumée des cigares me piquera les yeux. Le pianiste fait des étincelles. Ce qui est loin de vouloir dire que son jeu est brillant. Il a sa technique à lui : les étincelles, c'est-à-dire qu'il laisse transparaître les difficultés de ses ouvertures et plus précisément son impuissance à maîtriser ce minable piano droit... — Voici les filles, ces chères filles, et on l'oublie. Elles portent leurs écailles de métal, leurs bas de tricot, comme du temps de nos pères, elles montrent leurs coiffures, pointent leurs escarpins en plongeant ; tout cela pour laisser deviner qu'elles sont, de la tête aux pieds, les « Reines du Caf'Conc' », ni plus ni moins. Elles ont des gestes rituels, dans la tradition : cette façon de brandir une canne, à la dandy ; ces culottes de soie, trop courtes pour leurs grosses cuisses, suggèrent le genre gavroche et le leitmotiv « je suis encore jeune » revient, hurlé, couplet par couplet, dans un inventaire non moins tonitruant d'expériences toujours renouvelées [1].

Les cabarets de Prague, comme ceux de Vienne ou de Berlin, ne sont pas exclusivement des lieux de réjouissances populaires, un peu vulgaires et frelatés. Certains d'entre eux ont été imaginés à l'imitation du Chat noir parisien créé dans les années 1880 par Rodolphe Salis. La légèreté, les airs à la

1. In *Franz Kafka, les années de jeunesse*, Klaus Wagenbach, pp. 143-144.

mode, les refrains faciles ne sont pas incompatibles avec la verve goguenarde des chansonniers et même des spectacles de plus haute volée. Kafka le rappelle dans son journal : « Mella Mars au cabaret Lucerna. Une spirituelle tragédienne qui se montre pour ainsi dire sur *une* scène placée à l'envers, comme les tragédiennes le font parfois dans les coulisses. Au moment de son *entrée*, son visage est las, d'ailleurs également plat, vide et vieux, comme celui de tous les acteurs conscients à qui cela permet un élan naturel[1]. » Il ne se passe pas deux jours pendant l'hiver 1911 sans qu'il assiste à une soirée, par exemple à une lecture donnée par Marc-Henry et Marie Delvaud, celle-ci s'étant fait apprécier à Vienne, surtout au cabaret des Onze Bourreaux décoré par Josef Hoffmann. Il en tire un récit des plus caustiques :

> Cris des rues parisiennes. On a omis les crieurs de journaux. [...] La Delvaud est ridicule, elle a le sourire des vieilles filles, c'est une vieille fille de cabaret allemand. Elle fait la Révolution avec une écharpe rouge qu'elle va chercher derrière le rideau [...]. Quand elle a chanté *À Batignolles*, j'ai senti Paris me prendre à la gorge[2].

Le Lucerna, qui se situe dans le beau passage construit par le grand-père de Václav Havel, est en réalité un lieu aux fonctions multiples. Kafka l'apprécie pour cette inépuisable capacité à le surprendre et à attiser la curiosité. Il y voit une exposition réunissant les photos de Lucie König et

1. *Journaux*, 19 février 1911, O.C. III, pp. 27-28.
2. *Ibid.*, p. 29.

même des toiles de Langen. Il en profite pour écouter le tour de chant de Vaschata qu'il n'apprécie pas beaucoup : « Si mauvais qu'on se perd dans sa contemplation. Mais comme c'est un homme rigoureux, il arrive malgré tout à maintenir concentrée l'attention du public, grâce à une force brutale dont je suis sûrement le seul à avoir conscience[1]. » Il s'y rend de nouveau, cette fois en mai 1912 pour assister à une soirée d'un genre populaire.

> Scène d'amour au printemps, à la manière des cartes postales. Peinture fidèle, qui émeut le public et le fait rougir. Fatinitza. Chanteuse viennoise. Rire plein de douceur, profond [...]. Sotte danse des poignards, accompagnée de feux follets, de branchages, de papillons, de feux de papier, de têtes de mort. Quatre Rocking Girls. L'une d'elles est très belle [...]. Elle avait une manière affairée de lancer ses bras, de remuer ses longues jambes et de faire jouer ses chevilles délicates dans un mouvement qu'on sentait particulièrement muet, d'être en retard sur le rythme, de ne se laisser distraire de son affairement par aucune frayeur[2]...

Et d'autres lieux nocturnes l'attirent. Il fréquente l'Eldorado ou le Trocadéro, où une nuit, n'ayant pas de monnaie à donner au pianiste, il lui fait cadeau d'un livre. Il fréquente le Nellys Maxim, fief du cercle du poète prodige Franz Werfel où vient aussi Kraus quand il est de passage à Prague. Et il lui arrive parfois de s'arrêter au café London, un café de nuit dont il vante à Max Brod l'orchestre et les attractions.

1. *Ibid.*, 29 septembre 1911, O.C. III, p. 84.
2. *Ibid.*, mars 1912, O.C. III, p. 249.

L'année 1909 est pour Kafka une année mémorable, car c'est celle où il publie son premier texte. La revue *Hyperion*, dirigée par Franz Bleu, fait figurer un extrait de *Description d'un combat* dans le numéro de février-mars, aux côtés de Rilke, Hofmannsthal et Heinrich Mann. Kafka a en effet entrepris de reprendre ce projet abandonné et aussi de le réécrire complètement. Il ne termine pas plus cette deuxième version que la première, s'arrêtant au bout de cinquante-huit feuillets. Ces deux petits chapitres seront repris quatre ans plus tard dans les *Betrachtung* (*Contemplation*, ou *Méditation*, ou encore *Regard*), ce mince ouvrage qui rassemble des récits comme « Am Fenster » (« À la fenêtre »), « Kleider » (« Vêtements »), « Der Fahrgast » (« Le Compagnon de voyage »), et « Zum Nachdenken für Herrenreiter » (« Proposé à la réflexion des gentlemen-riders »), et est publié par Kurt Wolff.

Et cette année-là est aussi importante puisque, avant son terme, Kafka commence la rédaction de son journal. Brod en tient déjà un. Est-ce par esprit d'émulation ou sur la suggestion de ce dernier qu'il se met à noter les événements de son existence et ses pensées ? En tout cas, il ne s'agit pas seulement pour lui d'y consigner ses faits et gestes ainsi que ses commentaires sur ce qu'il a pu voir, entendre, lire, éprouver. Dès la première page, il l'entreprend comme un brouillon ou, mieux, comme un réservoir de poèmes et de fragments narratifs plus ou moins élaborés. Il débute d'ailleurs en présentant immédiatement cette vocation à double fond :

d'une part, il consacre un paragraphe à un essai de définition du désespoir et, de l'autre, il construit une historiette qui serait partie d'un rêve qu'il aurait fait mettant en situation la belle ballerine Eugénie Eduardowa. Celle-ci fait partie du Ballet impérial de Russie qui s'est produit à Prague à la fin mai. Elle lui a fait une telle impression qu'il en parle à Felice Bauer quelques années plus tard. Il tente de lui faire ressentir la somptuosité des Ballets russes et en vient à la danseuse : « [...] je rêvais d'une danseuse absolument déchaînée, une certaine Eduardowa. Cette fois, elle ne sera pas là[1]. » C'est sans doute la seule fois que Kafka utilise un personnage réel dans une nouvelle :

> [...] je priais en rêve la danseuse Eduardowa de bien vouloir danser encore une fois la csardas. [...] La danseuse Eduardowa, fervente de musique, circule en tramway, comme partout accompagnée de deux violonistes qu'elle fait jouer souvent. [...] La danseuse Eduardowa n'est pas aussi jolie en plein air que sur scène. Ce teint blême, ces pommettes qui tendent la peau au point qu'il n'y a pas dans tout le visage de mouvement plus accusé, ce grand nez qui surgit comme d'un creux [...] — elle ressemble à l'une de mes tantes, une dame déjà âgée. [...] Mais à part les pieds, qui sont fort bien, on ne trouve rien chez Eduardowa vue en plein air, qui compense réellement les désavantages[2].

Ainsi les cahiers qu'il va tenir jusqu'à la fin de ses jours, de manière irrégulière, mais sans pouvoir jamais y renoncer (les derniers ayant été, aux dires

1. Lettre à Felice Bauer, 17 janvier 1913, O.C. IV, p. 237.
2. *Journaux*, 1909 [?], O.C. III, pp. 3-4.

de Dora Diamant, saisis par la Gestapo quand son mari était recherché en 1933 et vraisemblablement détruits), s'ouvrent par une vision provenant de ce monde de la nuit sous l'apparence de cette danseuse russe qui l'a tant ému sur scène et tant déçu dans la réalité. De « Joséphine la cantatrice » à « Un artiste de la faim », il ne cessera, par la suite, de soutirer au théâtre, au ballet et surtout aux numéros de cabaret dont il se montre si friand, même au cirque, des thèmes pour ses nouvelles. Ainsi ses journaux ne vont pas cesser de faire la navette entre la sphère la plus basse et la sphère la plus haute, ce qu'il annonce d'entrée de jeu : « Des écrivains parlent pestilence[1]. » Et il y traduit ses émotions, ses agitations de l'esprit, ses déchirements selon ce balancement inexorable entre ces deux pôles : « Je suis passé près du bordel comme si c'eût été la maison d'un être aimé[2]. » Pour conclure ces toutes premières pages il a recours à une image poétique, à un cliché de la vie urbaine, ou plutôt à un instantané fugace et fulgurant : « Les lingères de blanc sous les averses[3]. » Puis Kafka médite sur le besoin impérieux qui est le sien de tenir avec une relative assiduité ces cahiers personnels — relative, car la fatigue, la maladie ou d'autres intérêts l'en détournent trop souvent :

Un des avantages de rédiger un journal, c'est de prendre conscience avec une clarté apaisante des transformations dont

1. *Ibid.*, p. 5.
2. *Ibid.*
3. *Ibid.*

on est incessamment l'objet. [...] Dans un journal, on trouve les preuves que même dans les situations qui nous paraissent aujourd'hui intolérables, l'on a vécu, regardé et noté le résultat de ses observations, et que cette main droite que voici exécutait à l'époque les mêmes mouvements qu'aujourd'hui [1]...

La première chose importante qu'il consigne dans ces pages à la fin de l'année 1910, c'est le constat tragique de son incapacité à vivre :

Je ne puis tout bonnement pas croire aux conclusions que je tire de mon état actuel, qui dure déjà depuis un an, il est trop grave pour cela. Je ne sais même pas si je puis dire que c'est là un état nouveau. Voici ce que je pense en réalité : cet état est nouveau, j'en ai connu d'analogues, je n'en ai pas encore connu d'identiques. [...] Mes doutes font cercle autour de chaque mot, je les vois avant le mot, allons donc ! le mot, je ne le vois pas du tout, je l'invente [2].

Il s'y compare à une pierre — « ma propre pierre tombale [3] » — et se représente au moment où il s'assoit devant sa table de travail comme dans un film comique avec ses rythmes saccadés et excessifs, sans oublier ses coups de théâtre véloces. Quand il avoue que cette crise dure depuis une année, cela signifie en fait qu'elle a coïncidé avec sa ferme résolution de tenir ce journal.

En septembre 1911, après avoir passé deux semaines à Paris et dans ses environs, il se met à songer :

1. In *Franz Kafka*, Max Brod, p. 122.
2. *Ibid.*
3. *Ibid.*

Un homme qui ne tient pas de journal est dans une situation fausse à l'égard du journal d'un autre. Quand il lit, dans le *Journal* de Goethe par exemple, que celui-ci est resté chez lui toute la journée du 11 janvier 1797 « occupé de diverses dispositions à prendre », il lui semble, quant à lui, n'avoir jamais fait aussi peu de choses [1].

Et cette conviction ne le lâche plus, comme le démontre cette injonction au début de l'année 1912, rare certitude dans un vaste océan de méditations dubitatives et d'hésitation devant chaque chose : « Tenir ferme le Journal à partir d'aujourd'hui ! Écrire régulièrement ! Ne pas se déclarer perdu ! Et quand bien même la délivrance ne devrait pas venir, je veux à tout instant être digne d'elle [2]. »

Déjà l'année précédente, il avait clairement déclaré quel était son souhait le plus cher : « Quoi qu'il en soit, je céderai à mon désir d'écrire une autobiographie à l'instant même où je serai libéré du bureau. [...] écrire une autobiographie serait une grande joie, puisque cela se ferait aussi facilement qu'une transcription de rêves [3]. » Oui, c'est une gageure de taille pour une personne qui n'a justement vraiment pas de vie et n'en aura jamais une que par défaut.

1. *Journaux*, O.C. III, p. 70.
2. *Journaux*, 25 février 1912, O.C. III, p. 232.
3. *Journaux*, 14 décembre 1911, O.C. III, p. 185.

Trois petits tours à l'étranger puis un livre

Comme il est possible de prendre de brèves vacances grâce à la législation du travail de l'Empire, Franz Kafka et Max Brod décident de partir faire un tour à l'étranger en 1909.

Nous voyagions ensemble, écrit ce dernier. Nous nous réjouissions des mois à l'avance et nous faisions nos préparatifs avec une minutie qui nous faisait rire nous-mêmes, mais qui dissipait comme un rayon de soleil l'atmosphère grise du bureau. De ma vie je n'ai été d'humeur aussi joyeuse et aussi égale que durant ces voyages avec Kafka. Tous les soucis, toutes les contrariétés restaient à Prague. Nous devenions des enfants folâtres, nous inventions les tours les plus extraordinaires et les plus charmants [1].

La première destination qu'ils élisent de conserve est l'Italie. Et Otto, le frère de Max, fait partie de l'expédition. Plus jeune de quatre ans que ce dernier, encore étudiant à l'époque, il deviendra, pendant la guerre dont on pressent vaguement le caractère inévitable, un authentique héros. Auteur d'une biographie inachevée de Vol-

1. *Franz Kafka*, Max Brod, p. 115.

taire, il sera déporté à Auschwitz avec sa femme et sa fille en 1942.

Otto, Max et Franz partent donc le 4 septembre pour se rendre à Riva, sur le lac de Garde, qui se trouve toujours en territoire autrichien. Pourquoi ce choix ? Parce que Otto connaissait déjà l'endroit et pouvait faire un bon *cicerone* ? Parce que Goethe, qu'ils chérissent et vénèrent tant, a achevé son *Iphigénie en Tauride* non loin de là, à Torbole ? Ou parce que Riva a connu son heure de gloire pendant la Renaissance, conservant une édition du Talmud imprimée en 1558 dans son musée ? Ce séjour de dix jours, placé sous le signe de l'oisiveté, n'est marqué que par un seul événement : les courses de voitures et les exhibitions aériennes qui ont lieu à Brescia. Brod en parle de nombreuses années plus tard dans ses souvenirs :

> En plein milieu de cette vie idyllique, le journal (nous ne lisions naturellement que la presse locale en langue italienne) nous apporta la surprenante nouvelle que le premier meeting aérien allait avoir lieu à Brescia. Nous n'avions encore jamais vu d'aéroplanes, et c'est dans le plus grand enthousiasme que nous décidâmes de nous rendre à Brescia, malgré l'état précaire de notre caisse. Kafka surtout poussait à cette excursion[1]...

Ils prennent le train le 12 septembre et Kafka fait le récit de cette expédition, à l'instigation, cela va sans dire, de Brod, qui note à ce sujet : « En lui faisant cette offre, j'agissais avec préméditation. Les travaux littéraires de Franz restaient à l'époque en

1. *Ibid.*, p. 120.

souffrance, il n'avait rien produit depuis des mois et je l'entendais souvent se plaindre que son talent tarît et que ce fût fait de lui[1]. » Cette fois, l'occasion est trop belle. Brod l'incite à noter ce qu'il peut voir de cette réunion aérienne : « Les premiers vols que nous vîmes nous firent une profonde impression. Je demandai à Franz d'écrire tout ce qu'il aurait observé et d'en faire un article[2]. » Cet article sera publié dans la revue *Bohemia* le 28 septembre suivant. Kafka a des formules lapidaires pour décrire leur arrivée dans la ville : « Dès que nous arrivons dans le trou noir de la gare de Brescia, où les gens hurlent comme s'ils marchaient sur un sol brûlant, nous prenons gravement l'engagement, quoi qu'il arrive, de ne jamais nous séparer. N'arrivons-nous pas avec une sorte d'esprit d'hostilité ? » Et Kafka est par-dessus tout choqué par la saleté ambiante, celle de l'auberge en premier lieu, mais qui s'est insinuée un peu partout. Les trois amis se rendent à Montechiari, où se trouve le terrain d'aviation, non sans peine, au milieu d'une foule frémissante. Et ils peuvent enfin voir de près les héros de ce nouveau sport mécanique : Rougier d'abord, et le grand Blériot. Là, Kafka a l'opportunité d'entr'apercevoir le *vate*, Gabriele D'Annunzio, qu'il juge « petit et débile [qui] sautille d'un air qu'on dirait timide devant le comte Oldofredi[3] ». Le reportage minutieux et parfois burlesque de cette journée est le seul de ce type auquel

1. *Ibid.*
2. *Ibid.*, p. 119.
3. « Les aéroplanes de Brescia », O.C. II, p. 111.

se soit livré Kafka. Une semaine plus tard, Max Brod fournit, lui aussi dans *Bohemia*, sa version des faits. Le reste du séjour se déroule de manière agréable. Brod en ressent la nostalgie quand il se penche sur son passé : « En 1909, rien ne manquait encore à notre bonheur. Même nos discussions avec Dallago, le poète et apôtre de la nature, ne parvenait pas à troubler notre quiétude. L'expérience de mon frère [...] nous évita maintes difficultés[1]. » Puis ils vont visiter le théâtre Toblino, et Max prend Franz en photo juché avec son frère sur un bloc de marbre.

Ce premier périple et cette première tentative somme toute réussie renforcent chez Brod l'idée d'une collaboration littéraire étroite avec Kafka, qui n'a pas de perspectives nettes et qui se montre assez réfractaire. Il a l'idée de faire paraître son article avec celui de Kafka, sans les coupures effectuées par la revue, dans un recueil intitulé *Über die Schönheit hässlicher Bilder* ; il a déjà rédigé une courte préface dans laquelle il déclare : « Un seul auteur pour un livre, c'est là une idée recherchée et pourtant banale. Et nous, les deux amis, qui fûmes autant inséparables pendant ce voyage en terre étrangère que nous le sommes dans nos pensées, ne pourrions-nous tenter de l'être dans ce livre issu de notre intimité[2] ? » Il soumet ce projet à son éditeur, qui l'accepte dans un premier temps, mais y renonce parce que ce recueil d'essais devient trop volumineux.

1. *Ibid.*, pp. 117-118.
2. *Ibid.*, p. 121.

L'année suivante, Kafka et Brod tombent d'accord pour se rendre à Paris. Ils partent le 8 octobre et passent une première nuit à Nuremberg. Kafka n'est pas au mieux de sa forme : il est épuisé par le travail accompli au bureau et il est envahi par une sensation pénible de fatigue. Ils arrivent le lendemain à Paris. Une subite éruption de boutons affecte aussitôt le pauvre Kafka. Il consulte un médecin, qui lui apprend qu'il s'agit d'une furonculose. Il doit rentrer à Prague dès que la grève des trains qui vient d'être déclenchée en France le lui permettra. Une fois revenu chez ses parents, il envoie trois cartes postales aux frères Brod pour leur dire : « Cher Max, je suis bien arrivé et je suis très pâle [...] je passe l'après-midi enfermé chez moi comme une tombe (je ne peux pas circuler à cause de mon épais pansement, et rester tranquillement assis m'est impossible à cause des douleurs, qui se sont encore accrues par la guérison)[1]... » Et il leur relate un rêve qu'il a fait dès son retour :

> La première nuit que j'ai passée à Prague, toute la nuit je crois (le sommeil s'accrochait à ce rêve comme un échafaudage à un bâtiment parisien en construction), j'ai rêvé, donc, que j'avais un gîte pour la nuit dans un grand immeuble constitué uniquement par des fiacres, des automobiles et des omnibus parisiens dont l'unique raison d'être consistait à rouler les uns contre, sur, et sous les autres, et où tout ce qu'on disait et pensait concernait uniquement les tarifs, *correspondances*, pourboires, direction Pereire, fausse monnaie, etc.[2]

1. Carte postale à Max et Otto Brod, 10 octobre 1910, O.C. III, pp. 654-655.
2. *Ibid.*, p. 656.

En 1911, Franz Kafka et Max Brod tentent de nouveau le voyage à Paris. Ils ont deux semaines devant eux. Kafka prend des notes copieuses au cours de leur voyage, qui les fait passer cette fois à Zurich, Lucerne et Lugano. Ce sont des esquisses très brèves et incisives. Et il continue ce travail quand les deux amis s'arrêtent à Milan. Voici ce que Kafka retient de la capitale lombarde :

> Oublié mon guide dans un magasin. J'y suis retourné et [je l'ai] volé. Mangé de la charlotte aux pommes dans la *Loggia dei Mercanti*. Gâteaux de régime. *Teatro Fossati*. Tous les chapeaux et les éventails en mouvement. Rire d'un enfant dans les hauteurs. On a collé un placard publicitaire sur le programme. Une dame mûre au milieu des hommes de l'orchestre — *Poltrone* — *Ingresso* — Orchestre de plain-pied avec la salle. Réclame de Lancia insérée dans la décoration d'un plafond[1].

À ce point de leur excursion, les deux camarades hésitent. Aussi dressent-ils plusieurs cartes possibles de la suite du voyage et finissent-ils par opter pour Stresa. Puis, le 8 septembre, ils arrivent à Paris. Là, Kafka est surpris par la place de la Concorde qui « est disposée de telle sorte que les choses attrayantes s'y retrouvent repoussées dans un lointain où l'œil les découvre facilement, mais seulement s'il les cherche[2] ». Puis, tout s'accélère. Il évoque les lampions qui ornent les cafés, les tableaux du Louvre (où il dessine une copie hâtive d'après Léonard de Vinci), l'Opéra Garnier, les collections historiques du château de Versailles, un

1. *Journaux*, septembre 1911, O.C. III, p. 50.
2. *Ibid.*, p. 55.

joaillier juif de Cracovie avec lequel il bavarde dans le compartiment de train, l'Opéra-Comique, et tout cela se confond avec des réminiscences et des découvertes issues des jours précédents en Italie. Le boulevard Poissonnière, les Champs-Élysées, un hammam, les cafés et leurs garçons, le boulevard Sébastopol, le restaurant de la rue Richelieu, des bordels « organisés rationnellement », le métro (« la couleur dominante était l'acier sombre des murs[1] »... Les images affluent de toutes parts, en trombe. Un accident sur la voie publique va même jusqu'à lui inspirer une ébauche de nouvelle. Il rapporte aussi des visions synthétiques d'une tout autre portée, comme s'il avait eu la faculté d'abstraire un sentiment de la ville à partir de ses apparences :

> Paris est rayé : les hautes cheminées minces qui se développent à partir de cheminées plates, toutes les petites cheminées qui ont la forme d'un pot de fleur, les vieux candélabres à gaz extrêmement silencieux, les raies transversales des jalousies auxquelles, sur le mur des maisons de banlieue, s'ajoutent des stries formées par la crasse, les barres minces des toits comme ceux que nous vîmes rue [de] Rivoli, le toit de verre strié du Grand Palais des arts, les fenêtres des locaux commerciaux partagés par des traits, les grilles des balcons, la tour Eiffel qui se compose de raies, les portes-fenêtres qui sont pourvues de montants sur le côté et au milieu, évoquent plus que chez nous l'images de traits, les petites chaises que l'on voit en plein air et les petites tables de café dont les jambes sont des traits, les jardins publics avec leurs grilles aux pointes dorées[2].

1. *Ibid.*, p. 76.
2. *Ibid.*, p. 57.

Dans cette accumulation d'observations à donner le vertige, ce sont surtout des impressions rythmiques et plastiques qui dominent — plus celles d'un dessinateur et d'un peintre que d'un écrivain.

Pourquoi un tel luxe de détails dans ces carnets où s'enchevêtrent d'innombrables annotations sur des lieux, mais aussi sur des personnes croisées dans la rue ou dans des lieux publics ? Si Kafka a pris un immense plaisir à préparer ce voyage avec une espèce de soin maniaque, c'est qu'il a, par jeu cela va sans dire, eu l'idée de mettre au point avec Max Brod une sorte de guide qui n'existe pas, un guide qui devait se nommer « pour rien ». Brod prend la chose très au sérieux : « J'en vins à correspondre très sérieusement au sujet de notre "réforme des guides de voyage". Les négociations échouèrent parce que nous ne voulions pas livrer notre précieux secret sans des avances considérables[1]. » Et il met le doigt sur le fait que Kafka est parfaitement capable de se placer à mi-chemin entre la plaisanterie ou le canular et la chose grave, se maintenant dans un équilibre précaire entre ces pôles :

C'est ainsi qu'il jouait avec moi au jeu du nouveau Baedeker, notre « pour rien » que nous voyions déjà affiché sur les murs du métro de Paris, à côté du « Byrrh » et d'autres apéritifs réputés. « Pour rien » devait donc avant tout épargner au voyageur l'embarras du choix en lui indiquant des routes simples et impératives, un seul hôtel dans chaque ville, un seul moyen de transport, le moins cher[2].

1. *Franz Kafka*, Max Brod, p. 139.
2. *Ibid.*

C'est ainsi qu'ils ont tenu un mémorandum dans l'espoir de gagner assez d'argent pour échapper à leurs emplois respectifs qui bridaient leurs ambitions littéraires et rendaient leur vie exténuante. Ils se prennent au jeu, répertorient tous les sujets à traiter et envisagent de fournir aux touristes les rudiments d'« une sorte d'espéranto, un anglais ou un français incorrects que nous avons inventé. En plus, dialecte et mimique selon l'usage local [1] ». Sitôt revenu à Prague, Kafka s'emploie à rédiger au net les notes qu'il a prises en France. Mais ce qui vient sous sa plume n'a plus grand-chose à voir avec le fameux guide touristique. Ce sont des saynètes qui ont pour décor le café Briard, une terrasse aux Champs-Élysées, une marchande de livres dans une charrette des quatre-saisons boulevard Poissonnière un beau soir, la piscine couverte, un pourboire donné à une ouvreuse corpulente à l'Opéra-Comique, le musée du Louvre et la foule qui se presse devant la *Joconde* dans le salon Carré, le métropolitain. Il met donc en forme une grande partie de ce qu'il avait griffonné à Paris. Mais ce qui est d'ores et déjà rédigé avec soin n'est pas beaucoup plus exploité. Il reprend surtout l'histoire de la collision entre une automobile et un tricycle. La fin est franchement comique. Là encore on sent l'influence du cinéma muet avec ses « chutes » (aux deux sens du terme), mais aussi de la répétition de l'acte manqué dans les rêves, car ce n'est pas tant ce qui se passe entre le chauffeur et la victime qui

1. *Ibid.*, p. 140.

est le centre de cet épisode humoristique, ni même l'attitude des badauds assistant à la scène, que l'arrivée du gardien de la paix qui doit dresser le procès-verbal. Ce dernier mélange en effet toutes les feuilles de son carnet et s'embrouille de plus en plus. À la fin, il identifie l'écrivain, par conséquent lui-même, au cocasse agent de police parisien :

> Pour croire à ce mauvais début, il doit continuellement retourner sa feuille. Mais comme, laissant là ce début raté, il n'a pas tardé à écrire ailleurs, il lui est impossible, quand il a terminé sa colonne, de savoir où il doit normalement continuer sans se livrer à de grandes recherches. Le calme que l'incident acquiert par là n'est nullement comparable à celui que les parties intéressées s'étaient procuré auparavant toutes seules[1].

De tout ce labeur mené de joyeuse humeur et tambour battant à son retour, il ne ressort presque rien sinon, plus tard, la reprise de la description bouffonne de l'accident dans *L'Oublié* (*Amerik*a).

Après cet échec, qui n'en est pas vraiment un, car on ne peut pas croire que les deux jeunes hommes aient cru un seul instant pouvoir rivaliser avec l'inexpugnable Baedeker avec lequel ils sont d'ailleurs partis, ils se mettent bientôt à rêvasser à leur prochaine échappée à l'étranger. Pour l'été 1912, ils finissent par opter pour l'Allemagne. Et, le 28 juin, ils se retrouvent à la gare des chemins de fer d'État. Ils arrivent d'abord à Dresde, puis font une halte à Leipzig. Comme lorsqu'ils sont allés à Paris, Kafka

1. *Journaux*, 11 septembre 1911, O.C. III, pp. 81-82.

note avec un soin extrême ce qui le frappe ou l'amuse le plus dans les villes qu'ils traversent ou chez les personnes qu'ils croisent. Mais ici plus de guide de voyage comme aiguillon. Le but avoué de ce périple est Weimar. Ils ont décidé de faire un Grand Tour à l'envers et de se rendre dans la petite ville où Goethe a vécu. Quelque temps auparavant, Kafka a lu les conversations de l'auteur des *Souffrances du jeune Werther* avec le baron von Biedermann et a consigné plusieurs épisodes de sa vie romaine, s'intéressant plus particulièrement à ses commentaires après la représentation du *Serviteur de deux maîtres* de Carlo Goldoni et celle de l'*Alcarcos* de Schlegel. De toute évidence, Kafka a préparé ce pèlerinage avec attention. En 1910, il note déjà : « Parcouru le *Journal* de Goethe. L'éloignement fixe déjà dans la sérénité, ce *Journal* y met le feu. La clarté de tous les événements les rend mystérieux[1]... » C'est ce que confirme Max Brod, qui partage ce grand amour pour le grand homme de la littérature allemande :

Nous étions particulièrement bien préparés au voyage de Weimar [...] par notre amour pour Goethe et par les études goethiennes auxquelles nous nous abandonnions depuis de nombreuses années. On était saisi d'un sentiment singulier lorsqu'on entendait Kafka parler pieusement de Goethe, il semblait qu'un enfant parlât d'un de ses ancêtres qui eût vécu en des temps plus heureux et plus purs et eût été en contact immédiat avec le divin. Rapportons à ce propos une des petites méchancetés que se permit Kafka : il releva un jour avec étonnement l'imprudence de tant d'auteurs qui citaient Goethe,

1. *Ibid.*, 19 décembre 1910, O.C. III, p. 14.

car, disait-il, le style de Goethe éclipse infailliblement le contexte de n'importe quel écrivain [1].

Et, pour illustrer cette affirmation, Brod cite un passage révélateur, parmi tant d'autres, des journaux où il aborde le problème de la spécificité de la langue allemande :

Goethe retarde probablement par le pouvoir de ses œuvres l'évolution de la langue allemande. Encore que la prose dans l'intervalle se soit maintes fois écartée de lui, elle a fini cependant par le retrouver [...] avec une nostalgie accrue, et elle s'est approprié jusqu'à ces tournures anciennes que l'on rencontre chez Goethe, mais qui n'ont rien à voir avec son être profond, se complaisant ainsi au spectacle achevé d'une absolu dépendance [2].

Quand ils sont installés dans le train qui les mène à Weimar, Kafka s'amuse à faire le portrait à main levée d'une femme, un portrait digne d'un caricaturiste. Une fois parvenus à destination, les deux amis se rendent à leur hôtel et cherchent sur-le-champ une piscine. Aussitôt après le bain, ils vont à la maison de Goethe, en pleine nuit. Là, Kafka ne peut dissimuler un sentiment partagé, celui d'un très vieux rêve et celui d'un imperceptible malaise ; alors les mots se dérobent puis prennent leur élan :

L'ensemble de l'édifice a un teint jaunâtre. On sent dans notre impression actuelle la part de tout ce que nous avons

1. *Franz Kafka*, Max Brod, p. 141.
2. *Ibid.*

1 Franz Kafka. Photo prise à l'automne 1910.

2

3

4

2 Julie Löwy en mariée, en 1882, mère de Franz Kafka.

3 Gabriele, sœur de Franz Kafka, à l'automne 1910.

4 Ottilie (Ottla), sœur de Franz Kafka, en 1910.

5 Dr Siegried Löwy, oncle préféré de Kafka, au bureau de son cabinet à Triesch en 1914.

5

6

7

8

«Il ne resta de lui que trois traits en zigzag. Comme il avait été enfoui dans son travail. Et comme en fait, il n'avait pas été enfoui du tout.»

9

10

6 Maison de la ruelle d'Or à Prague où Kafka a travaillé en 1917.

7 Milena Jesenska, traductrice tchèque et maîtresse de Franz Kafka. Photo d'identité signée.

8 Franz Kafka avec sa fiancée Felice Bauer, début juillet 1917, à Budapest. Photo colorisée ultérieurement.

9 *Franz Kafka*, film de Steven Soderbergh, 1991, avec Jeremy Irons.

10 Couverture de la première édition de *La Métamorphose*, 1916. Couverture illustrée par Ottomar Starke.

11

12

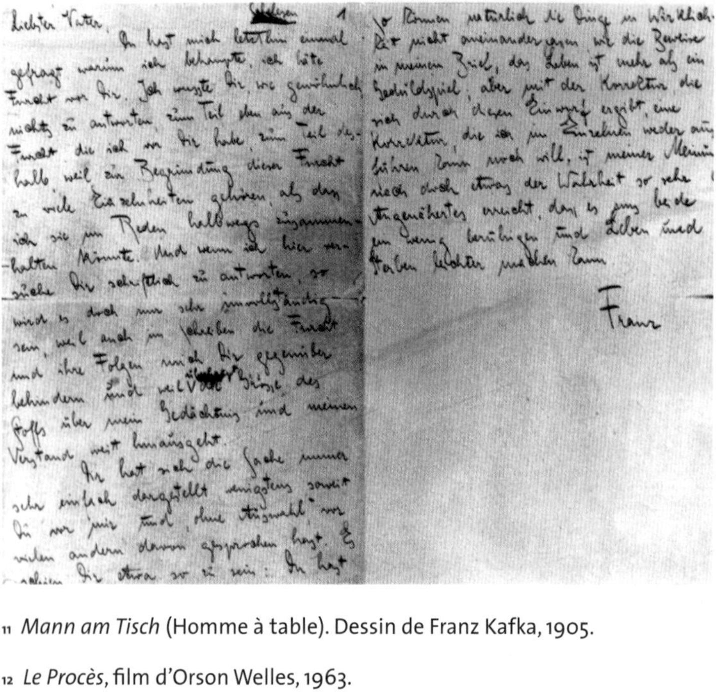

Liebster Vater, 1

Du hast mich letzthin einmal gefragt, warum ich behaupte, ich hätte Furcht vor Dir. Ich wußte Dir, wie gewöhnlich, nichts zu antworten, zum Teil eben aus der Furcht, die ich vor Dir habe, zum Teil deshalb, weil zur Begründung dieser Furcht zu viele Einzelheiten gehören, als daß ich sie im Reden halbwegs zusammenhalten könnte. Und wenn ich hier versuche Dir schriftlich zu antworten, so wird es doch nur sehr unvollständig sein, weil auch im Schreiben die Furcht und ihre Folgen mich Dir gegenüber behindern und weil die Größe des Stoffs über mein Gedächtnis und meinen Verstand weit hinausgeht.

Dir hat sich die Sache immer sehr einfach dargestellt, wenigstens soweit Du vor mir und, ohne Auswahl, vor vielen andern davon gesprochen hast. Es schien Dir etwa so zu sein: Du hast

so kommen natürlich die Dinge in Wirklichkeit nicht aneinander passen wie die Beweise in meinem Brief, das Leben ist mehr als ein Geduldspiel; aber mit der Korrektur, die sich durch diesen Einwurf ergibt, eine Korrektur, die ich im Einzelnen weder ausführen kann noch will, ist meiner Meinung nach doch etwas der Wahrheit so sehr Angenähertes erreicht, daß es uns beide ein wenig beruhigen und Leben und Sterben leichter machen kann.

Franz

13

11 *Mann am Tisch* (Homme à table). Dessin de Franz Kafka, 1905.

12 *Le Procès*, film d'Orson Welles, 1963.

13 Lettre de Kafka à son père.

14 *Le Procès* d'Orson Welles, 1963. Affiche du film.

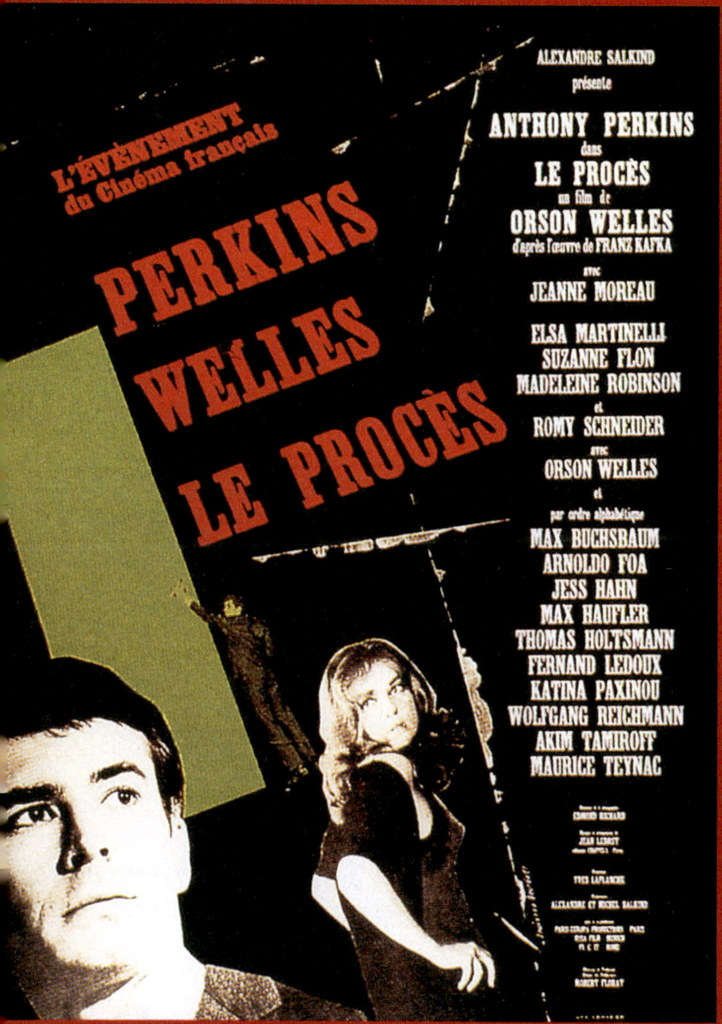
L'ÉVÈNEMENT
du Cinéma français
PERKINS
WELLES
LE PROCÈS
ALEXANDRE SALKIND
présente
ANTHONY PERKINS
dans
LE PROCÈS
un film de
ORSON WELLES
d'après l'œuvre de FRANZ KAFKA
avec
JEANNE MOREAU
ELSA MARTINELLI
SUZANNE FLON
MADELEINE ROBINSON
et
ROMY SCHNEIDER
avec
ORSON WELLES
et
par ordre alphabétique
MAX BUCHSBAUM
ARNOLDO FOA
JESS HAHN
MAX HAUFLER
THOMAS HOLTSMANN
FERNAND LEDOUX
KATINA PAXINOU
WOLFGANG REICHMANN
AKIM TAMIROFF
MAURICE TEYNAC

14

15

16

15 Franz Kafka, portrait tiré de la série *Ten Portraits of Jews of the Twentieth Century* par Andy Warhol.

16 Frank Kafka sur la place de la vieille ville à Prague vers 1922.

« La mort dut le soulever pour le tirer de la vie comme on tire un infirme de son fauteuil à roulettes. Il était immobilisé dans sa vie aussi solidement, aussi pesamment que l'infirme dans son fauteuil à roulettes. »

vécu précédemment. La teinte sombre des fenêtres là où les chambres sont inhabitées. La couleur claire du buste de Junon. Je touche les murs. Des stores blancs sont partiellement baissés dans toutes les chambres. Quatorze fenêtres sur la rue. La chaîne devant la porte. Aucune image ne peut rendre tout cela. La place au sol inégal, la fontaine, la maison dont la ligne brisée suit la place qui monte. Des fenêtres sombres, légèrement oblongues, incrustées dans le brun jaunâtre. Même en soi, c'est l'habitation bourgeoise la plus surprenante de Weimar[1].

Le lendemain, ils visitent la maison de Schiller. « Dans l'escalier, observe Kafka, Clio représenté en écrivain tenant son Journal[2]. » Ils rencontrent une jeune fille et ils vont faire une petite excursion avec sa famille au château de Tiefurt, autre lieu d'élection pour les amants de Goethe. Le jour suivant, les voici au pavillon de l'Étoile. Ce n'est pas avant le 2 juillet qu'ils pénètrent enfin dans la maison de Goethe. L'après-midi, ils vont explorer celle de Franz Liszt. Le souvenir de la jeune fille, Grete, se mêle étroitement à celui de ces découvertes pieuses et de toutes ces incursions dans la vie privée des hommes illustres. Kafka ne peut oublier « la souplesse de son corps dans sa robe vague[3] ». Ils retournent voir la maison de Goethe le lendemain pour cette fois la photographier. Et ils passent le reste de la journée à la bibliothèque grand-ducale en quête d'autres signes tangibles du passage de l'écrivain sur terre.

Dans son roman *Le Royaume enchanté de l'amour*, Brod a fait de Kafka son personnage prin-

1. *Journaux*, 30 juin 1912, O.C. III, p. 260.
2. *Ibid.*, p. 261.
3. *Ibid.*, p. 263.

cipal et l'a rebaptisé Richard Garta, lui-même apparaissant sous le nom de Christophe Nowy. Il fait allusion à la façon originale que son ami avait de capter les choses et de les retenir dans son carnet de manière fragmentaire :

> Les expériences que fait Garta sont toujours fragmentaires. Il ne retient que quelques points, mais alors il pénètre avec une douce insistance jusqu'au fond des choses ; il ne s'agit jamais d'embrasser un tout. On pourrait facilement tirer de là un poncif élogieux, parler d'une vie intense, qui ne se soucie pas de programmes. Mais Garta y voit une faiblesse, il se reproche de n'arriver jamais à une vue totale[1].

Leurs pas les conduisent une fois de plus dans le saint des saints le jour d'après. Puis Kafka va voir la crypte des princes où est enterré Goethe. La jeune fille n'est pas venue au rendez-vous qu'il lui avait fixé. Le 5 juillet, de nouveau la maison et la jeune fille, plus tard, et enfin la piscine. Après le déjeuner, ils font une promenade au Belvédère et scrutent les salles du château de fond en comble. Le 6, Kafka fait une promenade avec la belle Grete, puis rend une visite chez une des relations de Max, puis ils font un tour à Webicht en compagnie de Paul Ernst. Ils quittent Weimar pour aller à Halle, que Kafka qualifie de « petit Leipzig ». Puis Kafka profite avec joie de la campagne, où il suit à la lettre les préceptes de la gymnastique de Müller. Il se foule malencontreusement le pied. Ce qui ne l'empêche pas de faire les foins, de cueillir des

1. *Franz Kafka*, Max Brod, p. 143.

cerises et de marcher dans les prés. Il va plusieurs fois dans la petite ville de Stapelburg, où il assiste à une fête qu'il décrit longuement.

Voyage d'agrément sans aucun but en dehors de cet hommage rendu aux mânes de Goethe ? En réalité, Max Brod a une idée bien précise derrière la tête. Et même deux. La première consiste à poursuivre et surtout à venir à bout d'une collaboration commune échafaudée l'année précédente à Lugano : il s'agit de composer une nouvelle à quatre mains qui s'intitule « Richard et Samuel ». « Nous commençâmes, le travail se ralentit bientôt. Mais je ne cédai pas, jusqu'à ce que nous en eussions au moins rédigé une notable partie [1]. » Un extrait de cette fiction paraît dans le *Herderblätter*, de Willy Haas. Kafka s'est montré excessivement réticent dans cette aventure originale dès le bref séjour à Milan en 1911 : Brod a constaté avec une pointe d'amertume combien il a été difficile de le convaincre d'aller de l'avant : « Il y travaillait parfois avec joie, exceptionnellement il est vrai [2]. » L'arrêt à Leipzig n'est pas non plus fortuit. Brod a arrangé un rendez-vous avec le jeune éditeur Ernst Rowohlt, qui fait ses premiers pas dans la profession. Il s'y rend d'ailleurs seul le matin tandis que Kafka visite le musée de l'Industrie du livre, s'intéressant surtout au quartier des libraires : « Les rues du quartier des éditeurs gardent leur air ancien, en dépit de certaines rues droites et de maisons plus

1. *Ibid.*, p. 145.
2. *Ibid.*, p. 147.

neuves, d'ailleurs dépourvues d'ornements[1]. » Plus tard, Brod l'emmène chez Rowohlt et Kafka trace le soir même une esquisse de l'homme : « Jeune, joues rouges, la sueur s'arrête entre son nez et ses joues, il n'est mobile qu'à partir des hanches[2]. » Et il achève le récit de cette journée en disant, comme si de rien n'était : « Rowohlt veut assez sérieusement un livre de moi[3]. » Max Brod est fier de lui et il peut triompher : « Je brûlais depuis longtemps du désir de voir imprimer une œuvre de mon ami[4]. » Kurt Wolf, qui va racheter les éditions Rowohlt à la fin de l'année, leur donnant son nom, va être l'éditeur de Kafka à l'avenir, exception faite pour *Un artiste de la faim*. Ce créateur inclassable, imprévisible et rétif, le déroute dès la première rencontre :

> Au cours de l'après-midi, Max Brod [...] introduisit Kafka dans le petit bureau très vétuste que nous avions loué à la vieille et respectable imprimerie Drugulin. [...] Si l'entrevue produisit cette impression pénible, la faute en incombe aussi à Kafka, bien incapable de faire un petit geste ou de plaisanter pour détendre l'atmosphère. C'est qu'il souffrait vraiment le martyre ! Silencieux, gauche, fragile, vulnérable, aussi intimidé qu'un lycéen devant les examinateurs, et persuadé qu'il serait impossible de répondre aux espoirs suscités par les éloges de son imprésario. [...] Souhaitait-il vraiment que l'on imprime ses petits textes insignifiants ? Non, non et non[5].

1. *Journaux*, samedi 29 juin 1912, O.C. III, p. 259.
2. *Ibid.*
3. *Ibid.*, p. 260.
4. *Franz Kafka*, Max Brod, p. 144.
5. « L'auteur Franz Kafka », Kurt Wolf, in *J'ai connu Kafka*, pp. 119-120.

Et il apporte encore une petite précision sur cette entrevue qui met en relief le caractère déroutant de Kafka : « Lorsqu'il prit congé de nous [...] Kafka prononça un mot que je n'ai jamais entendu par la suite. [...] : "Si au lieu de publier mes manuscrits vous me les renvoyez, je vous en serai plus reconnaissant" [1]. »

Le livre qui va sortir tant bien que mal de ces négociations est *Betrachtung* (*Considération*, *Contemplation*, *Méditation*, *Regard*, comme on a bien voulu le traduire en français). À ce point de l'histoire, Brod doit expliquer l'attitude complexe, ambivalente, embarrassée et embarrassante devant cette éventualité :

> Ce désir trouva Franz Kafka divisé. Il voulait, et puis ne voulait plus. À certains moments, c'était l'attitude négative qui l'emportait, notamment lorsque, rentré à Prague, il dut chercher dans la foule de ses manuscrits — ses Carnets — les morceaux susceptibles d'être imprimés et qu'il lui fallut y mettre la dernière main. Ce travail n'alla pas sans crises de scrupules, sans recherches dans le Grimm [2], ni sans crises des excès de désespoir provoqués par l'incertitude des règles de ponctuation ou d'orthographe. D'après les pages que j'avais apportées à Leipzig, les éditeurs s'étaient déclarés d'emblée prêts à se charger de la publication (c'étaient d'heureux temps !), il ne tenait qu'à Franz d'envoyer le manuscrit définitif [3].

Brod le voit néanmoins s'obstiner dans son refus, car « il jugeait mauvais tout ce qu'il avait écrit, il

1. *Ibid.*
2. Le dictionnaire de la langue allemande, œuvre maîtresse de Grimm, qui l'occupa jusqu'à la fin de sa vie.
3. *Franz Kafka*, Max Brod, p. 144.

trouvait que le travail de ses vieux “fragments” sans valeur l’empêchait de produire de meilleures œuvres [1] ». Il éprouve donc le plus grand mal à faire ce qu’on lui a demandé de faire et cela lui ronge les sangs : « Long tourment. Enfin écrit à Max que je ne puis pas mettre au net les petits morceaux qui restent, que je ne veux pas me forcer et qu’en conséquence je ne publierai pas le livre [2]. » Le 11 août, il se lamente encore : « Rien, rien. Que de temps me fait perdre la publication de ce petit livre, quel sentiment néfaste et ridicule de ma valeur me prend en lisant ces choses anciennes pour les publier. Seulement, cela m’empêche d’écrire [3]. » À la fin du mois, il est enfin venu à bout de cette tâche qu’il a crue insurmontable mais renâcle encore : « Si seulement Rowohlt le renvoyait, si je pouvais le ranger et considérer cela comme non advenu, afin d’être simplement aussi malheureux qu’avant [4]. »

Il faut comprendre que Kafka souffre d’un terrible et paralysant mal chronique, qui se manifeste par une stérilité complète qu’on ne peut combattre qu’en décidant, coûte que coûte, d’écrire.

Le centre de tout mon malheur, explique-t-il à Max Brod, c’est que je ne peux pas écrire. Je n’ai pas écrit une seule ligne que je puisse accepter ; en revanche, j’ai biffé tout ce que j’ai écrit depuis Paris — ce n’était d’ailleurs pas grand-chose. Mon corps tout entier me mit en garde envers chaque mot ; chaque

1. *Ibid.*, p. 144.
2. *Journaux*, 7 août 1912, O.C. III, p. 285.
3. *Journaux*, 11 août 1912, O.C. III, p. 286.
4. *Journaux*, 20 août 1912, O.C. III, p. 287.

mot, avant que je l'écrive, commence par regarder de toutes parts autour de lui ; les phrases se brisent littéralement sous ma plume, je vois ce qu'il y a dedans et je suis aussitôt forcé à m'arrêter[1].

Ce vertige continuel, cette sensation atroce de voir les phrases se dérober, les mots se refuser, ce mal-être qui s'empare de lui dès qu'il a tracé ne serait-ce qu'une ligne, il ne croit pas que c'est le lieu commun de tous les écrivains, à un degré ou à un autre, mais qu'il s'agit d'une paralysie mentale ne frappant que lui. Et quand, au prix d'efforts énormes, il surmonte ses craintes et ses tremblements, il demeure insatisfait du résultat à la fin de 1911 :

J'ai feuilleté mon *Journal* ce matin, et lors de cet examen, je n'ai pas trouvé que ce que j'ai écrit jusqu'à présent soit particulièrement précieux ni que cela mérite absolument d'être mis au rebut. Mon jugement est entre les deux, plus proche sans doute de la première opinion, mais pas tel cependant que je doive, au vu de ce que j'ai écrit jusqu'à présent, me considérer comme épuisé en dépit de ma faiblesse[2].

Mais à ce découragement extrême peut succéder une sorte d'euphorie, une légèreté d'âme qui le transporte et qui lui donne la force dès le début de cette aventure de continuer son travail littéraire et la rédaction de son journal :

Je ne quitterai plus ce Journal. C'est là qu'il me faut être tenace, car je ne puis l'être que là. Comme j'aimerais expliquer

1. Lettre à Max Brod, 17 décembre 1912, O.C. III, pp. 659-660.
2. *Franz Kafka*, Claude David, p. 100.

le sentiment de bonheur qui m'habite de temps à autre, maintenant par exemple. C'est véritablement quelque chose de mousseux qui me remplit entièrement de tressaillements légers et agréables, et me persuade que je suis doué de capacités dont je peux à tout instant, et même maintenant, me convaincre en toute certitude qu'elles n'existent pas [1].

Malgré ses atermoiements, Kafka est parvenu tant bien que mal à accepter l'idée d'envoyer le manuscrit de *Betrachtung* à Rowohlt le 14 août 1912. Le livre sort de presse en janvier 1913. Il porte la dédicace suivante : « À M. B. » Une page vient de se tourner et, avec elle, son poids de symbole, sans parler de l'incroyable soulagement que cette libération procure à un auteur qui a alors bien d'autres choses en tête.

1. *Journaux*, 16 décembre 1910, O.C. III, p. 12

Un théâtre de la langue juive au café Savoy

Max Brod, dans un article consacré à l'œuvre de son ami, tient à conclure en formulant une curieuse considération à propos de l'une de ses nouvelles :

« Comment t'appelles-tu ? — Oldradek. — Et où habites-tu ? — Pas de domicile fixe. » On comprend alors que Kafka écrit non seulement l'histoire du tragique humain tout court, mais aussi celle des souffrances de son peuple, de ce peuple fantôme, sans patrie, qui est masse sans corps et sans forme. Et il l'écrit sans que le mot « juif » paraisse une seule fois dans ses œuvres [1].

Hugo Bergmann se souvient très bien de ce qu'était l'attitude du jeune Kafka face aux questions religieuses : « [...] il voulut absolument me détourner de mes croyances juives. Or c'était un bon dialecticien, et un jour de printemps, juste avant la Pâque et la nuit de Séder [...] je dus lutter ferme pour résister à ses arguments, du moins jusqu'à Séder : cette fois je réussis à tenir bon [2]. » Au lycée, il s'est laissé débaucher par certains de ses cama-

1. *Franz Kafka*, Max Brod, pp. 155-156.
2. « À l'école et à l'université », Hugo Bergmann, in *J'ai connu Kafka*, p. 27.

rades sans trop de peine et il a embrassé la cause de l'athéisme avec l'emportement de cet âge. Sa famille est d'ailleurs assez peu pratiquante puisqu'elle se limite à célébrer les grandes fêtes juives et ne fréquente la synagogue qu'en de grandes occasions. Quand se forme le Cercle de Prague, dont tous les membres sont juifs, deux d'entre eux, Felix Weltsch et Max Brod, sont déjà acquis à la cause sioniste. Cependant, sur la question de la relation de Kafka avec la culture juive, Brod est obligé d'être prudent même s'il essaie de démontrer qu'il a peu à peu évolué vers une adhésion aux théories de Herzl. Quand a lieu une discussion sur les rapports entre les Juifs d'Europe occidentale et les Juifs orientaux, entre Sion et la Diaspora (et il a d'ailleurs dû y en avoir beaucoup lors des réunions au café Arco ou chez l'un d'entre eux), Brod souligne leurs divergences d'opinions :

> Lorsque je fus devenu un sioniste convaincu et que j'essayai vainement de convaincre Kafka de la nécessité de cette politique, durant nos tours en barque sur la Vlatva, nous en vînmes parfois à des disputes et même à une légère mésentente, qui fut d'ailleurs la seule [1].

Cependant Kafka fait preuve d'une grande sensibilité à l'égard de l'*être juif*. Chaque fois que la situation se présente, il remarque ce qui peut distinguer un Juif dans son univers ou au cours de ses déplacements. Lorsqu'il parcourt la Bohême pour

1. *Franz Kafka*, Max Brod, p. 130.

son travail, il ne peut s'empêcher de faire de petits croquis littéraires de ses compagnons de voyage comme dans cette petite scène révélatrice :

> Un Juif de Reichenberg dans mon compartiment se fait remarquer par de petites exclamations au sujet des express, qui ne sont express qu'à en croire les tarifs. [...] En face de moi, un monsieur à la voix fluette, dur d'oreille, portant bouc et moustache ; il se moque du Juif de Reichenberg, tout bas d'abord, sans se démasquer, sur le mode ironique[1]...

Quand il effectue son second voyage à Paris, l'étape de Milan lui offre une interrogation sur l'identité d'une jeune Italienne dont il fait un portrait détaillé à commencer par « le visage juif dans l'ensemble, devenait non juif de profil[2] ». Et il s'intéresse ensuite à son père « assis à côté d'elle [qui] avait un nez fortement recourbé, tandis que le sien, au même endroit, suivait une courbe plus douce, donc plus juive[3] ». Puis il y a le joaillier polonais avec lequel il bavarde dans le train et qui lui parle de sa vie à New York et à Cracovie. Là encore, un rapide portrait physique : « Il a de longs cheveux bouclés dans lesquels, en guise de peigne, il passe les doigts à l'occasion, yeux très brillants, nez qui s'incurve doucement, joues creuses, costume de coupe américaine[4]... » Et il le montre en train de déambuler avec sa petite valise qu'il « porte comme un fardeau » ; surtout, il s'intéresse à sa

1. *Journaux*, 19 janvier 1911, O.C. III, p. 21.
2. *Journaux*, 4 septembre 1911, O.C. III, p. 50.
3. *Idid.*, p. 51.
4. *Ibid.*, p. 58.

façon de parler : « Son allemand est troublé par une prononciation et des tournures anglaises, l'anglais est si fort que le yiddish peut se reposer [1]. » Cette vive curiosité pour les signes extérieurs de la judéité est flagrant dans *Préparatifs de noce à la campagne*, où il aborde des problèmes de caractère spirituel, et en premier lieu la Chute, qu'il considère comme l'expression du paradis *hic et nunc*. Il y présente aussi un homme attaché à une chaise lui donnant « l'accès à tous les espaces terrestres » sans pourtant pouvoir aller au-delà, thème qu'il reprendra par la suite et en d'autres termes dans « Devant la Loi », dont il tire le chapitre « Dans la cathédrale » à la fin du *Procès*.

« Pas de Juifs », fait-il savoir à Max Brod quand il assiste à un concert à Zurich. Il n'y a pas à l'époque une seule allusion à la religion quand il se rend à la synagogue Vieille-Nouvelle pour la fête de Kol Nidré. Il décrit surtout les personnages pittoresques en train de prier. Le même jour, il brosse un portrait très élaboré d'une fille qu'il a vue dans un bordel peu de temps avant : « L'une d'elles, une Juive au visage étroit, ou plutôt avec un visage qui se perd dans un menton étroit, mais est secoué dans le sens de la largeur par une coiffure aux ondulations souples [2]... » Les pages de ses cahiers fourmillent d'annotations sur la condition juive comme, par exemple, un petit excursus sur la mère juive, qui se distingue de la mère allemande :

1. *Ibid.*
2. *Journaux*, 1er octobre 1911, O.C. III, p. 87.

> La mère juive n'est pas une *Mutter*, cette façon de l'appeler la rend un peu ridicule [...] ; nous donnons à une femme juive le nom de mère allemande, mais nous oublions qu'il y a là une contradiction, et la contradiction s'enfonce d'autant plus profondément dans le sentiment. Pour les Juifs, le mot *Mutter* est particulièrement allemand, il contient à leur insu autant de froideur que de splendeur chrétiennes [1]...

Kafka fait aussi un commentaire sur *Die Jüdinnen* (*Les Juives*) de Max Brod qui vient de paraître en 1911 ; il n'y discerne pas de solution à la question juive et développe deux critiques en ce sens. Mais il lui a fallu un événement qui sort de l'ordinaire pour qu'il s'interroge plus profondément sur son appartenance à la communauté juive, son histoire et ses traditions. Et c'est, comme d'habitude, à travers Max Brod qu'il va se produire.

Brod explique par le menu les circonstances de cette révélation, qui est si importante pour Kafka, et n'hésite pas à s'en vanter : « J'avais cette fois été l'animateur. » Il fait allusion à un événement qui a lieu au printemps 1910. « Je lis dans mon Journal à la date du 1er mai : "Café Savoy, compagnie Lwow. Très important pour J.P." (un roman que je projetais). Le 4 mai : "Ce soir au Savoy avec Kafka. Splendide » [2]. Ce dernier est littéralement subjugué. Brod le confirme : « [...] j'assistais fréquemment aux représentations du Savoy, et y appris beaucoup sur l'âme nationale juive, mais Franz,

1. *Journaux*, 23 octobre 1911, O.C. III, pp. 122-123.
2. *Franz Kafka*, Max Brod, p. 127.

dès que je l'eus introduit dans ce milieu, ne s'en sépara plus[1]. » Mais à ce moment-là, Kafka ne couche encore rien sur le papier à propos du théâtre yiddish. Il est vrai que ses journaux intimes n'en sont qu'à leur début et qu'il hésite toujours sur leur raison d'être — un journal personnel axé sur ses propres faits et gestes, ou un brouillon de projets littéraires, ou encore un mémorandum de ses lectures.

Sans être un passionné des arts du spectacle, Franz Kafka fréquente de temps à autre les théâtres de Prague et aussi les cinémas (plus rarement). Il est d'ailleurs souvent déçu par les spectacles qu'il peut voir. Voici par exemple ce qu'il écrit, non sans vivacité, à propos de *La Tragédie de Raguse*, de l'auteur dramatique croate Ivo Vojnovic, qui est donnée au Nationaltheater : « La pièce et la représentation étaient lamentables. Du premier acte, je n'ai retenu que le joli son d'une pendule ; la *Marseillaise* chantée sous les fenêtres par les Français qui entrent dans la ville[2]... » Il en fait néanmoins un compte rendu en coupe réglée, tout en regrettant d'avoir eu cette idée de la malencontreuse soirée : « Bref, conclut-il, j'avais de nouveau prouvé le sort malheureux de toutes les entreprises dont je prends l'initiative seul[3]. » Pour un amateur de Schiller et de Kleist, ce drame historique a dû paraître ampoulé et prétentieux. Cette expérience calamiteuse ne le dissuade pas, cependant avec une

1. *Idid.*
2. *Journaux*, 19 octobre 1911, O.C. III, pp. 116-117.
3. *Ibid.*, p. 117.

pointe d'appréhension, d'assister à la première d'*Hippodamie* de Jaroslav Kwapil, « pièce lamentable. On marche à l'aventure dans la mythologie grecque, sans rime ni raison. [...] Comme cela doit être triste pour un Tchèque qui a, ne fût-ce qu'un peu, voyagé [1] ». En 1916, il voit *Orphée aux Enfers*. « La représentation était si mauvaise, soupire-t-il, les applaudissements et les rires étaient si forts autour de moi aux places debout du parterre que je n'eus d'autre recours que de m'enfuir après le deuxième acte, ce qui réduisit tout au silence [2]. » Il n'est guère plus emballé par *Das Weite Land* d'Arthur Schnitzler, auteur célébré à Vienne, adapté par son ancien ami Emil Utitz : « L'auteur est quelque part près de moi, je ne peux m'empêcher d'exprimer l'opinion défavorable que j'ai de la pièce [3]. » En revanche, il apprécie la pièce de Frank Wedekind, *Erdgeist*, et encore plus sa femme, Tilly, qui tient le rôle principal !

En dépit de nombreuses déceptions, il va mûrir un projet pour le théâtre, qui n'ira jamais plus loin que la douce rêverie. Arrive donc la soirée du 4 octobre 1911 au café Savoy qui le fait entrer dans une tout autre dimension de la théâtralité. Le lendemain, son émotion est toujours aussi vibrante et forte. Il note avec sobriété dans un premier temps : « Hier soir au café Savoy, troupe juive. » Et il se lance dans une longue description des personnages principaux, qu'il ne comprend pas et qu'il assimile

1. *Journaux*, 15 décembre 1911, O.C. III, p. 185.
2. *Journaux*, 4 février 1912, O.C. III, p. 227.
3. *Journaux*, dimanche 19 octobre 1911, O.C. III, p. 161.

à des domestiques ou à de petits employés du temple, en somme des *Schorrer*, des bons à rien, des fainéants, des pique-assiette, mais qui, à cause de leur vie errante, « savent beaucoup de chansons » et « pénètrent clairement la situation de tous les membres de la communauté »[1]. Il est manifestement sous le charme quand il assiste à la mise en scène de *Meschumed* (*Le Baptisé*) de Lateiner. Il s'intéresse à des points précis de la pièce, comme certains gestes, la sensation qui se dégage du spectacle, la manière de transmettre une émotion. Et il analyse les rapports du jeu des acteurs et de la musique :

> Les mélodies sont longues, le corps se confie volontiers à elles. En raison de leur longueur qui se déroule en ligne droite, c'est en balançant les hanches, en écartant les bras, en les levant et en les baissant au rythme d'une respiration calme, en approchant les paumes des tempes tout en évitant soigneusement de les toucher, que les acteurs expriment le mieux leur caractère[2].

À propos de ces airs, il trouve des formules surprenantes :

> La mélodie talmudique des questions, des conjurations et des explications précises : l'air passe dans un tuyau qu'il emporte avec lui ; en revanche, du fond de lointains et infinis débuts, une grande vis, fière dans l'ensemble, humble dans ses spirales, tourne à la rencontre de l'interrogé[3].

1. *Journaux*, 5 octobre 1911, O.C. III, p. 93.
2. *Ibid.*, p. 94.
3. *Ibid.*, p. 95.

Il est resté tellement subjugué qu'il résume la pièce en tentant d'en expliquer le sens, revient sur les mouvements des acteurs sur scène, et il aspire à connaître plus à fond ce genre de théâtre à la fois exubérant et exotique : « Désir de voir un grand théâtre yiddish car il est possible, après tout, que la représentation souffre du petit nombre des comédiens et de leur étude imparfaite des rôles[1]. » Il continue à penser tout haut sur le même thème : « Désir également de connaître de la littérature yiddish[2]... » Il a soulevé le couvercle de la boîte de Pandore et a bien l'intention de se plonger corps et âme dans cette culture qui lui est inconnue.

Le 26 octobre suivant, il assiste à une lecture d'Isaac Löwy, le chef de la troupe. L'acteur lit *Gott, Mensch und Teufel* de Gordin (c'est sa pièce préférée) et son propre journal. La veille, il a pu voir *Der wilde Mensch* (*L'Homme sauvage*), qu'il juge supérieur à ce qu'il a pu découvrir jusqu'à ce jour. Là aussi, il raconte avec beaucoup de verve l'action de la pièce. Il est subjugué par la haine qu'éprouve Lemech, l'idiot dans cette intrigue, qui déteste Mme Selde parce qu'elle occupe la place de sa mère disparue et l'aime « parce qu'elle est la première jeune femme qu'il côtoie, et tombe dans une idiotie délirante[3] ». Kafka est conscient que ce genre de théâtre possède un versant irritant, qu'il cultive : le mauvais goût et l'outrance y sont de

1. *Ibid.*, p. 100.
2. *Ibid.*
3. *Journaux*, jeudi 26 octobre 1911, O.C. III, p. 124.

mise. Mais c'est peut-être ce qui l'incite à revenir une fois de plus au café Savoy le 28 de ce même mois.

Quelque chose de spécial l'attire chez ce Yirzhac (puis Jizhak et enfin Isjak) Löwy. Il y a d'abord tout ce qui l'a bouleversé au plus haut point dans le théâtre yiddish et ensuite dans la lecture de son journal parisien : « Notre-Dame l'effraie, le tigre du jardin des Plantes l'émeut comme l'image même du désespéré espérant qui trouve dans la pâture l'assouvissement du désespoir et de l'espoir[1]... » Il le rencontre souvent pour écouter ses histoires, s'initier aux rites et aux coutumes orientales et, parallèlement, il se met à lire *L'Histoire du judaïsme* de Graetz. Il s'intéresse aux auteurs juifs qu'il ignore et déploie une grande activité pour aider ces acteurs de son mieux. « Kafka avait pour eux qui étaient toujours dans le besoin, déclare Max Brod, des complaisances inépuisables. C'est ainsi qu'il esquissa [...] une circulaire polycopiée destinée à tous les groupements sionistes de Bohême, afin de mettre sur pied une tournée[2]. » Kafka parvient à convaincre Brod de faire paraître un article dans le *Prager Tagblatt* le 27 octobre.

Il s'y montre un peu réservé, se contentant de vanter un théâtre exotique avec « un penchant naturel pour la musique et un plaisir élémentaire de gros effet », qui ne serait à son avis qu'un divertissement « savoureux à celui qui ne connaissait pas le goût exotique, pour nous, de ce jargon » [le yiddish][3].

1. *Ibid.*, p. 126.
2. *Franz Kafka*, Max Brod, p. 130.
3. *Franz Kafka ou Le cauchemar de la raison*, Ernst Pawel, p. 258.

De son côté, Kafka relate en détail le départ de Mme Klug, l'une des actrices de la troupe, départ qui lui fournit l'occasion de résumer au fil de son récit tout ce qui s'est passé entre eux, c'est-à-dire tout ce qui ne s'est pas passé, car il est demeuré secrètement amoureux d'elle.

Löwy est né à Varsovie en 1887 dans une famille hassidim très orthodoxe. À dix-sept ans, il s'est enfui de ce monde étouffant et s'est rendu seul à Paris tenter sa chance. Il est parvenu à se faire embaucher comme ouvrier. Le soir, il fréquentait le petit milieu du théâtre yiddish amateur et il a réussit à jouer dans plusieurs spectacles. En 1907, il est entré dans une vraie troupe et s'y est imposé. Il est parti avec elle dans une grande tournée à travers l'Europe qui la mené à Prague en 1911. Kafka est impressionné par cet homme passionné et bouillonnant, qui va jusqu'au bout de ses rêves sans se préoccuper des conventions et de l'argent. Il est tout ce que lui-même aurait aimé être et qu'il sait ne pouvoir jamais devenir : l'incarnation d'une judéité revendiquée haut et fort. Son talent immense de conteur lui en impose autant que l'univers qu'il lui dévoile et qu'il convoite avec gourmandise. Ses cahiers se remplissent de propos tenus par Löwy, qui lui raconte sans fin des fables tirées du Talmud ou des anecdotes de sa vie passée en Pologne. Kafka l'écoute avec admiration et prend note de ce qu'il veut bien lui dire sur cet univers si lointain et qui lui est tellement étranger. Il l'emmène au théâtre ou se promène avec lui jusqu'à la forteresse de Seon ou sur l'île de Hetz. Il le regarde comme un maître qui lui enseigne une discipline dont il avait méconnu jusqu'à l'existence :

Ce que j'ai appris par Löwy de la littérature juive actuelle à Varsovie, et ce que me révèlent certains aperçus en partie personnels sur la littérature tchèque actuelle, me porte à croire que beaucoup d'avantages du travail littéraire [...] peuvent être déjà produits par une littérature qui n'a peut-être pas atteint une ampleur de développement exceptionnel, mais qui a cette apparence par suite du manque de talents supérieurs [1].

En définitive, tout ce qui vient de Löwy le captive, l'émeut et le fait jubiler intérieurement. Le 21 novembre, il revient à plusieurs reprises, au milieu de diverses considérations, sur la civilisation juive, citant souvent l'acteur dans ses carnets : « D'une lettre de Löwy à son père : si je viens à Varsovie je me promènerai parmi vous dans mes vêtements européens comme une araignée sous vos yeux, comme un homme en deuil parmi des fiancés [2]. » Et quand il n'est pas question de lui, c'est son théâtre qui reprend ses droits. Le 12 décembre, il assiste à la représentation de *Der Schneider als Gemeinderat* (*Le Tailleur conseiller municipal*) et il voit *David Geige* (*Le Violon de David*) de Lateiner le 18, confiant à son journal ses impressions et y racontant l'intrigue :

Le frère réprouvé, un violoniste de talent devenu riche, rentre chez lui comme dans les rêves de mes premières années de

1. *Journaux*, 23 décembre 1911, O. C. III, pp. 194-195.
2. *Journaux*, 20 novembre 1911, O. C. III, p. 167.

lycée. [...] Mme Tschissik jouait à nouveau. Hier, son corps était plus beau que son visage. [...] Hier, son grand corps joliment arrondi, sans trop d'embonpoint n'allait pas avec son visage et elle me rappelait vaguement certaines créatures hybrides, ondines, sirènes ou centaures[1].

Le summum de cette relation privilégiée et de cet engouement qui n'a aucun précédent dans sa vie, survient pendant l'hiver 1912. Kafka est en effet résolu à faire une conférence dans le but de convaincre ses coreligionnaires de l'importance de cette forme théâtrale venue de l'Est et de la valeur de la culture yiddish. Il la rédige avec le plus grand soin : « Je commence à écrire la conférence qui doit accompagner les textes récités par Löwy [...]. Je n'aurai pas beaucoup de temps pour me préparer et j'entonne ici un récitatif, comme à l'Opéra. » Son émotion est grande et cette confrontation avec le public lui inspire des accents lyriques et d'une drôlerie incontestable : « [...] je rêve d'envol et de chute mélodiques[2] ». Il appelle même Goethe à son secours.

Mettre sur pied une soirée de ce genre est une chose nouvelle pour lui et pas une mince affaire. Il en récapitule les étapes majeures sur un ton cocasse, comme s'il avait tenu les minutes de cette folle organisation :

Établissements où je suis allé et gens auxquels j'ai parlé ou écrit. Dispositions générales : Max Schmerler, qui est venu chez

1. *Journaux*, 19 décembre 1911, O. C. III, pp. 186-187.
2. *Journaux*, 13 février 1912, O. C. III, p. 231-232.

moi, Baum qui s'était d'abord chargé de la conférence, puis refusa de la faire, puis se laissa convaincre par moi au cours d'une soirée organisée spécialement à cet effet, puis décommanda de nouveau le lendemain par pneumatique, le Dr Hugo Hermann et Léo Hermann au café Arco, plusieurs fois Robert Weltsch à son appartement, le Dr Blei au sujet de la vente des cartes (en vain), le Dr H., le Dr Fl., visite à Mlle T., conférence au *Afike Jehuda*[1] (rabbin Ehrentreu sur Jérémie et son temps, au cours de la réunion amicale qui a suivi, petit discours raté sur Löwy), chez le professeur W. (puis au café ensemble ; puis nous nous promenons, il est resté chez moi comme un animal, et ne m'a pas laissé entrer). Chez le Dr Karl B. au sujet de la salle, deux fois chez L., à son appartement de la Heuwagsplatz, plusieurs fois chez Otto Pick, à la banque, à la conférence de la salle Toynbee au sujet de la clé du piano, avec M. R. et le professeur St., puis chez ce dernier pour aller chercher la clé et la lui rapporter, le concierge et l'huissier de la Maison commune au sujet du paiement (deux fois), Mme Fr. à l'exposition « La Table dressée », au sujet de la vente des cartes. Écris à Mlle T., à un certain Otto Kl. (en vain), écrit pour le *Tagblatt* (en vain), à Löwy (« je ne pourrai pas faire la conférence, venez à mon secours ! »)[2].

Cette activité débordante, qu'il restitue *a posteriori* avec un humour ravageur, plonge alors Kafka dans une anxiété sans nom et lui cause de graves insomnies. Quoi qu'il en soit, le 27 février, il lit sa conférence avec clarté dans la salle de conférences de l'hôtel de ville juif, célèbre pour son horloge dont les aiguilles vont à l'envers et qui a tant stupéfié Guillaume Apollinaire, qui l'évoque dans *Zone*. Kafka commence sa conférence par l'un de ces paradoxes dont il a le secret : « Avant que vous n'en-

1. Société fondée en 1859 pour le développement du judaïsme qui organise des soirées, dont des conférences.
2. *Journaux*, 21 février 1912, O.C. III, pp. 232-233.

tendiez les premiers vers des poètes juifs d'Europe orientale, je voudrais vous dire, Mesdames et Messieurs, que vous comprenez beaucoup plus de yiddish que vous ne le croyez[1]. » Il démontre avoir bien assimilé l'essence de cette langue étrange aux oreilles des Juifs de Prague si policés et s'indigne qu'on l'ait si longtemps méprisée. Il la propose comme langue universelle puisqu'elle est composée de beaucoup de vocables d'origines diverses. « Des migrations de peuples traversent le yiddish de bout en bout[2] », s'exclame-t-il. Et il achève sa péroraison en éludant d'étonnante façon la question qu'il a soulevée au début, c'est-à-dire celle de la compréhension des poèmes qui vont être déclamés — laquelle n'est pas évidente, même pour une audience germanophone —, en atténuant *de facto* le paradoxe premier, étant certain que le yiddish n'est accessible qu'à celui qui le pratique. Si l'allemand est la composante de base du yiddish, déclare Kafka avec un certain aplomb :

> N'attendez aucun secours de l'explication des textes poétiques. Si vous n'êtes pas en mesure de comprendre le yiddish, aucune explication immédiate ne pourra vous aider. Vous pouvez, dans le meilleur des cas, comprendre l'explication et vous attendre à entendre quelque chose de difficile[3]. »

Il y a au programme des écrits de Rosenberg, de Frug et de Frischmann.

1. *Ibid.*, p. 1141. « Discours sur la langue yiddish », O.C. IV.
2. *Ibid.*, p. 1142.
3. *Ibid.*, p. 1143.

C'est au cours de cet hiver 1912 que la compagnie de Löwy plie bagages pour aller à Berlin. Kafka continue à correspondre avec Löwy. Il tente même de convaincre sa fiancée, Felice Bauer, d'aller voir un de ses spectacles. Il reçoit quelques mois plus tard une lettre de Vienne où Löwy lui dit qu'il est dans une mauvaise posture et désespéré. Il le revoit rapidement à Budapest. Là, il essaye de le persuader de rédiger ses mémoires. Comme Löwy ne se montre pas disposé à le faire, il lui propose de prendre note de ses propos et ensuite de les mettre en forme en vue d'une éventuelle parution. Au bout du compte, il ne fait pas la biographie de Löwy, mais une étude abrégée sur le théâtre yiddish, pas plus longue qu'un article de revue. C'est une réflexion sur la familiarité avec le yiddish et la relation intime qu'il a pu avoir avec le théâtre lié à cet idiome.

Il y rapporte une anecdote qui met en situation son père, excédé par tout cela et qui en fait part à sa femme : « "Il faut que tu le saches, il tourne de plus en plus mal, hier on l'a vu au théâtre juif" », et, se tournant vers son fils, lui dit avec peine et incompréhension : « "Mon enfant, songes-y, cela te mènera loin, très loin"[1]... » Et Kafka de produire cette chute à double sens : « [...] et il a eu raison[2]. » En quoi, peut-on se demander ? Il est certain que cette découverte du théâtre des Juifs d'Europe orientale a eu une incidence fondamentale sur sa manière d'écrire car elle lui a permis de développer ce qui

1. « Sur le théâtre yiddish », 1917, O.C. IV, p. 1149.
2. *Ibid.*

est déjà présent dans ses textes — une manière de synthétiser une personnalité en quelques coups de crayon et une gestuelle exagérée. Ce rapport si fort avec les pièces de ce répertoire lui suggère d'ailleurs une méditation sur la spécificité de sa démarche :

> Mon goût pour l'imitation n'a rien de ce que fait le comédien, il lui manque avant tout la continuité, je suis incapable d'imiter dans toute leur ampleur les choses grossières caractéristiques au premier coup d'œil, les tentatives que j'ai faites dans ce sens ont toujours échoué, elles sont opposées à ma nature. En revanche, j'ai un goût prononcé pour l'imitation des détails, dans le grossier[1]...

Il prolonge cette comparaison en traitant du problème des acteurs qui imitent et qui imitent trop. Le théâtre yiddish, par son caractère outrancier, lui a apporté, d'une part, la révélation d'une identité, qui le pousse désormais à s'en rapprocher (mais sans vraiment y parvenir, ou en ne l'atteignant que par défaut, d'une manière différée, à travers les femmes qui ont eu une place déterminante dans son existence), et, de l'autre, la pleine conscience de ce qu'il peut — et de ce qu'il ne peut pas — réaliser en littérature.

1. *Journaux*, 30 décembre 1911, O.C. III, p. 205.

De la vie laborieuse et de la vie amoureuse

La littérature ne saurait, hélas, être absolument tout pour Franz Kafka. Et encore moins le théâtre qui l'a tant tenu en haleine, l'a émerveillé et lui a ouvert des horizons inespérés. Il doit assumer avec abnégation ses responsabilités au sein de la compagnie qui le tient solidement ancré dans la rude réalité des choses, l'obligeant à effectuer des voyages fréquents et ennuyeux dans la Bohême industrialisée. Kafka accepte sa condition, si astreignante soit-elle, en se consacrant à sa tâche ingrate avec beaucoup de diligence. Il rédige des rapports très appréciés par ses supérieurs. On s'en souvient, il a déjà, en 1908, écrit une longue relation sur l'extension de l'obligation d'assurance dans les professions du bâtiment et les professions annexes. Trois ans plus tard, il récidive avec : « L'assurance contre les accidents du travail et les entrepreneurs ». Estimé par sa hiérarchie pour son zèle discret et l'excellence du résultat de ses missions aux quatre coins du royaume, il est tout aussi estimé par ses collègues. Aloïs Gütling, qui est entré dans la compagnie en 1910 en qualité de stagiaire, s'occupe des mêmes affaires que lui dans le bureau voisin. Il affirme que, dans la liquidation des recours contre le système de classement en vigueur, « Kafka se montrait le plus brillant », assurant que, d'un point de vue juridique, ses liquidations étaient de véritables modèles du genre[1].

Si difficiles qu'elles puissent être, les choses auraient pu en rester là et Kafka aurait pu remplir ses obligations à l'égard de cette machine bureaucratique sans trop de drames même si elles constituaient un poids lourd à porter. Mais Hermann Kafka continue de nourrir de grandes ambitions pour son fils. Et l'occasion se présente quand il marie sa fille aînée, Gabriele, avec un jeune négociant, Karl Hermann. Une dot conséquente de trois mille florins est prévue pour ces épousailles. Dès avant le mariage, Hermann sait exactement à quoi il compte employer cette grosse somme d'argent : créer une usine d'amiante, la Prager Asbestwerke Hermann & Co, ce qui lui permettra de poser la première pierre d'une histoire familiale qui lui fera quitter le monde méprisé des boutiquiers pour entrer dans le club très fermé des manufacturiers. Le mariage consommé, l'usine est installée dans le quartier de Žižkov et inauguré en novembre 1911. Elle compte vingt-cinq ouvriers, essentiellement des femmes. Un moteur à essence de trente-cinq chevaux actionne quatorze machines. Le beau-frère de Franz s'occupant de la vente du produit, il est souvent en déplacement. Franz doit alors prendre la

1. « Mon collègue Kafka », Aloïs Gütling, in *J'ai connu Kafka*, p. 110.

direction de l'usine, ce qu'il fait avec une incommensurable réticence, et cela d'autant plus qu'il entre immédiatement en conflit avec son père, comme il le note avec rage dans ses cahiers :

> Mon père m'a fait des reproches à midi parce que je ne me soucie pas de l'usine. Je lui ai expliqué que je suis entré dans l'association parce que j'entendais en tirer un bénéfice, mais que je ne peux pas y collaborer tant que j'ai mon emploi de bureau. Mon père a continué à me quereller, je suis resté debout près de la fenêtre et me suis tu[1].

A-t-il eu sérieusement l'espoir d'échapper à la morne routine de son travail juridique et de gagner enfin son indépendance ? C'est possible, et cela d'autant plus qu'il a tendance à courtiser les chimères. Mais il doit très vite déchanter. Au fil des jours, les relations avec son père prennent un tour aigre, les disputes s'enchaînent, et une forte animosité s'installe entre eux. Franz est à bout et se l'avoue : « Le tourment que me cause l'usine est insupportable. Pourquoi me suis-je laissé faire quand on m'a imposé l'obligation d'y travailler tous les après-midi[2] ? » Il se sent pris au piège par le devoir qui le lie aux membres de sa famille. Il ne possède ni la force morale ni le courage de faire face à ce surcroît de responsabilités. Et il ne se croit pas à la hauteur de ce qu'on attend de lui tout en sachant que cette plongée dans l'univers industriel aboutirait « nécessairement à la totale destruction de [son] existence[3] ».

1. *Journaux*, 14 décembre 1911, O.C. III, p. 181.
2. *Journaux*, 28 décembre 1911, O.C. III, p. 203.
3. *Ibid.*, p. 204.

La guerre domestique perdure pendant des semaines. En mars 1912, il aborde de nouveau la question qui en est restée au même point : « Avant-hier, essuyé des reproches à propos de l'usine. Après quoi, je suis resté une heure sur le canapé à réfléchir au saut par la fenêtre[1]. » Cette envie de suicide n'est peut-être pas à prendre pour argent comptant, mais dévoile l'état d'esprit qui est alors le sien. Faisant part à Max Brod de son angoisse profonde, il lui déclare : « Je me suis seulement rendu compte qu'il ne me restait que deux possibilités : soit me jeter par la fenêtre quand tout le monde sera couché ; soit aller chaque jour à l'usine et au bureau de mon beau-frère les quinze prochains jours[2]. » Incapable de se donner la mort, Kafka termine par une boutade : « Il me semble aussi que rester en vie interromprait moins mon travail que la mort[3]. » Max Brod, troublé et inquiet, envoie une missive à la mère de son amie pour l'avertir de son néfaste projet, et finit par monter avec elle une machination : faire croire à Hermann Kafka que son fils va tous les jours à la fabrique. Julie Kafka écrit à Brod peu après pour le rassurer : « Je parlerai dès aujourd'hui à Franz, sans mention de votre lettre, et lui dirai qu'il ne doit plus aller à la fabrique à partir de maintenant. J'espère qu'il se rangera à mon avis et qu'il s'apaisera[4]. » La parenthèse du suicide est fermée, mais pour combien de temps ?

1. *Journaux*, 8 mars 1912, O.C. III, p. 244.
2. Lettre à Max Brod, 8 octobre 1912, O.C. III, pp. 693-694.
3. *Ibid.*, p. 694.
4. *Franz Kafka*, Max Brod, p. 109.

Cette exténuante confrontation avec le réel, Franz Kafka ne la refuse pas toujours comme on serait porté à le croire. C'est plutôt l'écartèlement entre la réalité opprimante et ce à quoi il aspire qui est difficile à supporter. Tout d'un coup, en plein milieu de la dispute familiale née à propos de cette malheureuse affaire de l'usine, il aborde, toujours à la fin 1911, un sujet jusqu'alors tu avec soin ; le mariage : « Aujourd'hui, au petit déjeuner, j'ai parlé avec ma mère des enfants et du mariage[1]... » Il se crispe immédiatement parce que sa mère considère qu'il est quelqu'un de bien-portant mais « qui souffre un peu de l'idée qu'il est malade[2] » ; elle est persuadée que le mariage anéantira cette idée fixe. Il se dit qu'un jour il pourrait tomber amoureux d'une jeune fille et ne plus se passer d'elle[3]. Cependant, lorsque cette pensée l'effleure, il évoque son contraire : « Mais si je reste célibataire, comme l'oncle de Madrid, ce ne sera pas non plus une catastrophe, parce que, avec mon intelligence, je m'entendrai bien à arranger ma vie[4]. » Dans la « Lettre à son père », qui fait en 1919 un bilan de sa vie au terme du long et douloureux calvaire de ses fiançailles, il aborde bien sûr la question délicate du mariage :

Se marier, fonder une famille, accepter tous les enfants qui arrivent, les soutenir dans le monde incertain et même les guider un peu, c'est, j'en suis persuadé, la tâche la plus élevée qui

1. *Journaux*, 19 décembre 1911, O.C. III, p. 188.
2. *Ibid.*
3. *Ibid.*
4. *Ibid.*

puisse réussir à un homme. [...] Il ne s'agit pas du but suprême, encore qu'il soit grand et très honorable. [...] Et, en fin de compte, il ne s'agit point de ce but suprême, mais seulement de quelque approximation décente[1]...

Il voit, dans ce débat insoluble où il pèse sans cesse le pour et le contre, la possibilité d'une libération, d'une indépendance, d'une coupure franche avec tout ce qui le relie à son père. Mais il sait également que cette décision primordiale le rattacherait encore plus étroitement à lui, même s'il avait l'illusion de se retrouver face à lui sur un pied d'égalité. Sa conclusion ? Le mariage est pour lui impossible et cette impossibilité est responsable de tous ses déboires, de tous ses faux pas, de tous ses échecs : « Tel que nous sommes, le mariage m'est interdit parce qu'il est ton domaine le plus personnel[2]. »

Dans son carnet, Kafka évoque la rencontre d'une jeune fille au domicile des parents de Max Brod, peu après son retour d'Allemagne, alors qu'il tente de mettre en ordre les notes qu'il a prises à Weimar. Et il raconte ses premières impressions d'une manière déroutante :

Mlle F. B. Quand j'arrivai chez Brod, le 13 août [1912], elle était assise à table et je l'ai pourtant prise pour une bonne. Je n'étais d'ailleurs nullement curieux de savoir qui elle était, je l'ai aussitôt acceptée. Visage osseux et insignifiant qui portait franchement son insignifiance. Cou dégagé. Blouse jetée sur

1. « Lettre à son père », cité in *Franz Kafka*, Max Brod, p. 160.
2. « Lettre à son père », O.C. IV, pp. 876-877.

les épaules. Elle semblait être habillée tout à fait comme une ménagère, bien qu'elle ne le fût nullement comme j'ai pu le constater ensuite[1].

Le portrait qu'il consigne dans cette page et qui, il ne faut pas l'oublié, n'est adressé qu'à lui-même, est des plus décourageants. Et lorsque, sous la moindre transition, il résume ce qui s'est passé au cours de cette soirée, il poursuit son portrait peu flatteur, accentuant les défauts de son modèle : « Nez presque cassé. Cheveux blonds un peu raides et sans charme, menton fort. En m'asseyant, je la regardai attentivement pour la première fois, une fois assis, j'avais déjà sur elle un jugement inébranlable, comme se[2]... » Il pose sa plume, ne finit pas sa phrase et se tait. Rien ne se passe. Rien ne filtre de ses sentiments, si tant est qu'il en ait. Max Brod n'est pas ici dans la confidence puisqu'il ne fait état que d'un brouillon de lettre daté du début du mois de novembre, dont il n'est pas même certain qu'elle ait été envoyée. De son côté, Kafka se résout à admettre : « Beaucoup pensé — quelle peine j'éprouve à écrire des noms — beaucoup pensé à F. B.[3] » Le 20 septembre, il s'occupe de son courrier : « Lettre à Löwy et à Mlle Taussig, hier à Mlle B.[4]. »

Cette lettre-là, cependant, il l'a bel et bien envoyée à Prague où Mlle B. réside temporairement. Il lui rappelle une très vague promesse de voyage en Palestine prévue pour l'année suivante. Cette

1. *Journaux*, 20 août 1912, O.C. III, pp. 287-288.
2. *Ibid.*, p. 288.
3. *Journaux*, 15 août 1912, O.C. III, p. 286.
4. *Journaux*, 20 septembre 1912, O.C. III, p. 294.

proposition déclarée avec tant de gravité peut paraître un peu audacieuse. Elle l'est. Mais Kafka ajoute quelques restrictions en expliquant qu'il n'est pas un correspondant ponctuel. Malheureusement, son journal s'interrompt tout d'un coup à la fin de septembre et ne reprend qu'en février 1913. Il écrit de nouveau à la jeune femme le 28 septembre et, cette fois, c'est une longue lettre. Dans laquelle il lui expose sa difficulté à l'écrire, et dans laquelle il s'égare parfois :

> Ma mémoire est certes très mauvaise, mais quand elle serait la meilleure de toutes, elle ne m'aiderait pas à transcrire exactement fût-ce un petit paragraphe que j'aurais imaginé et noté auparavant, car à l'intérieur de chaque phrase il y a des transitions qui, avant d'être mises par écrit, doivent rester en suspens. Quand ensuite je m'assieds pour écrire la phrase notée, je n'ai plus que des bribes sous les yeux, je ne distingue rien entre elles au-delà, et si cela s'accordait avec ma nonchalance, je n'aurais plus qu'à jeter la plume. Cependant j'ai pesé cette lettre-là, car je n'étais nullement décidé à l'écrire, et ces sortes de réflexions sont aussi justement le meilleur moyen de m'empêcher d'écrire[1].

La jeune femme met quinze jours à lui répondre. Entre-temps, Kafka s'impatiente. Voici qu'il lui parle d'une lettre précédente à laquelle elle n'aurait pas réagi. Il disserte sur les aléas de la poste et calcule le temps qu'aurait mis ladite lettre pour arriver jusque chez elle. Dans la lettre suivante, il lui avoue que ce n'est pas la lettre qu'il aurait souhaité écrire !

1. Lettre à Felice Bauer, 28 septembre 1912, O.C. IV, pp. 5-6.

Cette correspondance, commencée sous le signe de la maladresse la plus insigne et, il faut bien l'admettre, d'un certain comique, prend en fait une autre dimension quand, après avoir parlé de théâtre, il lui annonce : « Un "almanach de poésie" édité par Max paraîtra au plus tard au printemps chez Rowohlt à Leipzig. Il y aura là une petite histoire de moi : *Le Verdict*, qui portera la dédicace "*Pour Mlle Felice B.*"[1]. » En sorte que tout d'un coup, sans avertissement aucun, il associe le destin de Felice Bauer au sien, sans même l'avoir revue, en donnant soudain une configuration neuve à leur relation. Le nom de la jeune femme figurera à côté de celui de Kafka lors de la parution de la revue *Arkadia*.

Le 27 octobre, Kafka s'appesantit sur leur rencontre, comme s'il voulait graver dans le marbre le moindre événement survenu ce soir-là, rien que pour elle. Le lendemain, il lui écrit encore pour la prier de lui écrire, ne serait-ce que cinq lignes. Quatre jours plus tard, il lui réitère cette requête alors qu'il vient pourtant de recevoir deux lettres à la fois. Le 1er novembre, il lui confie : « Ma vie au fond consiste et a consisté depuis toujours en tentatives pour écrire, et le plus souvent en tentatives manquées[2]. » Et il enfonce ce clou en lui confiant : « Ma façon de vivre est organisée uniquement en fonction de la littérature[3]... » Preuve que sa véritable maîtresse est l'écriture !

1. Lettre à Felice Bauer, 24 octobre 1914, O.C. IV, p. 14.
2. Lettre à Felice Bauer, 1er novembre 1912, O.C. IV, p. 27.
3. *Ibid.*, p. 29.

Les jours passent, n'est-il pas allé trop loin dans la confidence ? Dans les lettres suivantes, il l'interroge sur son travail, vante le théâtre yiddish, l'incite à aller le voir à Berlin ; se lamente de n'avoir rien reçu d'elle depuis plusieurs jours, et finit par s'apercevoir qu'il la fait souffrir inutilement : « [...] c'est parce que j'existe que je vous fais souffrir. Au fond je suis inchangé, je continue à tourner dans mon cercle, simplement un nouveau désir inassouvi est venu s'ajouter à mes autres désirs inassouvis[1]... » Le 8 novembre, il paraît déconcerté par une lettre où elle déclare le trouver « vaillant » mais, après lui avoir fait part de sa « sensibilité », il lui révèle qu'il a rêvé d'elle. Le soir même, il se ravise, ne parvient ni à accepter ni à comprendre le reproche qu'elle lui a adressé, et termine sa lettre nocturne par une phrase lapidaire : « Adieu ! J'ai besoin de plus de gentillesse que je n'en mérite[2]. »

Max Brod a conservé le brouillon d'une lettre du 9 novembre où Kafka dit à Felice B. : « Bien chère, il ne faut pas m'écrire, moi non plus je ne vous écrirai plus. Il me faudrait vous rendre malheureuse si je vous écrivais et quant à moi aucune aide ne peut m'être donnée[3]. » Max Brod est le témoin des atermoiements incessants et des mouvements désordonnés de son esprit : « Elle veut couper court à tout. Alors il redouble d'efforts. Quand il ne reçoit pas de nouvelles, il est dans l'affliction ; quand il

1. Lettre à Felice Bauer, 7 novembre 1912, O.C. IV, p. 41.
2. Lettre à Felice Bauer, 8 novembre 1912, O.C. IV, p. 47.
3. Cité in *Franz Kafka*, Max Brod, p. 161.

en reçoit, il est assailli de doutes[1]. » Après cette reculade subite, le 11 novembre, Kafka exulte et s'exclame : « Votre bonté est infinie[2]. » Il reprend la plume pour exprimer sa joie et son soulagement : « Ainsi je ne vous ai pas perdue[3] », puis soudain change une nouvelle fois de ton :

Je vais vous présenter une demande qui paraît véritablement folle, et je n'en jugerais pas autrement si c'était moi qui recevais la lettre. Mais c'est aussi l'épreuve la plus dure qu'on puisse imposer au meilleur des êtres. La voici donc :

Ne m'écrivez plus qu'une fois par semaine et de telle sorte que je reçoive votre lettre le dimanche[4].

Enfin, deux jours plus tard, il lui fait parvenir des roses pour s'excuser de ses « mots criminels », et l'appelle « chérie ». Violence, tendresse, fuite en avant et velléité de briser le lien purement épistolaire qui le retient à elle. Il émerge de ce dialogue de sourds une sorte de terrible cruauté : « Chérie, pas cette torture ! Pas cette torture[5] ! »

Mais revenons à Felice Bauer. Qui est-elle ? D'où vient-elle ? Lorsque Kafka la rencontre, elle a vingt-cinq ans. Elle est issue d'une famille autrichienne qui a quitté la Haute-Silésie à la fin du siècle précédent pour aller s'installer à Berlin. Son père, Carl, est agent de commerce. Cette famille n'est guère fortunée puisque Felice doit travailler. Elle a com-

1. *Ibid.*, p. 162.
2. Lettre à Felice Bauer, 11 novembre 1912, O.C. IV, p. 48.
3. *Ibid.*
4. *Ibid.*, p. 51.
5. Lettre à Felice Bauer, 15 novembre 1912, O.C. IV, p. 60.

mencé comme sténodactylo dans une maison de disques, puis a rejoint en 1909 la Carl Lindstroem AG, une société produisant des dictaphones dont elle est parvenue à devenir fondée de pouvoir. C'est une femme réservée, pondérée, raisonnable, qui a les pieds sur terre, et qui s'inscrit dans cette petite-bourgeoisie respectueuse de la religion et sensible aux idées sionistes. Pourquoi Felice fréquente-t-elle les Brod ? Tout simplement parce que son cousin a épousé la sœur de Max. Kafka, immédiatement, se persuade qu'il l'aime, qu'elle est la « fiancée lointaine » des poètes d'autrefois. Le rapport qu'il établit avec elle est de nature dominatrice, teinté d'une très légère pointe de sadisme, accompagné d'un réel masochisme. Cet « amour » qui progresse dans le temps contre toute attente se renforce, vient du fait que Kafka dépend entièrement de Felice. Rapidement, il en fait sa confidente exclusive, la détentrice de ses secrets : il ne peut plus exister qu'à travers elle et par procuration. Ce dialogue tant espéré, Felice n'est pas capable de l'assumer, et cela d'autant plus que Kafka s'aventure à lui parler de littérature et des affres de la création. Une nuit, il se lève et prend la plume : « Ma chérie, il est 1 heure et demie du matin, l'histoire annoncée est encore loin d'être terminée, aujourd'hui je n'ai pas écrit une seule ligne pour le roman[1]... »

Le 21 novembre 1912, la mère de Kafka découvre par hasard cette correspondance. Elle écrit aussitôt à Felice Bauer. Dès qu'il en est informé,

1. Lettre à Felice Bauer, 18 novembre 1912, O.C. IV, p. 65.

Kafka envoie des excuses à cette dernière. Assez bizarrement, il joint à cette lettre pathétique une photographie de lui à l'âge de cinq ans et lui demande de faire de même. Les jours suivants, il s'enferre dans la conscience d'une culpabilité sans recours. Le mot « péché » lui vient facilement à la bouche. Et c'est dans cet état d'âme qu'il lui déclare sa flamme.

Cette crise à peine surmontée, il reparle immédiatement de littérature, évoquant dans une nouvelle lettre son dernier texte, *La Métamorphose*, qu'il vient juste de mettre au propre : « La nuit est très avancée, j'ai mis de côté ma petite histoire [...] qui doucement commence à prendre les proportions d'un assez long récit. Te la donner à lire, comment le pourrais-je, et même si elle était finie ? Elle est très mal écrite. [...] Ce que je veux, c'est te la lire à haute voix[1]. » Suit une série de lettres qui ne manquent jamais de lui narrer par le menu les écueils rencontrés au cours de cette gestation. Au point de la faire pénétrer au cœur de la fiction et d'en vivre à distance les heures les plus décisives :

> Pleure, chérie, pleure, le moment de pleurer est venu ! Le héros de ma petite histoire est mort il y a un instant. Si cela doit te consoler, sache qu'il est mort assez paisiblement et réconcilié avec tous. L'histoire elle-même n'est pas tout à fait finie, je n'ai pas vraiment le cœur à la continuer et je remets la fin à demain[2].

1. Lettre à Felice Bauer, 23 novembre 1912, O.C. IV, p. 79.
2. Lettre à Felice Bauer, du 5 au 6 décembre 1912, O.C. IV, p. 128.

Quelques jours s'écoulent et Kafka se met en devoir de lui apprendre qu'il n'avance plus d'un pouce : « Pense donc, aujourd'hui encore je n'ai pas écrit, car je n'ai pu me coucher qu'un instant cet après-midi [...]. Samedi, dimanche rien écrit, lundi peu de chose et médiocrement, mardi rien, une jolie fin de semaine ! Un joli début de semaine[1] ! » Et encore, au beau milieu de la nuit : « Chérie, il est 3 heures et demie du matin, je me suis trop ou trop peu attardé à mon roman, et maintenant [...] les mains sales d'avoir écrit une scène répugnante, qui est sortie de moi avec un naturel tout particulier[2]... » Et ce roman du roman ne s'achève jamais, comme si Felice devait toujours être présente, à ses côtés, tandis qu'il mène sa lutte avec les mots, lui expliquant alors qu'il se retrouve dans une impasse et qu'il s'est mis à travailler à un autre texte : « Mon roman a un petit peu avancé ; comme mon récit m'a repoussé, je me tiendrai au roman[3] », lui fait-il savoir le lendemain de Noël, n'hésitant pas une seconde à confondre la fiction épistolaire et la genèse de ses ouvrages de fiction, comme si l'une exerçait une attraction irrésistible sur les autres, qu'il se rendait soudain compte que sa littérature devient trop envahissante : « En tout cas, chérie, je t'en supplie, les bras au ciel, ne sois pas jalouse de mon roman. Si les gens de mon roman remarquent ta jalousie, ils me fausseront compagnie ; de toute

1. Lettre à Felice Bauer, 11 décembre 1912, O.C. IV, p. 146.
2. Lettre à Felice Bauer, du 16 au 17 décembre 1912, O.C. IV, pp. 158-159.
3. Lettre à Felice Bauer, du 25 au 26 décembre 1912, p. 183.

façon, je ne les retiens que par le bout de leur vêtement[1]. » Les semaines passent, et la chronique s'enrichit. Fin janvier 1913, il se sent abattu : « Mon roman ! Avant-hier soir, je me suis déclaré totalement vaincu par lui. Il se disloque entre mes mains, je ne peux plus le contenir[2]... »

Deux fois par jour, ce ressassement perpétuel et obsédant est consigné scrupuleusement sur une feuille de papier, puis une autre et une autre encore. La distance qui se creuse entre eux, Kafka s'efforce de la raccourcir, faute de pouvoir l'annuler définitivement, en donnant l'impression de se rapprocher d'elle par les attentions et par le sentiment. De « chérie », il passe à « la plus chère des jeunes filles » et à « mon enfant », à « fillette » et à « ma très chère enfant ». Depuis qu'ils ont échangé leurs photographies d'enfance, cette régression dans le langage amoureux ne fait que s'accentuer, non sans de nombreux atermoiements — colères brusques suivis de radoucissements puis de nouvelles colères. Sans beaucoup bouger de sa chambre, Kafka vit dans l'illusion de l'expérience amoureuse. D'autre part, cette correspondance nourrie est une drogue puissante : lorsqu'un message ne se trouve pas dans sa boîte ou sur son bureau à la compagnie, il entre immédiatement dans une zone de grandes turbulences mentales.

Pris à ce jeu équivoque, Kafka finit par exprimer à Felice Bauer son souhait de se retrouver en face

1. Lettre à Felice Bauer, du 2 au 3 janvier 1913, O.C. IV, p. 204.
2. Lettre à Felice Bauer, dimanche 26 janvier 1913, O.C. IV, p. 257.

d'elle. « Parfois le désir de te voir me prend à la gorge », lui écrit-il à la fin de l'année 1912[1]. Quelques mois plus tard, en février 1913, il échafaude le projet d'une rencontre dans un futur proche. Il s'enhardit, va jusqu'à se montrer très pressant : « Bonne nuit, chérie. M'est-il permis de t'embrasser, m'est-il permis d'étreindre ton corps réel[2] ? » Mais, dans le même temps, se dérobe : « Des lettres comme celle d'aujourd'hui [...] ne sont que trop propres à me rendre négligent dans mes efforts pour m'expliquer et te convaincre de l'impossibilité d'un commerce humain avec moi[3]. » Après quelques jours, il regrette de ne pouvoir aller à Berlin la rejoindre. Cela ne veut pas dire qu'il ne s'impatiente pas. Bien au contraire. Il lui propose de venir à Prague pour les fêtes de Pâques. Comme elle se fait prier, il décide sur un coup de tête d'aller à Berlin, mais il la manque à la gare. Le lendemain de son arrivée, les deux « amoureux » peuvent enfin se promener dans le Tiergarten la main dans la main. Ce n'est pas la passion débridée, mais, au moins, le fil n'est pas rompu. Kafka, cependant, est convaincu que leur histoire n'a pas d'issue. À son retour, il lui envoie son « aveu » : « [...] dans le meilleur des cas, je devrai me contenter, tel un chien éperdument fidèle, de baiser la main que tu m'abandonneras distraitement, ce qui ne sera pas de ma part un signe d'amour, mais le signe du

1. Lettre à Felice Bauer, du 27 au 28 décembre 1912, O.C. IV, p. 187.
2. Lettre à Felice Bauer, du 4 au 5 mars 1913, O.C. IV, p. 321.
3. Lettre à Felice Bauer, du 7 au 8 mars 1913, O.C. IV, p. 325.

désespoir de l'animal condamné au mutisme et à une distance éternelle[1]. »

Quelques semaines plus tard, à l'occasion des fiançailles du frère de Felice, Kafka fait à Berlin la connaissance des parents de Felice. Il revient comblé, lui fait part immédiatement de sa joie, mais très vite le ballet infernal des lettres où alternent le chaud et le froid recommence. « Chérie, écoute-moi ! lui écrit-il. Ne t'écarte pas du chemin sur lequel tu es tenue à moi ! Mais si tu es obligée, fais demi-tour[2] ! » Moins d'une semaine plus tard, il lui annonce qu'il a pris la décision d'écrire à son père. Et la valse des lettres sans réponse, des remords, des contradictions, des volte-face reprend. Il lui demande ce qu'elle pense de son récit *Le Verdict*, lui envoie un exemplaire du *Soutier*, évoque un voyage à Prague, un autre à Berlin, lui déclare qu'il veut se marier, puis ajoute immédiatement : « [...] Felice chérie, que dis-tu d'une vie conjugale dans laquelle le mari, pour le moins quelques mois par an, sort à 2 heures et demie ou à 3 heures du bureau, déjeune, se couche, dort jusqu'à 6 ou 7 heures, avale rapidement quelque chose, va se promener une heure, puis se met à écrire et continue jusqu'à 1 ou 2 heures du matin[3] ? » Au fond, il voudrait qu'elle reconnaisse en lui l'écrivain et il n'y parvient pas. Alors, les plaintes, les suppliques, les récriminations, la description de maux sans nombre se succèdent de manière obsessionnelle. À

1. Lettre à Felice Bauer, 1er avril 1913, O.C. IV, p. 352.
2. Lettre à Felice Bauer, 16 mai 1913, O.C. IV, p. 390.
3. Lettre à Felice Bauer, 21 juin 1913, O.C. IV, p. 418.

l'occasion de son anniversaire, Kafka annonce à sa mère qu'il s'est fiancé. Cette déclaration ne fait que renforcer ses doutes, ses agonies, ses déchirements, ses accusations portées contre lui-même, ses volte-face et sa culpabilité. Un an a passé depuis la première rencontre avec Felice à Berlin. Ils ne se sont revus que deux fois et, même s'ils ont gravé leurs deux noms dans l'écorce d'un arbre dans un parc, leur amour repose sur des bases fragiles.

Quand l'été arrive, Felice part en vacances dans l'île de Sylt sans montrer aucune intention d'aller à Prague comme Kafka le lui avait demandé. Dans ses lettres, celui-ci continue de lui exposer ses angoisses, ses insuffisances, ses faiblesses et va même jusqu'à faire allusion à un vague désir de suicide. Le 6 septembre, il accompagne son supérieur, Robert Marschner, au Congrès international de la prévention des accidents qui se tient à Vienne, et assiste même à quelques séances du XIe Congrès sioniste international. Le peu qu'il en retient dans son journal donne une vision théâtrale comique et vitriolée : « […] éternelles criailleries […]. Discours allemands sans aucun effet, beaucoup d'hébreu, le travail principal se fait dans les séances restreintes[1]. »

À l'automne, il se rend en Italie : Trieste, Venise, Vérone, Desenzano, sur le lac de Garde, périple qui le conduit au sanatorium de Riva. Là, il fait la connaissance d'une Russe peu farouche qui lui tire les cartes, puis d'une jeune Suissesse qui réside près

1. *Journaux*, 8 septembre 1913, O.C. III, p. 311.

de Gênes et qui lui plaît sur-le-champ. Il veut la séduire. Cela prend l'allure d'un jeu de collégiens : la nuit, comme leurs chambres sont l'une au-dessus de l'autre, il communique avec elle en frappant au plafond ; le jour, ils canotent sur le lac en devisant légèrement. Cette rencontre lui apporte une révélation inespérée : « Mon séjour à Riva a été d'une grande importance à mes yeux. Pour la première fois, j'ai compris une jeune fille chrétienne et j'ai vécu presque entièrement dans sa sphère d'activité[1]. »

À la fin septembre, après une lettre désabusée postée de Venise dans laquelle il lui écrit : « Il nous faut prendre congé l'un de l'autre[2] », Kafka décide de cesser toute correspondance avec Felice Bauer. Ce qui ne l'empêche pas de reprendre immédiatement la plume le 29 octobre pour réaffirmer de façon déconcertante son amour pour elle : « Mon désir de toi est si fort qu'il me pèse sur la poitrine comme des larmes qu'on ne peut pas pleurer[3]... » Il lui répète combien il a souffert et combien il a espéré ; il se déclare responsable du malheur dans lequel ils sont plongés chacun de leur côté. La rupture n'est pas vraiment consommée. Contre toute évidence, il persévère alors que la situation est radicalement bloquée. Claudio Magris a souligné avec raison que cette correspondance représente un authentique « protocole, maniaque et pénible, à la réticence[4] ». Il

1. *Journaux*, 15 octobre 1913, O.C. III, p. 313.
2. Lettre à Felice Bauer, 16 septembre 1913, O.C. IV, p. 485.
3. Lettre à Felice Bauer, 29 octobre 1913, O.C. IV, p. 486.
4. « L'amour du lointain », Claudio Magris, in « Kafka le rebelle », *Magazine littéraire* n° 415, décembre 2000, p. 55.

en voit la seule justification dans le besoin qu'éprouve Kafka d'avoir une « présence amie qui l'assiste de loin et le distrait de sa passion exclusive, celle de l'écriture[1] ». Il convient d'ajouter que cette présence amicale doit aussi prêter une oreille attentive et bienveillante à l'homme, mais plus encore à l'écrivain, qui, en cachette, et souvent la nuit, vit sa « vraie » vie. Felice Bauer n'existe que par la volonté farouche de Kafka. Mais lorsque la question du mariage surgit, la jeune femme se révèle incapable de partager la vie d'un homme qui oscille sans cesse entre le réel et l'imaginaire, Kafka exigeant d'elle, en somme, d'accepter de vivre avec deux hommes en conflit perpétuel.

1. *Ibid.*, p. 56.

Une parenthèse prénommée Grete et un procès à Berlin

À la fin du mois d'octobre 1913, une nouvelle femme entre dans l'existence de Kafka. Une certaine Grete Bloch, amie de Felice, lui écrit qu'elle va venir à Prague et qu'elle aimerait le rencontrer. Kafka est embarrassé, mais accepte le rendez-vous prévu le 1er novembre. Le résultat ne se fait pas attendre : tout en se montrant dubitatif, il annonce à Felice qu'il va aller à Berlin le plus tôt possible. Ce nouveau séjour n'apporte aucun des éclaircissements souhaités. Dès lors s'amorce un très tortueux commerce épistolaire à trois. Grete Bloch est née à Berlin en 1892. Elle a fait des études dans une école de commerce et en est sortie diplômée en 1908. Elle a trouvé une place de sténodactylo dans une entreprise qui fabrique du matériel de bureau. D'échelon en échelon, elle s'est hissée rapidement au rang d'assistante de direction. Quand elle rencontre Kafka, elle a déjà quitté Berlin pour aller travailler dans une filiale de Vienne. Son éloignement de sa ville natale, sa vie peu enviable dans une modeste chambre meublée et son nouvel emploi chez Joe Lešti l'ont rendue assez malheureuse et solitaire. Elle n'est liée à Felice que depuis six mois.

De retour à Prague, Kafka écrit une longue lettre à Grete Bloch, s'interrogeant sur sa personnalité et, quand il évoque Felice, il lui fait cette déclaration pour le moins étonnante :

> Je dois vous dire au préalable qu'en fait je connais F. sous la forme de quatre jeunes filles presque inconciliables entre elles, qui me sont presque entièrement chères. La première est celle qui est venue à Prague, la deuxième est celle qui m'a écrit des lettres (celle-là était multiple, mais néanmoins douée d'unité), la troisième est celle que j'ai rencontrée à Berlin, la quatrième est celle qui fréquente des gens étrangers et que je ne connais que par des lettres ou par ses propres dires[1].

À partir de cette date, elle devient son unique interlocutrice pendant des semaines. Et cela d'autant plus facilement que les trois lettres envoyées à Felice pour les vœux de bonne année sont demeurées sans réponse, même celle dans laquelle il lui demandait pour la seconde fois de l'épouser. Prenant Grete pour confidente, il lui raconte tout de ce qu'il a pu vivre avec Felice, lui confie ses rêves, et lui révèle même l'existence de la brève histoire d'amour ébauchée au sanatorium à Riva. Il l'entretient aussi de littérature, lui fait l'éloge du dernier livre d'Ernst Weiss, *Die Galeere* (*La Galère*), et le lui envoie. Une fois de plus, il tente de reprendre contact avec Felice le 9 février 1914 et lui demande pardon : il finit par obtenir une nouvelle rencontre à Berlin du 28 février

1. Lettre à Grete Bloch, 10 novembre 1913, O.C. IV, p. 492.

au 1er mars. Sitôt rentré, il raconte par le menu cet épisode à Grete Bloch, mais conclut : « Le résultat de tout cela est le suivant : F. m'aime bien, mais à son avis cela ne suffit pas pour fonder une union, pas pour cette union-là[1]... »

Germe alors dans l'esprit de Kafka le projet d'arranger une rencontre avec Felice où Grete serait présente. Ce qui ne l'empêche pas d'insister pour qu'ils se voient avant seuls, sans Felice : « Vous êtes [...] la meilleure, la plus charmante et la plus brave créature[2] », lui confie-t-il. Mais la situation n'évolue pas jusqu'au jour où se profile un nouveau rendez-vous à Berlin. Il veut toujours que Grete assiste à cette entrevue, et projette d'effectuer le voyage en compagnie d'Otto Pick et de Max Brod. Cette fois, le séjour berlinois, qui a lieu du 12 au 13 avril 1914 est plus concluant : le voilà officiellement fiancé. Ce qui ne l'empêche pas de reprocher immédiatement à Felice : « [...] pour l'instant, être fiancés ne signifie rien de plus que de jouer pour la galerie la comédie du mariage sans mariage[3]. » Et de continuer de faire la cour à Grete : « Chère Mademoiselle Grete, si je tenais votre main au lieu du télégramme, ce serait plus agréable[4]. » Gênée par cette situation ambiguë, Grete demande à Kafka de lui renvoyer ses premières lettres. Celui-ci lui répond en utilisant une métaphore inattendue, qui semblerait faire croire qu'il existe entre eux plus que de l'estime :

1. Lettre à Grete Bloch, 2 mars 1914, O.C. IV, pp. 530-531.
2. Lettre à Grete Bloch, 20 mars 1914, O.C. IV, p. 537.
3. Lettre à Grete Bloch, 14 avril 1914, O. C. IV, p. 578.
4. Lettre à Grete Bloch, 14 avril 1914, O.C. IV, p. 579.

Naturellement, je savais très exactement ce que vous alliez écrire, vous l'avez assez souvent indiqué, vous avez assez souvent essayé de vous tirer de ce nœud coulant, qui toutefois n'est pas un nœud coulant, mais seulement — passons, en tout cas si vous vouliez défaire ce nœud, je tâcherais de le maintenir en place avec toutes mes dents[1].

Les lettres adressées à Felice reprennent leur rythme effréné. Kafka répète qu'il a confiance en leur avenir et qu'il a l'intention de venir vivre à Berlin. Le 30 mai 1914, il y retourne. Son père et sa sœur Ottla sont arrivés la veille. Le 1er juin, ses fiançailles officielles sont célébrées lors d'une petite réception chez les Bauer. À son retour, il n'est pas vraiment transporté de joie. Dans son cahier, il écrit : « J'étais ligoté comme un criminel[2]. » Réflexion logique pour quelqu'un qui vient de lire les lettres de Dostoïevski à son frère sur la vie au bagne ? Peu de temps auparavant, n'a-t-il pas tenté de faire le point au sujet du mariage, qui a abouti à ce résultat : « Mon argumentation générale : je suis perdu par F. Je n'oublierai pas F. en ce monde, en conséquence, je ne me marierai pas. Est-ce bien sûr ? Oui, je suis à même d'en juger [...]. Je n'ai pas pu me marier[3]... » En pleine confusion, il se rend à la rédaction du journal pour publier l'annonce de ses fiançailles, comme le veut la coutume... .

Rien au monde ne paraît devoir freiner son activité de graphomane : il passe le même soir de Grete

1. Lettre à Grete Bloch, 16 avril 1914, O.C. IV, p. 582.
2. *Journaux*, 6 juin 1914, O.C. III, p. 348.
3. *Journaux*, 8 mars 1914, O.C. III, p. 342.

à Felice et vice versa. Il n'a de cesse de demander à Grete de venir le rencontrer à Gmünd. Par ailleurs, il s'impatiente avec Felice pour qu'elle en arrive au dénouement : « Que d'histoires ! Viens sans tarder, marions-nous, finissons-en[1]. » Il veut la convaincre d'être positive face à l'éventualité de leur prochaine union : « Écris-moi donc dans chacune de tes lettres que les préparatifs pour le mariage avancent, et cela suffira à me contenter[2]. » Pour l'inciter à franchir le pas, il l'assure qu'il est en train de chercher un appartement, alors qu'en réalité c'est son père qui s'en charge. Très vite, d'ailleurs, les deux « fiancés » entrent en conflit au sujet du mobilier : Kafka veut des meubles modernes de la Deutsches Werstätte, et Felice, des meubles plus traditionnels et plus solides. Il imagine la robe que Felice portera quand ils se rencontreront : « quel que soit son aspect, elle sera regardée avec les yeux, eh bien, les yeux les plus tendres[3] », lui avoue : « [...] vous ne pouvez pas savoir ce que vous signifiez pour moi[4] », baise sa « chère main », et comme à son habitude ne tarde pas à se plaindre auprès d'elle de tous les maux qui l'accablent.

Alors que se rapproche le jour où il doit retourner à Berlin, il propose à Grete plusieurs rendez-vous. Le 27 juin, il prend le train pour Dresde avec Otto Pick. L'objectif de ce court voyage est de visiter la ville-jardin de Hellerau, colonie d'artistes

1. Lettre à Felice Bauer, 22 avril 1914, O.C. IV, p. 594.
2. Lettre à Felice Bauer, 25 mai 1914, O.C. IV, p. 626.
3. Lettre à Grete Bloch, 29 mai 1914, O.C. IV, p. 629.
4. Lettre à Grete Bloch, 2 ou 3 juin 1914, O.C. IV, p. 630.

fondée cinq ans plus tôt et qui est devenue le centre de la culture d'avant-garde en Allemagne. Il y visite les ateliers d'art artisanal qui produisent un mobilier fonctionnel aux antipodes de ce que réclame Felice Bauer pour leur futur logement, et se rend à l'école expérimentale créée par Émile-Jacques Dalcroze, dont les théories pédagogiques et les méthodes d'enseignement de la danse eurythmique l'intéressent au plus haut point. Par la suite, il s'efforcera de convaincre ses sœurs d'envoyer leurs enfants dans ce qui est désormais l'institut international de Hellerau, fondé par A. S. Neill. Le lendemain de son arrivée, il passe la journée à Leipzig, où il retrouve son éditeur, Kurt Wolff, ainsi que Franz Werfel, Else Lasker-Schüler et Willy Haas, un jeune homme de vingt et un ans qui va devenir un brillant critique et créer le *Literarische Welt* [« Le Monde littéraire »]. Le 1er juillet, il écrit à Grete pour lui annoncer qu'il va aller voir sa sœur Ottla à Radešice, dans la maison de campagne de la famille Kafka. Le 11, il prend le train qui l'emmène à Berlin. Il a l'intention de passer ses vacances à Gleschendorf, au bord de la mer du Nord, en compagnie de Felice. Mais le lendemain, cette dernière, accompagnée de sa sœur Erna et de Grete Bloch, se présente à l'hôtel Askanischer Hof, près de la gare d'Anhalt, à deux pas de l'Alexanderplatz. La rupture est inévitable.

De cette journée pathétique, durant laquelle Felice Bauer s'est dressée en accusatrice contre lui, soutenue par Grete Bloch, Kafka fait un récit des plus concis :

L'amie de F. était présente lors de cette explication décisive. Puis la scène chez les parents. Pleurs discrets de la mère. Je récitai ma leçon. Le père comprend très bien, rien ne lui échappe. Étant venu exprès pour moi de Malmö, voyage de nuit, il est en manches de chemise. Ils m'approuvent, on ne peut dire grand-chose, ou presque rien à ma charge. Diabolique en toute innocence[1].

Ce n'est que plus tard et alors qu'il séjourne au Danemark avec Ernst Weiss et sa compagne, qu'il parvient enfin à reconstituer ce jour fatidique dans son intégralité. Le récit en est pitoyable :

Le tribunal à l'hôtel. La course en fiacre. Le visage de F. [...] Retrouve subitement des forces et dit des choses bien pesées, tenues depuis longtemps en réserve, hostiles. Le retour avec Mlle Bl. Ma chambre à l'hôtel, la chaleur réfléchie par le mur d'en face. [...] Tapage dans la cour, comme dans un atelier de construction de machines. Mauvaises odeurs. Punaise. [...] Le soir, seul dans un fauteuil *Unter den Linden*. Mal au ventre. Air triste de l'homme qui donne les tickets. [...] Avec E. [Erna] au restaurant Belvédère, près du pont de Stralau. Elle espère encore ou feint d'espérer une issue heureuse. Bu du vin. Elle a les larmes aux yeux[2].

Il semble que Grete Bloch ait joué un rôle considérable dans cette mauvaise pièce où Kafka a dû faire face à un réquisitoire féroce auquel il n'a pu opposer que son silence, défendu par Ernst Weiss. Étrangement, Kafka lui en veut plus qu'à Felice. Quand plus tard elle lui écrit, il lui répond froidement qu'il la hait, et lui fait comprendre que c'est

1. *Franz Kafka*, Max Brod, pp. 167-168.
2. *Journal*, 23 juillet 1914, O.C. III, pp. 352-353.

la dernière lettre qu'il lui envoie. Grete Bloch sort de sa vie à cette date, bien qu'une légende, forgée bien des années plus tard, ait longtemps circulé à propos d'une liaison qu'elle aurait eu avec l'auteur du *Procès*.

En 1948, Max Brod reçoit une lettre du musicien Wolfgang Schoren. Celui-ci lui raconte qu'une certaine Mme M. M., qu'il a connue à Prague avant l'occupation allemande alors qu'elle était allée se recueillir sur la tombe de Kafka, lui a adressé une lettre qu'il a reçue en Palestine le 20 avril 1940. Elle lui fait cette révélation à propos de ses relations avec l'écrivain : « Il était le père de mon garçon qui mourut subitement à Munich en 1921, juste alors qu'il atteignait l'âge de sept ans. Loin de moi et de Kafka, loin de ceux dont j'ai dû me séparer avec la guerre... » Elle affirme que personne, pas même sa famille, n'est au courant de cette paternité de Kafka, exception faite de son ancien employeur. On sait, à travers sa correspondance avec Felice Bauer, que Grete Bloch a vécu une crise grave dans sa vie en 1916. Mais les dates ne concordent pas et on ne peut donc relier cette naissance supposée à son histoire encore plus hypothétique avec Kafka. Ce dernier l'a d'ailleurs si peu vue, et dans des circonstances qui se seraient si mal prêtées à une relation intime, qu'on aurait du mal à attribuer quelque crédit à cette revendication tardive.

Quoi qu'il en soit, Grete Bloch a connu une fin terrible. En 1935, elle fuit l'Allemagne et parvient à se réfugier en Suisse. Peu avant le déclenchement de la Seconde Guerre mondiale, elle remet une partie des lettres que Kafka lui avait écrites à Felice Bauer, avec laquelle elle est restée en contact. Elle se rend ensuite en Palestine, puis en Italie en 1940, pour vivre à Florence — initiative dangereuse, car l'Italie a promulgué des lois raciales en décembre 1938 et est l'alliée de l'Allemagne nazie. Max Brod tente de s'informer sur son destin ultérieur. Un autre correspondant lui apprend que M. M. lui a raconté beaucoup de choses sur Kafka et son enfant et aussi sur la « femme de Berlin » (Felice Bauer). Grete Bloch aurait été arrêtée par les Allemands en mai 1944 à S. Donato di Comino, dans la région de Frasinone, au cours d'une rafle qui avait pour but d'expédier tous les Juifs de la zone dans les camps d'extermination. Elle aurait été tuée à coups de crosse par un soldat.

Max Brod, à la fois ému et dubitatif, après avoir récupéré une autre partie des lettres que lui a envoyées Kafka, avoue qu'il n'a pas pu résoudre l'énigme : « On n'a jamais découvert quel nom avait été donné au petit garçon de Kafka, à qui il ressemblait, ni de quelle manière il mourut. Peu de personnes ont laissé une trace aussi légère que l'enfant de Kafka[1]. » Mais s'agit-il d'autre chose que d'une affabulation ?

1. *Franz Kafka*, Max Brod, p. 184.

Ultimes préparatifs de noces à Prague

Après le désastreux épisode de la journée du 12 juillet 1914 à Berlin, tout porterait à croire que Franz Kafka rompt les ponts de manière définitive avec Felice Bauer. Il n'en est rien. Le 27 octobre 1914, il lui envoie un télégramme où il dit se rétablir et, quelques jours plus tard, il rédige une de ces lettres fleuves dont il a le secret pour lui apprendre que ses sentiments restent inchangés. Il revient bien entendu sur les heures traumatisantes vécues dans le hall du petit hôtel berlinois pour justifier l'attitude qu'il a adoptée dans de telles circonstances :

> Même à l'Askanischer Hof je ne me suis pas tu par défi. Ce que tu disais était si clair, je ne veux pas le répéter, mais dans la quantité il y avait des choses qui eussent dû être presque impossibles à dire en tête à tête. Il est vrai que tu ne les as dites qu'après que j'eus gardé assez longtemps le silence ou que j'eus bredouillé des paroles insignifiantes [1].

Il finit par expliquer qu'il y a en lui deux êtres ennemis qui passent leur temps à se combattre avec

1. Lettre à Felice Bauer, fin octobre-début novembre 1914, O.C. IV, p. 652.

acharnement : « Le premier est dépendant du second ; jamais, jamais pour des raisons intérieures, il ne serait en mesure de l'abattre[1]... »

Cette lettre apporte un élément nouveau à cette douloureuse et pénible rupture. Il concerne Erna Bauer, la sœur de Felice, qui s'est montrée la plus compréhensive à son égard. À la fin de sa missive, il tient ces propos pour le moins déconcertants : « Tu mentionnes ma correspondance avec Erna. Tu dis que je dois te répondre indépendamment de cette correspondance ; je ne sais pas ce que tu entends par là. Il se trouve que j'écris à Erna demain. Je lui dirai donc que je t'ai écrit. Erna a été inconcevablement bonne pour moi et elle l'est aussi pour toi[2]. » Depuis qu'il l'a rencontrée à Berlin en mai 1913, Kafka a toujours cultivé des relations on ne peut plus courtoises avec Erna. Après le jugement prononcé dans l'hôtel berlinois, elle a passé un moment avec lui pour tenter d'adoucir sa peine et l'a raccompagné à la gare. Par la suite, leurs relations deviennent moins claires, Kafka allant même jusqu'à proposer de passer les fêtes de fin d'année avec elle ! Il la rencontre une dernière fois au début de 1915, après quoi la jeune fille se marie et tout rentre dans l'ordre. Erna peut sortir de scène.

Dans son histoire compliquée avec Felice, Kafka n'a plus cette fois d'intermédiaire. Avec de très lourds pressentiments, des idées noires et une indéchiffrable volonté de prolonger contre vents et marées des fian-

1. *Ibid.*, p. 653.
2. *Ibid.*, p. 658.

çailles avortées depuis le commencement, il note dans ses cahiers : « J'ai rêvé d'elle comme d'une morte qui ne pourrait jamais vivre et maintenant qu'une possibilité m'est proposée de la retrouver, elle est à nouveau au centre de tout[1]. » Ils se revoient en effet plusieurs fois les 23 et 24 janvier 1915, à Bodenbach (ce n'est pas une grande réussite) puis en juin de la même année à Carlsbad (les choses se passent très mal) et à Marienbad, où une réconciliation paraît possible. Ils séjournent enfin à Franzenbad, une station thermale voisine où se trouve la mère de Franz. Ils écrivent même ensemble des lettres communes à la mère de Felice et à Max Brod.

À partir d'août 1916, le ton des lettres de Kafka change de manière sensible. Il laisse de côté la littérature, renonce à faire aimer à Felice l'art romanesque de son temps, et lui parle de choses touchant aux idées nouvelles qui circulent dans le monde juif et surtout du sionisme. Il lui parle en particulier du Foyer populaire juif et de ses activités en faveur des réfugiés de l'Est, l'incitant à s'engager auprès de son animateur, le Dr Siegfried Lehmann. Il a trouvé par ce biais un terrain d'entente qui lui permet d'entamer un dialogue constructif. Il lui adresse un exemplaire du *Jüdische Rundschau* contenant un article de Max Brod et lui déclare : « Le sionisme, accessible à la plupart des Juifs vivants, du moins par un bout extérieur, n'est qu'un accès vers la chose plus importante[2]. » Il lui

1. *Journal*, octobre 1914, O.C. III, p. 365.
2. Lettre à Felice Bauer, 2 août 1916, O.C. IV, p. 724.

fait aussi parvenir des ouvrages pédagogiques, comme *La Théorie de la jeunesse* de Friedrich Wilhelm Foerster, lui conseille la lecture d'auteurs destinés aux enfants, comme Cholem Aleichen (cf. son fameux *Tévié le laitier*), et rédige pour elle un long et sérieux discours sur l'éducation moderne. Leurs échanges semblent enfin s'apaiser...

Mais comme rien ne saurait être simple dans l'esprit de Kafka, ce même mois intervient une affaire qui, sans être d'une gravité majeure, va néanmoins rapidement dégénérer et se révéler ennuyeuse. Un de ses cousins, sur le point de se marier, souhaite un tableau comme cadeau de noces. Franz Kafka décide de s'en charger car il connaît à Berlin un ancien condisciple du lycée, Friedrich Feigl, peintre appartenant au groupe *Osma*. Il a vu ses tableaux les plus récents et estime qu'ils pourraient très bien convenir. Feigl ayant répondu que ses tableaux se trouvent à Cologne, il charge Felice de s'occuper de la transaction et d'essayer de les obtenir au meilleur prix. Dans l'espoir d'aiguiser sa curiosité, il ajoute que Feigl et sa femme méritent d'être connus. Les cartes et les lettres se succèdent à grande vitesse, Kafka parlant de tout ce qui touche de près ou de loin à l'univers du peintre et évoquant aussi le départ du couple Feigl pour Prague : il est donc urgent de régler la question des tableaux. Rien ne bouge jusqu'en septembre !

Le 10 novembre 1916, Kafka et Felice Bauer se retrouvent à Munich, malgré quelques hésitations de la part de cette dernière, à l'occasion d'une lecture que Kafka doit donner dans une librairie. Une nouvelle querelle éclate, qualifiée par Kafka d'« abominable pâtisserie ». Leur correspondance ne s'interrompt pas pour autant, tournant essentiellement autour du Foyer juif et de la façon dont Kafka peut se montrer utile par l'envoi de livres et de colis, sans pour autant oublier les épreuves quotidiennes auxquelles il doit faire face. À la fin de l'année, il aborde de nouveau la difficulté de trouver un appartement à Prague, un autre feuilleton qui ne donne pas le sentiment de devoir se conclure un jour. Puis de nouveau le silence ! Puis de nouveau l'annonce de fiançailles ! Ils se retrouvent à Prague, se rendent à Budapest pour rendre visite à une sœur de Felice, Else Braun. Kafka confie alors à Ottla que ce voyage l'a beaucoup fatigué et qu'il n'a pas favorisé la « bonne entente » entre eux. De retour à Prague le 20 juillet, il n'écrit plus à Felice pendant deux mois. Et lorsqu'il se décide à reprendre contact avec elle, il lui fournit pour ce silence prolongé l'explication suivante : « [...] j'ai eu dans la nuit, vers 5 heures du matin à peu près, une hémorragie pulmonaire. Assez forte, j'ai craché le sang pendant dix minutes ou plus, j'ai cru que cela ne s'arrêterait jamais [1]. » Le médecin diagnostique une hémoptysie . Dans son carnet, Kafka inscrit ces mots terribles : « Les trompettes d'alarme du néant [2]. » Il ne se fait aucune illusion quant à sa maladie et s'en ouvre à Felice :

1. Lettre à Felice Bauer, 9 septembre 1917, O.C. IV, p. 822.
2. *Journaux*, 4 août 1917, O.C. III, p. 430.

Au demeurant, je te confie un secret, auquel pour l'instant je ne crois pas du tout moi-même [...], mais qui doit pourtant être vrai : je ne recouvrerai plus la santé. Précisément parce qu'il ne s'agit pas d'une tuberculose qu'on couche sur une chaise longue et qu'on soigne jusqu'à la guérison, mais d'une arme dont la nécessité extrême demeurera tant que je serai en vie. Et nous ne pouvons pas rester en vie tous les deux, elle et moi[1].

L'apparition de cette maladie l'oblige à faire le bilan de ces cinq dernières années où il n'a eu de cesse de lui faire la description d'un combat plus ou moins fantasmatique avec le plus de sincérité possible, mais aussi avec un soupçon de calcul et de perversité. Il lui annonce, un fois installé à Zürau chez sa sœur Ottla, qu'il doit la quitter et ne tient pas à s'en justifier plus avant : « Ne demande pas pourquoi je tire un trait[2] », lui intime-t-il. Felice, alarmée par son état de santé et sa lettre aux tonalités tragiques, est venue le rejoindre dans cette région agricole du nord-ouest de la Bohême. Elle est arrivée le 20 septembre et est repartie le lendemain. Kafka avait préparé un brouillon de lettre de rupture le 19. Il avait déjà pris sa décision. Ce qu'il lui écrit après son départ, il en envoie une copie à Max Brod. Le 8 octobre, il note : « entre-temps : lettre à F., peut-être la dernière[3]... » Quand, dans cette lettre qui est bien la dernière, il arrive à cette phrase : « En résumé, seul m'importe donc le tribunal des hommes, et, par

1. Lettre à Felice Bauer, 30 septembre ou 1er octobre 1917, O.C. IV, pp. 826-827.
2. *Ibid.*, p. 826.
3. Journaux, 8 octobre 1917, O.C. III, p. 43.

surcroît, c'est celui-là que je veux tromper, sans qu'il y ait tricherie toutefois[1] », il ne peut que lui dire qu'il tient cette maladie pour sa « banqueroute générale[2] ».

Felice disparaît définitivement de la vie de Kafka. Elle se mariera quelques années plus tard, quittera l'Allemagne en 1931 pour aller vivre dans la Confédération helvétique, traversera l'Atlantique en 1936 avec son mari pour s'installer aux États-Unis. Vingt ans plus tard, elle se résoudra à vendre la copieuse correspondance qu'elle a entretenue avec Kafka aux éditions Schoken, auxquelles elle cède par la même occasion les lettres que lui a remises Grete Bloch avant son départ pour le Nouveau Monde.

1. Lettre à Felice Bauer, 30 septembre ou 1er octobre 1917, O.C. IV, p. 825.
2. *Ibid.*, p. 826.

Julie Worhyzek ou les fiançailles impossibles

À partir de l'automne 1917, comme le prouvent ses cahiers, Franz Kafka traverse une période de crise destinée à s'enraciner durablement. Le déclenchement de la maladie en est la cause première, mais non la seule. Il intériorise la souffrance et l'angoisse — « Peur de la nuit. Peur de la non-nuit[1] », soupire-t-il. Mais il renonce à parler avec une complaisance mortifère de ses maux innombrables, de ses impossibilités, de ses insolubles conflits avec lui-même. Il n'aborde presque plus les événements de son existence. Et, surtout, il n'est plus question de littérature. Il remplit surtout son journal de pensées à caractère philosophique, et il commence à écrire des aphorismes abscons, qui constituent une œuvre en soi, parallèle à son œuvre de fiction.

À la fin de l'année, il ne consacre qu'une seule phrase à la mésaventure qui a été la sienne pendant six longues années, aboutissant au fiasco complet des efforts qu'il a déployés pour parvenir à se marier, efforts qui ne pouvaient être voués qu'à

1. *Journaux*, 18 octobre 1917, O.C. III, p. 439.

l'échec depuis le premier instant : « Pas essentiellement déçu[1]. »

Lorsque débute l'année 1918, il se trouve « morose, fébrile, impatient[2] ». Sa réflexion, alimentée par la lecture intensive de Søren Kierkegaard, le pousse de plus en plus vers des thématiques religieuses et leurs conséquences morales : il médite sur l'Arbre de vie, le Paradis, la Chute, Adam, le mal, le mensonge, la mort, Abraham. Il est hanté par la conscience aiguë de ce qu'il a toujours appelé « le combat » et dont il ressort défait. Et ces macérations pessimistes qui le mobilisent maintenant le font descendre jusqu'aux tréfonds les plus sombres de la douleur : « Nous voyons tout être humain vivre sa vie (ou mourir sa mort). Sans justification intérieure, ce résultat ne serait pas possible, aucun être ne peut vivre une vie non justifiée. En sous-estimant l'être humain, on pourrait en conclure que chacun construit sa vie en sous-œuvre avec des justifications[3]. »

En congé professionnel depuis septembre 1917, il s'est installé chez Ottla à Zürau. Il dira plus tard à Milena Jesenská qu'il y a vécu ses meilleurs moments. La vie à la campagne l'enchante malgré de petits désagréments comme, par exemple, le manque de lumière le soir. Peu après son arrivée dans ce village paisible de Bohême, qui lui est déjà familier, avec la présence protectrice d'Ottla, il écrit à Max Brod pour faire le point sur sa mala-

1. *Journaux*, 30 décembre 1917, O.C. III, p. 462.
2. *Journaux*, 1er janvier 1918, O.C. III, p. 464.
3. *Journaux*, 25 février 1918, O.C. III, p. 483.

die et le rassurer en lui affirmant que sa chambre « est parfaite, spacieuse, chaude et tout cela au milieu d'un silence intérieur presque complet[1] ». Dans une seconde missive, il se félicite de ce séjour prolongé au milieu des champs et des bois : « Je mène avec Ottla une bonne petite vie conjugale[2]. » Mais, depuis sa rupture définitive avec Felice Bauer, il se trouve à nouveau confronté à une totale et accablante stérilité créative. Et elle dure. Au printemps il remercie Johannes Urzidil de lui avoir envoyé la revue *Der Mensch* qu'il dirige, mais tient à lui préciser : « Cependant je vous prie de renoncer à ma collaboration, du moins pour l'instant, car je n'ai rien que je puisse publier[3]. »

Sa santé semblant s'être améliorée, il retourne à Prague en mai 1918 pour reprendre son service auprès de la compagnie d'assurances. À la fin de l'été, il envisage de faire un court séjour dans le sanatorium de Rumberg. Mais il ne s'y plaît guère et prend une chambre d'hôtel dans une localité voisine, Turnau, où il reste trois semaines. En octobre, Pragois depuis peu, il contracte une forte grippe qui l'affaiblit énormément. Le médecin lui conseille de retourner à la campagne. Cette fois, il choisit Schlen, où il prend pension chez Mme Stüdl. Il connaît déjà cette bourgade située aux alentours de Liboch. Sa mère l'y accompagne en décembre. Il y est le seul client en cette saison, mais s'y sent à son aise, comme il le confie à Max Brod avant de re-

1. Lettre à Max Brod, mi-septembre 1917, O.C. III, p. 793.
2. *Ibid.*, pp. 797-798.
3. Lettre à Johannnes Urzidil, printemps 1918, O.C. III, p. 898.

tourner brièvement à Prague pour les fêtes du jour de l'an : « Ce n'est pas aussi bien qu'à Zürau, encore que, naturellement, ce ne soit pas mal non plus, et instructif comme partout[1]. »

Bientôt Kafka n'est plus le seul pensionnaire de Mme Stüdl. Il avertit aussi Max Brod de la présence d'une jeune fille et, sans attendre, son vieux démon se réveille. Comme il en a désormais l'habitude, il en fait un portrait qui n'est pas avantageux :

> L'élément juif est une jeune fille malade, mais pas trop j'espère. Un personnage à la fois commun et étonnant. Pas juive, pas non juive, pas allemande, pas non allemande, éprise de cinéma, d'opérettes, de comédies, de poudre et de voilettes, en possession d'une masse irrésistible et inépuisable d'expressions yiddish des plus choquantes, dans l'ensemble très ignorante, plus gaie que triste [...]. Si l'on voulait circonscrire plus exactement le peuple auquel elle appartient, il faudrait dire qu'elle est de l'espèce des demoiselles du comptoir[2].

Comme cela avait été le cas pour Felice, son impression première est mitigée, sinon négative, bien qu'il trouve qu'elle « n'est pas sans beauté ». Elle ressemblerait un peu, explique-t-il à Brod, à Grete Bloch. Il demande à son ami de lui envoyer un livre sur le sionisme afin de le lui prêter. Elle s'y intéresse et paraît avoir quelques vagues rudiments sur ce sujet. Cette fois, il reste très discret à propos de ce qu'il éprouve pour elle. Il racontera plusieurs mois plus tard à la sœur de la jeune fille toute la bizarrerie de leurs premières rencontres :

1. Lettre à Max Brod, début décembre 1918, O.C. III, p. 913.
2. Lettre à Max Brod, 6 février 1919, O.C. III, p. 922.

Pendant plusieurs jours, nous nous mettions à rire sans arrêt chaque fois que nous nous rencontrions pendant les repas, pendant les promenades, quand nous étions assis l'un en face de l'autre. Ce rire n'avait rien d'agréable, il se produisait sans motif, il était torturant, humiliant. Il contribua à nous éloigner l'un de l'autre, si bien que nous renonçâmes aux repas pris en commun, que nous nous vîmes moins fréquemment[1].

Cette jeune personne a vingt-huit ans. Elle s'appelle Julie Wohryzek. Son père est un modeste cordonnier, un homme très pieux qui fait office de *Schammer*, c'est-à-dire de sacristain dans une synagogue de la banlieue de Prague. Elle-même tient un petit magasin de modiste en ville. Elle a eu un fiancé qui a été tué pendant la guerre. Kafka apprend même que sa sœur fréquente les conférences juives et que sa meilleure amie est une auditrice assidue des conférences de Max Brod. Son journal est complètement muet sur ce chapitre, comme sur tous les autres : silence complet jusqu'à la fin juin... Sa correspondance est aussi au point mort. Julie Wohryzek est repartie quelques semaines avant lui. Rien de décisif ne s'est donc passé durant cette période ?

Kafka revoit Julie le 30 juin 1919 à Prague comme en témoigne ses carnets : « Riegerpark. J'ai fait les cent pas avec J. devant les buissons de jasmin. Menteur et sincère, menteur dans mes soupirs, sincère dans mon attachement pour elle, dans ma confiance, dans le sentiment de sécurité qu'elle me donne. Cœur tourmenté[2]. » Il croit savoir qu'elle

1. Lettre à une sœur de Julie Wohryzek, 14 novembre 1919, p. 937.
2. *Journaux*, 30 juin 1919, O.C. III, p. 489.

n'est pas en quête d'un mari. En octobre, il rédige une lettre d'une incroyable prolixité à la sœur de Julie et lui raconte toute leur histoire. Il y dépeint « deux êtres aussi impérieusement assortis l'un à l'autre, indépendamment du bonheur ou de la souffrance, aussi nécessairement unis dans le bonheur et la souffrance [1] ». En dépit d'une nette propension à poursuivre avec une autre femme ce qui avait été la cause de l'effondrement de sa première tentative de mariage — ces perpétuelles oscillations, ces bousculades de sensations et de sentiments mêlés et souvent contraires —, il en arrive à une conclusion provisoire plus solide en apparence : « Nous gagnâmes donc la partie [2]... »

Il n'épargne rien à Julie, ni les impondérables matériels qui sont légion, ni ses tergiversations autour du mariage. Ne cachant rien de ses terribles débats intérieurs ni de ce qui les sous-tend, il veut toutefois démontrer à cette inconnue qu'il est parvenu enfin à vaincre cette force maléfique qui réside en lui, bien qu'il reste un obstacle de taille : « Je veux dire maintenant que mon espoir de parvenir au mariage n'était pas injustifié et que, compte tenu des faits, je suis seulement un pauvre homme, réduit à tout jouer sur un coup de dés, mais assurément pas un menteur [3]. » Et puisqu'il manifeste qu'il vient de remporter une victoire sur lui-même, au prix d'efforts immenses, il propose à Julie de partir avec lui à Munich : « J. qui voulait

1. Lettre à la sœur de Julie Wohryzek, 1919, O.C. III, p. 937.
2. *Ibid.*
3. *Ibid.*, p. 943.

depuis toujours quitter Prague, pourrait-elle venir à Munich. Nous verrions un autre coin du monde ; peut-être beaucoup de choses changeraient-elles un peu ; telle faiblesse, telle angoisse changerait-elle au moins de forme ou de direction[1]. »

Kafka veut que les choses soient menées rondement. Les bans sont vite publiés à la fin de l'automne. Il se met à nouveau à chercher un logement. C'est ce qu'il révèle dans une lettre l'année suivante :

> Je me rappelle : nous étions assis côte à côte sur le canapé, dans un appartement d'une pièce, à Wrschowitz (c'était probablement en novembre ; l'appartement, une semaine plus tard, devait être notre chez-nous), elle était heureuse, après tant de peine, d'avoir conquis au moins ce domicile, et à côté d'elle elle avait son futur mari[2]...

La cérémonie est prévue le dimanche ; le vendredi, ils apprennent que le logement n'est plus disponible. Tout s'effondre. Par ailleurs, son père n'est guère enchanté par cette perspective. Kafka doit renoncer une fois de plus à son mariage. Il va de toute façon devoir retourner à Schlesen en compagnie de Max Brod, la maladie se rappelant à lui. Là, il rédige la violente « Lettre à son père », qui s'achève sur une mélancolique méditation sur le mariage et sur les qualités qui sont requises pour y accéder. Il fait la somme de ces deux essais avortés et pense avoir eu raison dans les deux cas de vouloir forcer le destin

1. *Ibid.*, p. 944.
2. Lettre à Milena Jesenská, jeudi [1920], O.C. IV, pp. 921-922.

et sa nature. La faillite, puisque faillite il y a, c'est à lui seul qu'elle doit être imputée : « Ni l'une ni l'autre des jeunes filles ne m'a déçu, c'est moi qui les ai déçues toutes les deux[1]. » Mais il reste convaincu que la deuxième expérience, celle avec Julie, était d'un genre « beaucoup plus prometteur[2] ».

Il n'en continue pas moins à fréquenter la jeune fille. Le 11 décembre 1919, il la rencontre et note dans son cahier : « Jeudi. Froid. Promenade avec J. dans le Riegerpark. Tentation sur le Graben. Tout cela est trop lourd. Je ne suis pas assez préparé[3]. » Leur liaison se prolonge au début des années vingt, à la fin de l'hiver, une fois que Kafka a pu rentrer à Prague. Son état se dégradant assez rapidement, il doit encore songer à partir dans un établissement spécialisé. Il demande un nouveau congé à la fin du mois de février 1920, hésite et opte en fin de compte pour Merano, où il se rend en avril. Il écrit à Ottla à peine arrivé pour lui expliquer qu'il ne sait trop où se loger. Il a d'abord résidé dans un hôtel où il se plaît médiocrement. Finalement, il choisit un endroit beaucoup plus simple mais tout de même agréable, la pension Ottoburg.

Quand Julie Worhyzek apprend qu'il a dû partir pour se soigner, elle veut le rejoindre et lui adresse un télégramme : « Rendez-vous à Carlsbad le 8 [avril], prière confirmer par lettre[4] », mais il reconnaît qu'il n'a plus ni la force ni le courage

1. « Lettre à son père », O.C. IV, p. 875.
2. *Ibid.*
3. *Journaux*, 11 décembre 1919, O.C. III, p. 490.
4. Lettre à Milena Jesenská, lundi 31 mai 1920, p. 906.

d'affronter cette situation et donc d'accepter ce rendez-vous : « J'avoue que quand je l'ai ouvert, j'ai trouvé son masque effrayant, encore que ce fût celui de l'être le plus modeste, le plus paisible et le plus dévoué, et que tout dépende au fond de ma propre volonté[1]. » Après avoir fait allusion à son insidieuse « maladie morale », il se résout à lui répondre.

J'ai téléphoné à Prague que je ne pouvais pas aller à Carlsbad ; je l'expliquerai par mon délabrement, ce qui est vrai, mais d'autre part peu conséquent, puisque c'était à cause de ce délabrement que je voulais y aller avant. Voilà comment je joue avec un être vivant. Mais je n'y peux rien, car à Carlsbad je ne saurais ni parler ni me taire, ou plutôt : je parlerais même si je me taisais, car tout mon être n'est plus qu'un seul mot[2].

Quand il rentre à Prague, il revoit néanmoins celle qu'il surnomme « la petite », qu'il considère comme l'être le plus désintéressé, le plus silencieux, le plus modeste, et qu'il se reproche d'avoir entraînée dans son enfer. Il racontera à Milena Jesenská leur dernière entrevue :

Dans l'ensemble, aujourd'hui, les choses se sont passées plus calmement ; je me suis dominé, j'ai réussi à parler sans fièvre de Merano ; l'atmosphère était moins tendue. Mais, quand on en est revenu à parler de l'essentiel, elle est restée longtemps à trembler contre moi de tout son corps sur la Karlplatz [...]. Elle a posé sa dernière question, celle qui me trouve toujours sans défense : « Je ne peux pas partir, mais quand même, si tu me

1. *Ibid.*
2. *Ibid.*, pp. 907-908.

chasses, je partirai ; me chasses-tu ? » [...] J'ai répondu : « Oui. » Alors elle : « Je ne peux quand même pas m'en aller »[1].

Qu'est-il advenu de Julie Worhyzek ? On l'ignore… Tout juste suppose-t-on qu'elle a été internée à l'hôpital psychiatrique de Weleslawin, là où le père de Milena Jesenská avait enfermé la jeune fille neuf mois durant pour la dissuader d'avoir des relations pernicieuses. En revanche, on sait qu'à l'instant précis où Julie va sortir définitivement de la vie de Kafka, une autre femme occupe déjà l'esprit de celui-ci. Il vient de la rencontrer à Schlesen. Elle se nomme Minze Eisner, est originaire de Teplitz, et n'a que dix-huit ans. Sa première impression n'est pas franchement bonne, comme il le confie à Ottla : « En soi, elle ne me plaît pas du tout; du reste, elle a toute l'hystérie d'une jeunesse malheureuse, mais malgré cela elle est parfaite; apparemment elles sont toutes parfaites, réjouis-toi d'être une fille[2]. » Ils vont continuer à s'écrire jusqu'en 1923, année où elle se marie. Il semble avoir trouvé en elle une correspondante de valeur, puisqu'il poursuit avec bonheur ce qu'il n'avait pas réussi à faire avec Felice Bauer : entamer et poursuivre un dialogue autour de questions littéraires et de problèmes liés à la judéité, Minze acceptant avec joie ses conseils de lecture.

1. Lettre à Milena Jesenská, lundi 5 juillet 1920, O.C. IV, p. 954.
2. Lettre à Ottla, 13 novembre 1919, O.C. III, p. 935.

La « vraie vie »

La vie amoureuse de Franz Kafka et sa vie d'écrivain entretiennent des liens complexes, douloureux, troubles et pourtant nécessaires et suffisants : l'une ne saurait exister sans l'autre. Ainsi, ce qu'il appelle la « vraie vie » ne peut s'accommoder qu'avec une grande souffrance de la vie réelle (la famille, le travail) et s'accorde très mal avec tout ce qu'implique toute aventure sentimentale, à commencer, évidemment, par le mariage. La longue et catastrophique relation avec Felice Bauer n'a été que la tentative insensée de se faire accepter comme écrivain par une femme amenée à partager ses jours. Mais, malgré l'épouvantable cercle vicieux dans lequel Kafka s'est alors enfermé, cette relation n'a pas été totalement négative pour la « vraie vie ». Leur rencontre, qui a eu lieu le 13 août 1912, alors qu'il venait, non sans mal, de se débarrasser de son poste de directeur suppléant dans l'usine de son beau-frère, qu'il avait enfin pu faire un peu de clarté quant à ses ambitions littéraires (notamment en brûlant bon nombre d'écrits de jeunesse) et qu'il avait même commencé un ouvrage d'une dimension jusqu'alors impensable — un premier roman intitulé *L'Oublié* (*Amerika*) —, n'a pas d'influence négative sur cette dynamique intérieure, bien au contraire. Quoi qu'il en soit, Kafka demeure toujours à cette date un auteur sans livres. Max Brod, on s'en souvient, lui a fait rencontrer Ernest Rowohlt, qui lui a demandé de classer des nouvelles pour constituer un recueil. De retour de Weimar, il a éprouvé beaucoup de mal à effectuer ce choix et à retoucher ses manuscrits en vue de la publication. Et cela l'exaspère. N'a-t-il pas alors noté dans son petit cahier : « Rien, rien. Que de temps me fait perdre la publication de ce petit livre, quel sentiment néfaste et ridicule de ma valeur me prend en lisant ces choses anciennes pour les publier[1]. » Mais à peine a-t-il eu fait la connaissance de la jeune Berlinoise que tout semble s'éclairer sous un jour nouveau et avec une facilité inusitée. Le 13 août, il expédie un court billet à Max Brod :

> Bonjour, cher Max, j'étais hier, lorsque j'ai ordonné les fragments, sous l'influence de Mlle B. ; il est donc très possible que j'aie fait une bêtise, une disposition comique, quand elle ne prêterait à rire qu'aux initiés. Je t'en prie, vérifie encore une fois et laisse-moi insérer mon remerciement dans le grand merci que je te dois[2].

Toute cette période est prodigue. Kafka est sur un nuage. Le 8 août, il écrit une petite nouvelle, « Un filou démasqué », et quelques semaines plus tard note dans son journal avec une certaine fierté :

1. *Journaux*, 11 août 1912, O.C. III, p. 286.
2. *Franz Kafka*, Max Brod, p. 147.

> J'ai écrit ce récit — *Le Verdict* — d'une seule traite, de dix heures du soir à six heures du matin, dans la nuit du 22 au 23. Je suis resté si longtemps assis que c'est à peine si je puis retirer de dessous le bureau mes jambes ankylosées. Ma terrible fatigue et ma joie, comment l'histoire se déroulait sous mes yeux, j'avançais en fendant les eaux[1].

Cette même sensation de fluidité et de pure logique dans la construction de ses récits se confirme comme par miracle lorsqu'il corrige les épreuves du *Verdict* le 11 février 1913 : « Je note, dans la mesure où elles me sont présentes à l'esprit, toutes les associations qui ont pris un sens clair pour moi dans l'histoire. Cela est nécessaire, car ce récit est sorti de moi comme une véritable délivrance couverte de saletés et de mucus[2]. » Quand Max Brod rentre de voyage, Kafka l'attend sur le quai de la gare afin de lui annoncer qu'il a un texte prêt pour sa nouvelle revue, *Arkadia*, dont il prépare le lancement chez Kurt Wolff. Brod est émerveillé et note dans son journal : « Kafka dans son extase incroyable [...] passe ses nuits à écrire. »

L'automne 1913 est pour Kafka une période particulièrement féconde. Le *Herder-Blätter* publie une courte nouvelle de lui, « Vacarme », *Betrachtung* verra le jour le 11 décembre. Enfin, entre le 7 et le 27 novembre, il a achevé, tambour battant, la rédaction de *La Métamorphose*. Et il finit même par lire la première partie de cette œuvre, qui n'a toujours pas de titre, chez Oscar Baum.

1. *Journaux*, 23 septembre 1912, O.C. III, p. 294.
2. *Journaux*, 11 février 1913, O.C. III, p. 296.

Au début de l'année 1914, cette belle énergie et cet élan créatif se tarissent. *L'Oublié*, dont il avait rapidement achevé le chapitre inaugural, *Le Soutier*, est mis de côté provisoirement. Il ne le finira jamais. Plus rien, ou presque, ne vient sous sa plume. En revanche, il ne renonce pas à publier tout ce qu'il a pu engranger. Franz Werfel surgit alors de manière providentielle pour exaucer son vœu. Conseiller des éditions Kurt Wolff, que ce dernier vient de racheter à Rowohlt, Werfel est en outre responsable des écrivains pragois et auteur lui-même : son dernier recueil de poèmes (*Der Weltfreund* [*L'Ami du monde*]), a rencontré un certain succès.

Wolff, averti par Werfel, écrit à Kafka : « M. Franz Werfel m'a tellement parlé de votre nouveau récit, intitulé, je crois, "La Punaise", que j'aimerais bien le lire. Voulez-vous me l'envoyer [1] ? » Kafka lui répond de Charlottenburg où il est de passage qu'il ne doit pas croire Werfel, « qui ne connaît pas un mot de l'histoire », et propose de lui envoyer *Le Soutier*, seul texte dont il soit satisfait, suggérant de le réunir à *La Métamorphose* quand elle sera tout à fait terminée, et au *Verdict* dans un volume qui s'intitulerait *Fils*, car, dit-il, ces trois récits « font extérieurement et intérieurement partie d'un même ensemble, il y a entre eux un lien visible, et plus encore un lien secret que je ne voudrais pas renoncer à illustrer, en les rassemblant dans un livre [2] ». Fin mars, un

1. *Franz Kafka, une vie d'écrivain*, Joachim Unseld, p. 95.
2. Lettre à Kurt Wolff, 11 avril 1913, O.C. III, p. 710.

des textes composant la *Méditation* paraît dans le *Deutsche Montags Zeitung* sous le titre « Extraits du merveilleux carnet d'ébauche d'un nouveau poète ». À la mi-avril, Franz Werfel, en l'absence de Wolff, envoie à la composition *Le Soutier*. Kafka constate qu'il y a beaucoup de coquilles sur les placards, exige un second jeu d'épreuves et demande qu'on ajoute un sous-titre : « Un fragment ». Mais un autre problème surgit : l'illustration que l'éditeur a choisie, une gravure représentant New York au XIXe siècle, le choque car il a voulu montrer les aspects les plus modernes de cette ville. Enfin l'Almanach des éditions de Kurt Wolff, *Das Bunte Buch*, paraît en octobre, tiré à deux mille exemplaires, qui sont rapidement épuisés. Il inclut « En mémoire des gentlemen riders », extrait de *Méditation*.

Un nouveau venu apparaît alors à l'horizon éditorial de Kafka : Robert Musil. Celui-ci a soutenu sa thèse à Berlin avec succès et tente maintenant d'y faire une carrière dans la littérature. Rédacteur en chef de la *Neue Rundschau*, c'est à ce titre qu'il contacte Kafka. L'article qu'il vient de consacrer à *Betrachtung* et au *Soutier* témoigne d'un curieux mélange d'admiration et de réserve :

Ici aussi une très grande maîtrise artistique, et ici seulement, peut-être cette résonance de petites infinités dans le vide, une nullité humblement choisie, une douceur amère comme on trouve chez un suicidé dans les heures qui séparent la décision de l'acte, ou quelque nom que l'on veuille donner à ce sentiment qui peut en porter beaucoup, parce que ce n'est qu'un son intermédiaire, obscur et sourd ; plein de charme, certes, seulement un peu trop vague et sourd [1].

Estimant qu'il n'a aucun texte prêt pour la publication, Kafka refuse l'offre de collaboration de Musil. En réalité, il traverse une nouvelle crise : « Je n'ai rien écrit depuis un an, et, que je sache, je ne suis bon à rien [2] », confie-t-il à Grete Bloch.

Dans un brouillon de lettre à Felice Bauer, il déclare que tout ce qui n'est pas littérature l'ennuie. Mais la littérature l'a fui pendant tous ces mois. C'est aussi sa sauvegarde contre le monde. Dans son journal, il sent le danger qui le guette : « Si je ne me réfugie pas dans le travail, je suis perdu. » Ne pouvant plus progresser, il se consacre avec une énergie et une obstination rares à la parution de ses ouvrages, sans doute dans l'espoir de pouvoir abandonner son emploi et de partir pour Berlin (il a écrit une lettre à ses parents dans ce sens). Il recouvre peu à peu force et inspiration pendant l'automne 1914. En octobre, il décide de prendre un congé de deux semaines pour composer *Le Procès*. Au lieu de cela, il rédige le dernier chapitre de *L'Oublié*, « Le Théâtre de la nature d'Oklahoma ». Comme il est particulièrement en veine, il rédige une nouvelle qui tranche sur toutes celles qu'il a écrites jusque-là, *La Colonie pénitentiaire*. Ce congé a été magnifiquement mis à profit puisqu'il écrit quelque soixante-dix feuillets. Mais, par la

1. « Chronique littéraire », Robert Musil, *Neue Rundschau*, août 1914, in *Le Siècle de Kafka*, p. 102.
2. Lettre à Grete Bloch, 18 avril 1914, O.C. IV, p. 586.

suite, il a du mal à reprendre la mise en forme du *Procès*. À la fin de 1914, il peut dresser un bilan qui est loin d'être négatif, même s'il n'est pas entièrement satisfait :

D'une manière générale, mon travail depuis le mois d'août n'a été ni insuffisant, ni mauvais, mais en ce qui concerne tant le premier que le second point, je n'ai pas travaillé jusqu'aux limites de ma capacité comme j'aurais dû le faire, et surtout parce que, selon toute probabilité (insomnie, maux de tête, faiblesse cardiaque), cette capacité ne durera plus longtemps. Textes inachevés : *Le Procès, Souvenir du chemin de fer de Kalda, Le Maître d'école du village, Le Substitut,* ainsi que d'autres fragments plus courts. Achevé seulement : *La Colonie pénitentiaire* et un chapitre de *L'Oublié,* tous deux pendant mes quinze jours de congé. Je ne sais pas pourquoi je fais cet inventaire, cela n'est guère dans mes habitudes ![1].

Mais en janvier, il abandonne *Le Procès* et il va de nouveau cesser d'écrire pendant une année et demie.

Puisque l'incroyable fertilité littéraire de la fin 1913 ne se prolonge pas, Kafka, comprenant que son salut est dans le travail, se consacre avec détermination à la publication de ses œuvres qu'il estime abouties. Aussi quand Musil revient le voir au mois d'avril 1914, il peut cette fois lui répondre de manière positive : *La Métamorphose* est maintenant prête à la publication. Mais décidément rien n'est simple. La publication se présente mal. On demande à Kafka de raccourcir l'histoire d'un tiers :

1. *Journaux*, 31 décembre 1914, O.C. III, p. 375.

C'est là un comportement indigne, écrit-il, déçu et amer. Pour dire la vérité, cher docteur Musil, car je sais que vous m'approuvez complètement : si on avait exigé cela de moi avant l'acceptation, on m'aurait évité le désagrément qu'on vous a causé autant qu'à moi. Mais je n'aurais, même alors, pas raccourci cette histoire, pas plus que je ne la raccourcis aujourd'hui, vous approuverez certainement cela aussi — il n'y a pas d'autre possibilité[1].

En désespoir de cause, Kafka envoie le manuscrit à Max Brod au printemps 1915 et lui demande donc de placer le texte. C'est la guerre, les choses traînent en longueur, finalement l'écrivain alsacien René Schickele fait paraître *La Métamorphose* dans le numéro d'octobre 1915 de la revue *Die Weissen Blätter*. Meyer, le directeur par intérim, propose alors de la publier sans tarder dans le collection « Der Jüngste Tag » : « Le petit volume pourrait être imprimé tout de suite et paraître encore le mois prochain[2]. »

Pourquoi une telle précipitation ? Parce que le prix Fontane réservé au meilleur romancier moderne va bientôt être décerné. Envisagerait-on de le remettre à Kafka ? Les choses, en réalité, sont beaucoup plus compliquées. Ce prix, crée par Otto Flake en février 1913, et dont Blei est le *deus ex machina*, doit être remis à Sternheim, qui a publié dans la même collection *Busekov* en 1914, et dont le *Napoléon* est sous presse. L'éditeur a une idée derrière la tête et la soumet à Kafka :

1. *Franz Kafka, une vie d'écrivain*, Joachim Unseld, p. 106.
2. *Ibid.*, p. 113.

Comme vous le savez sans doute, Sternheim est millionnaire, et comme on ne peut guère donner un prix en argent à un millionnaire, Franz Blei, qui doit remettre le prix cette année, a invité à remettre la somme, qui est de 800 marks, je crois, à vous-même, parce que vous en êtes le plus digne. Sternheim a lu vos choses et comme vous pouvez le voir dans la carte ci-jointe, il est sincèrement enchanté par vous[1].

Comme on peut s'y attendre, Kafka est mortifié : « Quelque importance qu'ait naturellement pour moi le prix ou une participation au prix, je ne pourrais sans doute pas accepter l'argent seul, sans avoir la moindre part au prix[2]. » La publication du livre s'annonce par ailleurs sous les plus mauvais auspices. Kafka, dans une lettre envoyée à l'éditeur, se plaint des caractères, de la justification « sobre et compacte », voudrait une autre reliure et refuse que l'illustration de couverture représente un insecte : « Pas cela, surtout pas cela ! L'insecte lui-même ne peut pas être dessiné. Mais il ne peut même pas être montré de loin[3]. »

Après les tribulations liées au prix Fontane, Kafka envisage de constituer un recueil avec *La Métamorphose* et *Le Verdict* sous le titre de *Châtiments*. Meyer n'est pas convaincu. De proposition entre contre-proposition, de revirement en découragement, la publication traîne une nouvelle fois en longueur. Ni le retour de Kurt Wolff à la direction de la maison d'édition ni les interventions de Max Brod ne font avancer les choses.

1. *Ibid.*, p. 114.
2. *Ibid.*, p. 117.
3. Lettre aux éditions Kurt Wolff, 25 octobre 1915, O.C. III, p. 743.

Entre-temps, Kafka s'est installé dans une première chambre qu'il loue dans la Bilkova, puis dans une seconde, dans la maison « Zum goldenen Hecht », dans la Dlouá. En avril, il y invite Max Brod pour lui lire les chapitres V et VI du *Procès*. La dureté dont Kafka fait preuve à l'encontre de cette œuvre est sans appel : « Lu à l'instant le début. C'est hideux et donne des maux de tête. C'est, malgré toute la vérité qui y est contenue, méchant, pédant, mécanique, un poisson se pâmant sur un banc de sable. J'écris mon *Bouvard et Pécuchet* bientôt[1]. »

Pendant l'hiver 1916, Ottla trouve pour son frère une des petites maisons de l'Alchymistengasse (Zlatá ulícka). Max Brod s'amuse à corriger une légende qui s'est propagée par la suite : « Franz n'avait pas choisi ce logement par esprit mystique ou sémantique [...] le premier motif était tout simplement son besoin d'un endroit calme pour travailler[2]. » Il faut dire que sa sœur a su métamorphoser cette taupinière sale et poussiéreuse en un lieu agréable où écrire en toute quiétude. Jusqu'en février 1917, Kafka peut mettre à profit le calme et le silence du soir, avant d'aller dormir chez lui, pour rédiger un certain nombre de récits. Ceux-ci constitueront pour l'essentiel le recueil *Le Médecin de campagne*. À l'époque, il veut les rassembler sous le titre des *Onze fils*, qui « sont tout simplement onze histoires auxquelles je suis en

1. *Franz Kafka*, Max Brod, p. 180.
2. Cité in *Franz Kafka, une vie d'écrivain*, Joachim Unseld, p. 162.

train de travailler[1] ». Il vient d'achever « À cheval sur le seau de charbon », « Chacals et arabes », « La galerie », « Vie à la mine », « Le voisin », « Un cavalier », « Un fratricide », sans compter « Le pont », « Le gardien du tombeau », et « Le chasseur Gracchus ». Le 11 février 1917, averti de cet exploit littéraire, Max Brod est invité à venir écouter ces nouveaux textes.

Le reste de l'année 1917, sans aucune création littéraire notable, ne sera plus marqué que par de menues satisfactions. La revue de luxe *Marsyas*, tirée à deux cent trente-cinq exemplaires, qui vient d'être fondée par Theodor Tagger, publie dans son premier numéro « Une vieille page », « Le nouvel avocat » et « Un fratricide ». La revue *Der Jude*, dirigée par Martin Buber, fait paraître « Deux histoires d'animaux ». Mais, parallèlement, les déceptions ne manquent pas. L'almanach des éditions Kurt Wolff, baptisé *Le Nouveau Roman* pour l'année 1917, ne publie aucun de ces textes, la rupture avec Felice Bauer est désormais consommée, alors que dans le même temps Kafka doit quitter l'appartement de ses rêves dans le palais Schönborn du quartier de Malá Strana.

L'année suivante, il n'écrit quasiment rien, hormis la *Méditation* et un court récit, « Prométhée ». Le seul texte d'importance est la « Lettre à son père », écrite en novembre 1919 après le mariage raté avec Julie Wohryzek. Et la seule véritable victoire de cette période reste la publication de *La*

1. *Franz Kafka*, Max Brod, p. 180.

Colonie pénitentiaire chez Kurt Wolff au mois de mai. Deux nouvelles paraissent dans *Selbstwehr*, « Un message impérial » le 24 septembre, et « Le souci du père de famille » le 19 décembre de la même année. Mais c'est un fait, depuis le printemps Kafka n'a donc plus abordé le domaine de la fiction.

Si pour Kafka l'écriture se présente toujours sous un double aspect, celui de la jubilation quand sa plume semble voler toute seule, portée par une inspiration féconde, et celui du découragement, accompagné d'interminables périodes de vide, il est un aspect de sa vie d'écrivain qui ne le déçoit jamais et dont il raffole : la lecture de ses textes en public. Il le fait d'abord devant ses amis proches et parfois devant les membres de sa famille. Et Max Brod, témoin privilégié de son aventure littéraire, est l'un de ses premiers admirateurs : « 6 octobre [1912] il me lit le *Verdict* et le *Chauffeur*, le premier chapitre de son roman *Amerika*[1] » ; ou encore : « chez Oskar Baum, où Kafka lit son deuxième chapitre, merveilleux [...]. Ce roman de lui : une œuvre magnifique[2] » et : « Kafka nous lit, chez Baum, sa magnifique nouvelle de la vermine [*La Métamorphose*][3] ». Kafka est un excellent lecteur, comme beaucoup d'écrivains du XIXe siècle pouvaient l'être. Oskar Baum, conquis par la qualité et l'intensité de ses lectures, le dit clairement :

Lorsqu'il lisait à haute voix — c'était sa passion — le malheur du mot violé se soumettait entièrement, malgré la net-

1. *Ibid.*, pp. 147-148.
2. *Ibid.*, p. 148.
3. *Journaux*, 25 septembre 1912, O.C. III, p. 295.

teté de chaque son, à l'ampleur de la phrase musicale dans un rythme parfois vertigineux, et, soutenus par un souffle indéfini, les crescendos étageaient puissamment leurs plans dynamiques. Ce sont de tels plans que l'on retrouve dans sa prose : des œuvres aussi enlevées que *La Danseuse de cirque* sont enfermées dans le merveilleux édifice d'une seule phrase[1].

Mais la lecture de ses textes n'est pas seulement un exercice privé qui fournit à l'écrivain la possibilité de mettre à l'épreuve ses dernières proses ou de les faire découvrir au cercle étroit de ses relations intimes. Le 23 novembre 1912, répondant à Willy Haas, qui est encore un tout jeune homme, passionné de littérature, Kafka écrit : « Cher Monsieur Haas, J'accepte, naturellement, l'invitation de l'association Herder, cela me fait même la plus grande joie de lire quelque chose. J'ai choisi le récit de l'*Arkadia*, il ne dure pas tout à fait une demi-heure[2]... » Le 4 décembre, cette « soirée d'auteurs pragois » réunit Franz Werfel, Max Brod, Otto Pick, Oskar Baum. Elle a lieu dans la superbe salle des miroirs du café Europa, qui, à l'époque, se trouve dans l'ancien hôtel Sroubek et vient à peine d'être rebaptisé ainsi, place Venceslas. Rudolf Fuchs, qui y assiste, est frappé par la prestation de Kafka : « Kafka y lut alors *Le Verdict* [...]. Il lut avec une telle magie, sur un tel ton de désespoir contenu que, près de vingt ans plus tard, je le revois encore debout dans la petite salle plongée dans la pénombre. »

1. Cité in *Franz Kafka*, Max Brod, pp. 124-125.
2. Lettre à Willy Haas, 23 novembre 1912, O.C. III, p. 698.

Si Franz Kafka renouvelle cette expérience toutes les fois où cela est possible, sa lecture la plus mémorable est sans nul doute celle qu'il a pu faire à Munich après avoir été gratifié du prix Fontane. En septembre 1916, à l'instigation de Max Brod (ce qu'il ignore alors), la galerie Neue Kunst-Hans Goltz l'invite à faire une lecture dans le cadre d'un cycle intitulé « Soirées pour la nouvelle littérature ». Kafka quitte Prague le 10 novembre et, après dix heures de voyage en train, arrive à Berlin peu avant l'ouverture des portes. Il y a là plusieurs écrivains réputés, excepté Max Brod qui, au dernier moment, a dû renoncer à effectuer le déplacement. La salle de conférences se trouve au premier étage de l'ancienne librairie Goltz, située près du célèbre café Luitpold. Eugen Mondt garde de cette lecture un souvenir impérissable :

> Ce récit très sec, *Le Verdict* [en réalité, c'est *La Colonie pénitentiaire*], était d'un réalisme si fascinant et si horrible à la fois, et le ton en était si nouveau, ce ton que nous connaissons déjà depuis son livre *Le Soutier*, et il marquait si bien l'avènement de l'homme des temps modernes que plusieurs femmes se levèrent et quittèrent la salle[1].

Un autre des écrivains présents, Max Pulver, un ami de Rilke, est littéralement bouleversé :

> J'ai oublié la manière dont il lut. Dès les premiers mots, il m'avait semblé qu'une fade odeur de sang avait commencé à se propager, et un goût étrangement fade et vague s'est déposé sur mes lèvres. Sa voix avait beau avoir l'air de vague-

1. « Une soirée avec Franz Kafka », Eugen Mondt, in *J'ai connu Kafka*, pp. 161-162.

ment s'excuser, ses images pénétraient en moi comme des couteaux, comme des aiguilles de glace provoquant de vertigineuses douleurs. Ce n'était pas seulement la description d'un supplice et d'un instrument de torture à travers les mots du bourreau exécutant la sentence et plongé dans une douce extase. L'auditeur lui aussi était précipité dans ces souffrances infernales, lui aussi, telle la victime, était étendu sur le lit de torture, et chaque mot nouveau, comme une nouvelle aiguille, gravait lentement sur son dos les termes d'exécution [1].

Et le spectateur médusé voit bientôt ses intuitions se réaliser : « Puis il y eut un bruit étouffé d'une chute, la confusion gagna la salle, et on emmena une dame qui s'était évanouie. La description continua. Ses paroles provoquèrent encore deux évanouissements [2]. »

Mais si Kafka, malgré l'effet dévastateur de *La Colonie pénitentiaire*, qui le surprend lui-même, adore plus que tout l'exercice et le défi de la lecture publique, il n'a pas le même enthousiasme quand une autre personne souhaite déclamer ses textes. À l'automne 1921, Loni Lapper-Strich (Mme Rudolf Fuchs) lit un soir des poètes et romanciers tels que Franz Werfel, Ernst Weiss, Otto Pick, son mari et Kafka — Fred Berence, écrivain suisse français qui enseigne alors à Prague, fait également partie de ce groupe. Kafka n'est pas content de cette initiative et le fait savoir à Robert Klopstock : « Hier encore, je suis allé chez des gens qui s'étaient réunis pour entendre une jeune réci-

1. « Promenade avec Franz Kafka », Max Pulver, in *J'ai connu Kafka*, p. 167.
2. « Une soirée avec Franz Kafka », Eugen Mondt, in *J'ai connu Kafka*, p. 162.

tatrice dont l'avenir artistique — elle étudie chez Reinhard — ne me paraît d'ailleurs guère moins désespéré que celui de Mlle Irène[1]... » De même, quand l'acteur Ludwig Hardt prend contact avec lui pour lire ses textes, il se montre très courtois et respectueux à son égard, mais peu réceptif à ses intentions. L'acteur se souvient parfaitement des réticences polies de Kafka : « Il ne vit certainement pas d'un très bon œil les lectures que je faisais à partir de ses textes. Une récitation se résumait trop pour lui à une tentative de séduction. Et c'est justement cette séduction que son œuvre ne souhaitait ni ne devait exercer[2]. » L'acteur n'en reste pas moins fasciné

par la grâce présente dans chaque mot qui insuffle un rythme ample et pur à sa prose, mais où, sous ce calme va-et-vient, des rêves tenaces vous entraînent vers des profondeurs insondables où règne un ordre très mystérieux, où des énigmes d'une extrême importance se reflètent à l'infini, transparentes et insolubles à la fois, et où la conscience sanglote sur des images et des figures d'une clarté étrange et mélancolique[3].

Kafka aime aussi lire des textes de ses auteurs de prédilection. Le 11 décembre 1913, il lit le début de *Michael Kohlhass* de Heinrich von Kleist dans la salle Toynbee à l'occasion d'une soirée de bienfaisance organisée par l'association juive Bar Koshba. « Raté, déplore-t-il dans son journal, du tout au tout. Mal choisi, mal lu, pour finir, j'ai

1. « L'Auteur et son conteur », Ludwig Hardt, in *J'ai connu Kafka*, p. 246.
2. *Ibid.*
3. *Journaux*, 11 décembre 1913, O.C. III, p. 324.

vagabondé de façon absurde dans le texte[1]. » Mais Brod, qui assiste à cette lecture, pense le contraire, même si Kafka a choisi selon lui un passage trop long qui l'a contraint à abréger la fin.

Belle obstination que celle de Franz Kafka à défendre ses productions littéraires, car il est dès le début d'un pessimisme foncier à leur encontre. Rudolf Fuchs rapporte une anecdote particulièrement savoureuse et révélatrice sur la façon dont il affronte ce problème, avec beaucoup de scepticisme, une certaine affliction et un humour irrésistible : « Lorsque son premier livre, *Betrachtung*, parut chez Wolff, il me dit : "Onze livres ont été vendus chez André. J'en ai acheté dix moi-même. Je voudrais bien savoir qui est le onzième." »

L'humour — à ses dépens — reste son ultime recours.

1. « Quelques souvenirs de Rudolf Fuchs », *Franz Kafka*, Max Brod, p. 267.

Milena Jesenská, ou quatre jours pour se rapprocher de l'amour

Alors que Franz Kafka s'est exilé dans une pension Ottoburg à Merano pour affronter la maladie, il répond à plusieurs lettres provenant de Vienne, écrites par une inconnue nommée Milena Jesenská. Il se rappelle l'avoir croisée furtivement à Prague, avant la guerre, dans la salle du café Arco : « Je m'aperçois tout à coup que je ne me rappelle au fond aucun détail particulier de votre visage. Seulement votre silhouette, votre costume, au moment où vous êtes partie, entre les tables du café ; de cela, oui, je me souviens [1] », lui écrit-il en avril 1920. L'objet de la requête de cette jeune femme tchèque, qui vit à Vienne, est la traduction d'une nouvelle de Kafka qu'elle a mal retranscrite, l'appelant « Der Mord » (« Le Meurtre »), alors qu'il s'agit d'« Un meurtre », texte rebaptisé ultérieurement « Un fratricide ». Elle a paru dans la revue *Marsyas* en 1917 et a été reprise dans l'almanach *Die neue Dichtung* (« La Nouvelle Poésie ») promu par les éditions Kurt Wolff. Kafka a été averti par ce der-

1. Lettre à Milena Jesenská, avril 1920, O.C. IV, p. 886.

nier de ce projet de traduction en tchèque, le premier à cette époque. Après lui avoir envoyé un exemplaire de l'hebdomadaire *Kmen* daté du 22 avril 1920 où est imprimé *Le Soutier*, la jeune femme lui demande alors l'autorisation de traduire *Un médecin de campagne*. En guise de réponse à toutes ces requêtes, Kafka l'entretient sur les différences qui existent entre leurs deux langues et lui propose également une relation épistolaire en tchèque :

> Assurément, je comprends le tchèque. J'ai voulu plusieurs fois déjà vous demander pourquoi vous n'écririez pas [une fois] dans cette langue. Non que vous ne possédiez pas parfaitement l'allemand. Vous le possédez en général étonnamment, et quand il vous arrive de ne pas le maîtriser, il s'incline à vos devants de lui-même [...]. Mais je voulais lire de vous du tchèque, parce que enfin vous lui appartenez, parce qu'au bout du compte Milena ne se trouve tout entière que là [1]...

Kafka choisit le lieu de la rencontre décisive : l'écriture.

Milena Jesenská est née à Prague en 1896. Elle appartient à une grande famille tchèque. Son ancêtre le plus illustre, Jan Jessenius, est celui qui a fait venir l'astronome Tycho Brahé à Prague. Il a été exécuté en 1621 pour s'être opposé à l'empereur Ferdinand II, avoir épousé la cause des protestants et participé à la bataille de la Montagne Blanche où ces derniers ont été vaincus. Son père, le Dr Jan Jesensky, est professeur ordinaire à

1. Lettre à Milena Jesenská, fin avril 1920, O.C. IV, p. 890.

l'université Charles. Spécialiste réputé de la chirurgie dentaire, il a son cabinet dans la Ferdinandgasse (aujourd'hui Nàrodni). Nationaliste fervent, c'est l'un des représentants éminents des Jeunes Tchèques, qui ne tarde pas à figurer parmi les personnalités politiques les plus en vue à Prague. Sa mère, une femme sensible aux arts, qui réalise des gravures sur bois et est capable de copier des meubles anciens, souffre d'anémie pernicieuse et meurt alors que Milena a treize ans. Fille unique, Milena entre très tôt en conflit avec son père, un homme autoritaire, non dépourvu d'élégance. Toujours très occupé, il fréquente dès qu'il le peut son club, y jouant beaucoup et y perdant souvent. Après avoir fréquenté l'école Minerva, l'un des premiers lycées de jeunes filles en Europe, poussée par son père, elle s'inscrit à la faculté de médecine. N'éprouvant aucun intérêt pour cette discipline, elle y renonce au bout de quelques mois, et commence des études musicales dont elle se détourne rapidement. Ayant hérité de l'esprit libéral des élèves de Minerva, elle fréquente les milieux anarchistes et socialistes, lit les livres de Šrámek et de Neumann, les recueils de poésie de Josef Hora, et finit naturellement par fréquenter le microcosme de la nouvelle génération des écrivains et critiques juifs et « allemands », Willy Haas, Rudolf Fuchs, Paul Kornfel, Franz Werfel. Elle est belle, audacieuse, et surtout extravagante, comme le montre ce témoignage du romancier Jaroslav Kodiček :

On dit que Milena jette l'argent par les fenêtres comme une folle ; on dit que, pour arriver à temps à un rendez-vous, elle a traversé la Moldau à la nage tout habillée ; on dit qu'elle s'est fait arrêter à cinq heures du matin dans le parc municipal parce qu'elle y avait cueilli des magnolias « publics » pour les offrir à son ami qui les aime tant[1].

La vie de Milena Jesenská prend un tour moins léger quand elle tombe sérieusement amoureuse. Margarete Buber-Neumann en rappelle les circonstances :

Milena était au concert ; elle était assise sur une marche d'escalier, au premier rang, totalement absorbée par la partition. Elle portait une robe de soie mauve, comme si elle devait être reçue à la cour royale. C'est alors que quelqu'un se pencha par-dessus son épaule pour lire la partition. C'était Ernst Pollak[2]...

Elle devient sa maîtresse. Ernst Pollak a un modeste emploi de traducteur dans une banque. Mais sa véritable passion est la littérature. Il écrit des textes critiques et fréquente les cafés littéraires. Il lui fait connaître Egon Erwin Kisch, Johannes Urzidil et les poètes qui ont élu domicile au café Arco, celui-là même qui accueille Brod, Kafka et tout le Cercle de Prague. Sa liaison tapageuse finit par arriver aux oreilles de son père, qui entre dans une fureur peu commune. Pour que cesse le scandale (d'autant plus grave que sa fille a choisi un Juif « allemand », donc un « ennemi »), il décide de

1. Cité in *Milena*, Margarete Buber-Neumann, p. 49.
2. *Ibid.*, p. 64.

la faire enfermer dans un asile psychiatrique à Veleslavin. Elle y restera de juin 1917 à mars 1918, jusqu'au jour où, après avoir volé les clefs du dortoir, elle part retrouver son amant. De guerre lasse, Jan Jesensky cède. Milena quitte ce sinistre séjour et peut s'enfuir avec Ernst Pollak à Vienne, où elle l'épouse le 16 mars 1918.

Ayant rompu toute relation avec son père, Milena reste sans aucuns moyens. Le jeune couple vit dans un petit appartement triste et sombre de la Lerchenfelderstrasse. Désargenté et mal assorti, le ménage Pollak ne met pas longtemps à chavirer. Si Pollak prépare une thèse de doctorat et suit de près les activités des milieux néo-positivistes pendant la journée, il passe toutes ses soirées au café Herrenhof ou dans les autres grands cafés de l'intelligentsia viennoise à bavarder jusqu'à une heure tardive. Il a pour amis Franz Werfel, Franz Blei, Otto Kraus, Otto Gross, Willy Haas, Hermann Broch. Il a déjà de multiples liaisons, ce qui plonge Milena dans l'affliction et la solitude. Willy Haas a laissé d'elle cet étrange portrait :

> Elle faisait parfois penser à une aristocrate du XVIe ou du XVIIe siècle, à l'un de ces caractères que Stendhal a empruntés aux chroniques italiennes anciennes pour les transposer dans ses propres romans, telles la duchesse de Sanseverina ou Mathilde de la Mole [...]. Comme amie, elle était inépuisable, inépuisable en bonté, inépuisable en expédients — dont on se demandait souvent avec perplexité comment elle les trouvait, mais aussi inépuisable dans ses exigences à l'égard de ses amis — chose qui, d'ailleurs, paraissait, aussi bien à elle qu'à ses amis, des plus naturelles... Elle détonnait considérablement

dans le climat de promiscuité érotique et intellectuelle d'après 1918 — et elle en souffrait[1]...

Désespérée, elle doit travailler comme porteur à la gare de Vienne, et finit par chercher refuge dans la drogue.

Ne pouvant continuer à vivre ainsi, bafouée et méprisée par son mari, elle se lance dans le journalisme. Après *Tribuna*, un journal pragois, elle travaille à partir de 1920 au *Národni Listy*. Cherchant à obtenir des traductions d'auteurs contemporains, et ayant entendu parler de Kafka dans les cercles de lettrés de la Vienne trouble de l'après-guerre, elle découvre ses textes et est immédiatement conquise.

C'est par ce biais que s'instaure entre Milena Jesenská et Kafka une histoire presque surréelle puisqu'ils ne se connaissent qu'à travers ce qu'ils écrivent. Au début de leur relation, il s'efforce de corriger l'opinion qu'elle a des personnes de sa connaissance comme Franz Werfel, ou même son mari, qu'il a connu au café Arco et que Max Brod tient en haute estime. Mais ce qui, dans les premiers temps, le surprend très favorablement, c'est la qualité de ses articles pour *Tribuna*, où elle dépeint la vie viennoise sous des angles inattendus et originaux. Avec elle, surtout, il peut enfin parler sans retenue de ses goûts littéraires. Avec lui, Milena se révèle d'une grande franchise, ne lui dissimulant rien de ses avatars conjugaux. De son

1. *Ibid.*, pp. 77-78.

côté, Kafka lui fait le récit complet de ses trois « mariages » et l'informe, sans le moindre détour, des ultimes rebondissements de sa liaison avec Julie Wohryzek. Chacun a son boulet — ou sa croix — à porter, mais ni l'un ni l'autre ne sont encore prêts à s'en émanciper. Milena lui demande, à partir du moment où ils commencent à se tutoyer, de venir la rejoindre à Vienne. Le 31 mai, Kafka s'affole ou feint de s'affoler à la perspective de franchir la frontière : « Je ne veux pas [...], je ne veux pas (ce n'est pas du bégaiement), je ne veux pas venir à Vienne, parce que c'est un effort moral que je ne supporterais pas. Je suis moralement malade[1]... » Plus le lien se resserre entre eux, par la seule force de leurs confidences et de leur entente qui se confirme chaque jour davantage en dépit de superbes et substantielles différences de caractère et de culture, plus l'urgente nécessité de ce voyage prend une allure dangereuse et donc attirante. Plus Kafka tire de jouissance à se plonger dans les lettres de Milena, plus il redoute de se retrouver dans la situation ridicule et embarrassante de l'amant caché qui ne sait trop comment se comporter.

Kafka rêve si souvent de Milena, lui murmurant en aparté : « *tu fais partie de moi*, même si je ne devais jamais te revoir)[2] », il sait depuis le début qu'il est prisonnier de ses mots, de la multitude de ses mots qui font écho aux siens. Comme il sait aussi que ce n'est pas son aspect physique qui l'in-

1. Lettre à Milena Jesenská, 31 mai 1920, O.C. IV, p. 905.
2. Lettre à Milena Jesenská, 12 juin 1920, O.C. IV, p. 926.

téresse, mais sa parole, « sa seule parole » qui lui importe. Alors ses défenses commencent à s'effriter : il admet bientôt que presque plus aucun obstacle ne saurait le retenir et qu'il va venir la rejoindre. Finalement, le 29 juin, il lui fait parvenir une missive dans laquelle il écrit : « [...] je suis bien à Vienne, assis dans un café près de la gare du Sud[1]... » Il a renoncé à son projet d'aller à Karlovy Vary pour rejoindre ses parents et Julie Wohryzek. Il a succombé à la tentation, il s'est installé à l'hôtel Riva. Quand elle expliquera, dans une longue lettre à Max Brod, quels ont été ses sentiments à l'égard de Kafka, Milena évoquera avec émotion les beaux jours de juin 1920 qu'elle a vécus en la compagnie de celui qu'elle surnomme familièrement Frank :

> Durant les quatre jours que Frank a passés à mon côté, il l'a perdue [la peur]. [...] Quand il ressentait cette peur, il me regardait dans les yeux, nous attendions un moment, comme si nous ne retrouvions pas notre souffle ou comme si les pieds nous faisaient mal et, après un moment, c'était passé. [...] je l'ai traîné derrière moi sur les collines qui se trouvent derrière Vienne, je marchais la première, car il avançait lentement, il venait derrière moi en martelant ses pas et, quand je ferme les yeux, je vois encore sa chemise blanche et son cou hâlé et l'effort qu'il faisait. Il a marché toute la journée, il est monté, il est descendu, il est resté au soleil, il n'a pas toussé une seule fois, il a mangé terriblement et dormi comme un loir[2]...

Si Kafka peut s'exclamer, quand il rentre à Prague le 4 juillet : « Depuis que je t'aime, j'aime le

1. Lettre à Milena Jesenská, 29 juin 1920, O.C. IV, p. 945.
2. Lettre à Max Brod, Milena Jesenská, 29 juillet 1920, O.C. IV, pp. 1421-1422.

monde entier », la situation entre les deux amants est loin d'être claire. Kafka qui a sans doute expliqué à Milena qu'il allait rompre tous les ponts avec « la petite » Julie, est loin d'avoir su la convaincre. De son côté, il espère qu'elle va avoir le cran de s'éloigner de son mari, ce qu'elle hésite manifestement à faire comme en témoigne cette lettre envoyée à Max Brod et dans laquelle elle écrit : « J'étais trop faible pour faire et accomplir ce dont je savais que c'était la seule chose qui aurait pu l'aider et qui n'aurait pu aider que lui seul[1]. » Kafka reste un temps persuadé qu'elle va le rejoindre à Prague. Mais, très vite, les lettres de cet homme malade deviennent ternes, sans ressort. Il se perd dans des détails insignifiants, ergote, tourne en rond, n'a plus foi dans cette passion, même s'il s'y accroche encore. Et lorsqu'elle lui fait miroiter l'éventualité de sa venue à Prague dans un bref délai, il lui répond :

Tu m'écris que tu viendras peut-être à Prague le mois prochain. J'ai presque envie de te dire : ne viens pas. Laisse-moi l'espoir que si, un jour, je te demande de venir quand je serai dans la pire détresse, tu arriveras *immédiatement*, mais maintenant il vaut mieux que tu ne viennes pas[2].

Une nouvelle fois, tout se brise, une nouvelle fois, Kafka en revient à ses anciennes fantasmagories, en plus âpre, en plus désespéré :

Il en résulte peut-être que maintenant nous sommes tous deux mariés, toi à Vienne, moi à Prague avec la peur, et que tu

1. *Ibid.*, p. 1422.
2. Lettre à Milena Jesenská, 18 juillet 1920, pp. 981-982.

n'es pas la seule à ronger le frein conjugal ; nous sommes deux à le faire, en fait, car vois-tu, Milena, si je t'avais *entièrement convaincue* à Vienne [...], tu ne serais plus à Vienne malgré tout, [...] tu serais tout simplement à Prague [1]...

Les jours s'égrènent, et il doute : « Ai-je chanté trop fort mon bonheur [2] ? » Une seule chose est certaine : Kafka ne tient pas à retourner à Vienne, quoi qu'il advienne. C'est pendant cette période, où le beau souvenir de Vienne s'estompe, qu'il envoie à Milena la « Lettre à son père ».

De réticence en prudente retraite, ne pourraient-ils pas se revoir encore une fois ? Kafka propose la ville frontière de Gmünd. Il étudie les horaires des chemins de fer, examine toutes les solutions possibles et imaginables. À mesure que la date de ces retrouvailles se rapproche, la crise intérieure enfle, se fait démesurée. Et lorsque Milena lui fait part de sa souffrance, cela n'a d'autre effet que d'augmenter la sienne. Il lui écrit des lettres qui n'en finissent plus, dans lesquelles il lui parle de sa première expérience avec une femme, si décevante, il évoque son anniversaire, sa confirmation (la *bar-mitsvah* chez les Juifs), lui relate des rêves. Dans ses réponses, Milena fait de même. Tous deux se livrent dans une confession infinie, sorte de course affolée et affolante à la recherche de leur vérité et de leur liberté. Lorsqu'ils se revoient enfin, le samedi 14 août, comme ils en sont convenus, ce ne sont que récriminations, malentendus, craintes. Le temps a fait son œuvre...

1. Lettre à Milena Jesenská, 21 juillet 1920, O.C. IV, pp. 987-988.
2. Lettre à Milena Jesenská, 26 juillet 1920, O.C. IV, p. 999.

De retour à Prague, Kafka est conscient que leur union spirituelle si forte se double d'une union sentimentale fragile et que tout risque désormais de se briser. La supplique qu'il lui adresse alors est d'une tristesse infinie : « [...] si tu en trouves le moindre moyen en ce monde sans garde-fous [...] ne te laisse pas rebuter par moi, même si je te déçois une fois, ou mille fois, ou juste en ce moment, ou plutôt toujours juste en ce moment. » Peu à peu, inexorablement, cet amour immense se délite et il n'a plus la force de résister à cette fatalité : « Mais maintenant c'est tellement triste ! je me mords les lèvres en te lisant ; rien n'est plus sûr ; sauf la petite douleur dans les tempes[1]. »

À la fin du mois d'août 1920, Kafka consulte un médecin qui veut le renvoyer dans un sanatorium. Il est question de celui de Grimmenstein ou du Wiener Wald, tous deux en Basse-Autriche. Kafka pèse le pour et le contre, surtout le contre. Les lettres échangées continuent leur va-et-vient, mais elles n'ont plus de messages d'espoir à transmettre. Elles contiennent de plus en plus de propos touchant à des questions périphériques, à leurs amis, à la vie de la presse, à ceux qui écrivent ou qui pensent. Devant tant de banalités, Kafka est meurtri, désabusé, il demande : « Pourquoi me parler, Milena, d'un avenir commun qui ne sera jamais[2] ? » S'enfermant, dans un premier temps, dans une morosité impénétrable faite de regrets, de

1 Lettre à Milena Jesenská, du 26 au 27 août 1920, O.C. IV, p. 1059.
2. Lettre à Milena Jesenská, septembre 1920, O.C. IV, p. 1093.

remords, et de joies devenues cendres, il finit par regarder la vérité, telle qu'elle est, froide, implacable, et déclare sans détour : « Non, Milena, nous n'avons pas la possibilité commune que nous pensions avoir à Vienne, pas du tout[1]... » Ce sera donc lui qui brisera la dernière illusion imaginable au terme de cette année d'abord si riche, puis si mortifiante : « S'il n'est pas bon que nous cessions de nous écrire, c'est que je me trompe fort. Mais je ne me trompe pas, Milena[2]. »

Une saison, à peine, le sépare de ces jours qui l'ont littéralement fait renaître à Vienne, malgré le soupçon et l'ombre de la maladie. Patrizia Runfola rappelle avec quelle impatience, avec quelle fougue juvénile, il est rentré à Prague à la suite des quatre glorieuses journées viennoises, rapportant dans son bagage une folle espérance qui laisse derrière elle ses trois « mariages » mort-nés :

Max Brod devait souvent rendre visite à Kafka dans son bureau pour l'aider à passer ces longues heures pendant lesquelles il attendait un télégramme. Contrairement à ses habitudes, il restait au bureau même l'après-midi car les nouvelles de Milena pouvaient arriver à n'importe quel moment. « J'ai encore l'impression de voir Kafka courir vers le kiosque à journaux pour voir si le nouveau numéro de *Tribuna* contenait quelque chose de Milena », racontait Brod. Il ne trouvait pas de mots assez élogieux pour mettre en relief la finesse, la vivacité, la fluidité du style de ses articles qu'il comparait aux récits de voyage de Théodore Fontane, un de ses auteurs préférés[3].

1. Lettre à Milena Jesenská, 1920, O.C. IV, p. 1103.
2. Lettre à Milena Jesenská, novembre 1920, O.C. IV, p. 1110.
3. *Prague au temps de Kafka*, Patrizia Runfola, p. 207.

Lorsque Milena Jesenská finit par se réconcilier avec son père et se décide enfin à quitter Ernst Pollak, il est trop tard. Kafka, lui, a un autre rendez-vous. En 1921, Milena passe les derniers mois de l'hiver à Prague. Elle le revoit en octobre, quatre fois. C'est peu et c'est essentiel, car Kafka lui remet alors la totalité de ses journaux pour qu'elle en prenne connaissance (ce qu'il n'a encore fait avec personne), avec instruction de les remettre à Max Brod après sa mort. Il la rencontrera encore deux fois l'année suivante, le 27 avril et le 8 mai, date à laquelle il lui confie le manuscrit d'*Amerika*. Milena songe désormais à revenir vivre à Prague et collabore régulièrement au *Národni Listy*. En 1926, elle fait la connaissance d'un brillant architecte, Jaromir Kejcár, membre du groupe d'avant-garde Devetšil, l'un des pionniers de l'architecture moderne tchécoslovaque, en tombe amoureuse, l'épouse et attend un enfant. Mais sa grossesse se passant très mal, elle en ressort avec une accoutumance à la morphine dont elle ne s'émancipera que dix ans plus tard. C'est le début d'une fin de vie atroce : vie de couple brisée, perte de son travail, éloignement du cercle de l'intelligentsia pragoise. Au milieu des années 1930, elle adhère au parti communiste et reprend, avec une énergie insoupçonnée, la rédaction de ses articles, se sépare définitivement de son mari, puis quitte le parti communiste. Lorsque son pays est envahi par les armées du IIIe Reich, elle rejoint la résistance de la première heure et participe à un réseau qui aide les Juifs à fuir hors du pays. Arrêtée une première fois par la Gestapo, et envoyée dans le camp de Benešov, puis en prison à Dresde, elle est de nouveau incarcérée, avant d'être déportée à Ravensbrück, où elle s'éteint au bout de cinq années de souffrances, le 17 mars 1944.

Avec Milena Jesenská, Kafka a mis un point final au grand roman de sa vie sentimentale, celle qui aurait pu jeter un pont viable entre la littérature et le monde. Avec Milena, il a au moins renoncé à introduire dans le jeu de la séduction ce qui a toujours été un poison pernicieux. Ce sont en effet ses incessantes allusions à la vie amoureuse de ses écrivains favoris, à Kleist, dont il se plaît à citer la correspondance à sa fiancée (« Ce sont à peine des réalités tangibles qui me font obstacle, la peur d'être heureux, le désir et l'obligation de me torturer pour un but supérieur ! ») mais surtout celle de Grillparzer. Il souligne l'importance que ce dernier a à ses yeux : « Cet homme était un être effroyable [...]. Une petite anecdote tirée de ses carnets ou de sa correspondance : les fiançailles étaient déjà rompues depuis longtemps, seuls les parents les plus faibles d'esprit croyaient encore à quelque lointaine possibilité de mariage. Katharina avait de beaucoup dépassé la trentaine. Un soir, G. est, comme la plupart des soirs, en visite chez les sœurs. Katharina est particulièrement gentille pour lui, moitié par pitié, il la prend sur ses genoux[1]... » Ce qui s'est passé entre l'écrivain et Milena a été d'une bien autre nature. Mais le mécanisme infer-

1. Lettre à Grete Bloch, 12 mai 1914, O.C. IV, p. 609.

nal enfoui au fond de lui l'empêche de renoncer au célibat — ou plutôt à son épouse exclusive, jalouse, l'écriture, qui repousse toutes ses rivales. Et puis il sait la triste réalité : le temps qu'il ne possède plus.

La défaite de l'hypocondriaque et la construction de son Château

À peine Kafka est-il allé reprendre son poste à la compagnie d'assurances après son long séjour à Merano que sa santé se détériore de nouveau pendant l'automne. Il est question de l'envoyer dans un nouveau sanatorium, à Szontagh, à Novy Smokovec, ceux qui se trouvent en Autriche étant trop onéreux. Au bout du compte, il part pour Matliary, en Slovaquie, au beau milieu de la chaîne des Tatras. L'arrivée dans cette localité le 18 décembre 1920 lui fait une grande impression qui s'amenuise au point d'être réduite à néant quand il se retrouve devant le sanatorium :

> Le traîneau m'attendait, le trajet au clair de lune à travers forêts et montagnes enneigées était encore très beau ; ensuite, nous sommes arrivés à un grand bâtiment, une sorte d'hôtel brillamment éclairé, mais nous ne nous sommes pas arrêtés, nous avons continué un petit bout de chemin jusqu'à une maison plongée dans le noir qui m'a paru suspecte [1].

1. Lettre à Ottla, vers le 27 décembre 1920, O.C. III, p. 998.

L'endroit ne lui plaît guère, sa chambre encore moins. Il en change. Mais les journées s'additionnent avec ennui et sans apporter d'amélioration, bien au contraire. Il est conscient d'être en train de s'enfoncer durablement dans la maladie. Elle le tient à sa merci ; désormais, elle ne le lâchera plus :

> Ma fatigue s'est aggravée, je passe des heures entières couché sur ma chaise, plongé dans un état crépusculaire. [...] Je ne vais pas bien ; certes, le médecin prétend que l'affection pulmonaire aurait régressé de moitié ; moi je dirais qu'elle a progressé de beaucoup plus du double, jamais je n'ai eu de tels accès de toux, jamais de tels essoufflements, jamais une pareille faiblesse[1]...

Il voudrait rentrer à Prague à la mi-mars. Mais le médecin le lui déconseille, lui prédisant un effondrement total. Une grippe intestinale vient alourdir un tableau clinique déjà désastreux. Avec le printemps, une embellie semble se profiler. Il écrit de nouveau à Brod pour lui faire savoir qu'il se sent infiniment mieux.

La maladie est entrée dans la vie de Kafka, et cela depuis son enfance, sous la forme d'une hantise permanente de ses effets. S'il n'a pas été ce garçon « énergique et robuste » que son père aurait souhaité, s'il est un peu maigre, fluet et fragile, surtout quand on pense à sa haute taille, il n'est en rien souffreteux. L'enfant timide et réservé ne brille pas vraiment en gymnastique à l'école ou au collège, mais jeune homme il se révèle un sportif

1. Lettre à Max Brod, début mars 1921, O.C. III, p. 1033.

accompli. Un de ses camarades de classe a remarqué qu'il « aimait pratiquer divers sports nautiques sur la Moldau ». D'autres, comme Hugo Hecht, sont surpris de le rencontrer plusieurs fois à la piscine. Max Brod, lui-même si chétif et tellement handicapé, est plein d'admiration pour son ami, qui fait preuve de qualités sportives qu'il ne lui aurait pas soupçonnées : « J'admirais la virtuosité avec laquelle Franz nageait et ramait, il dirigeait avec une dextérité particulière une nacelle. Il était toujours plus habile et hardi que moi[1]. » Les deux étudiants en droit malgré eux, fervents de littérature, consacrent beaucoup de leur temps libre à ces exercices nautiques dès le début de la belle saison : « Nous passons d'innombrables heures sur les planches des piscines de Prague ou sur la Vltava, dans des barques manœuvrant acrobatiquement à travers les barrages[2]. » Et cette habitude, Kafka n'y renoncera plus tard que contraint et forcé. En dehors de la natation et du canotage, il pratique un peu d'équitation, skie, joue au tennis lors de ses séjours avec Brod dans l'île de Primatoreninsel où on le voit par ailleurs arriver à bicyclette « avec la raquette devant le guidon, tandis qu'il sautait de la selle avec l'affable sourire embarrassé qu'il esquissa pour justifier un retard dû à la soigneuse toilette dominicale à laquelle il n'avait absolument pas pu se soustraire[3] ». Et puis il y a ces longues promenades avec les amis par les bois, les champs et les

1. *Franz Kafka*, Max Brod, pp. 116-117.
2. *Ibid.*, p. 130.
3. *Prague au temps de Kafka*, Patrizia Runfola, p. 42.

rivières ou ses errances solitaires dans les rues de Prague. Tant qu'il l'a pu, Kafka s'est forcé à ce genre d'exercices parce qu'il tient plus que tout à son apparence physique, mais aussi parce que cela constitue pour lui une véritable philosophie.

En effet, Kafka s'est fabriqué de toute pièce une conception un peu spartiate de la vie, inspirée par les nouvelles méthodes naturistes. Brod est bien forcé de constater qu'il pratique ces méthodes hygiénistes « dans une large mesure », ajoutant : « Il dormait la fenêtre ouverte. Lorsqu'on allait le voir dans sa chambre, on était surpris par l'atmosphère fraîche, presque froide. Il portait toujours des habits légers, même en hiver[1]... » De plus, c'est un végétarien convaincu. Dans une de ses premières lettres à Felice Bauer, on le voit se mettre en devoir de lui expliquer en quoi consiste son régime :

> Je fais trois repas par jour, dans l'intervalle je ne mange rien, mais ce qui s'appelle rien. Le matin, de la compote, des biscuits et du lait. À 2 heures et demie, par piété filiale la même chose que les autres, seulement dans l'ensemble un peu moins que les autres, en particulier encore moins de viande que peu, et davantage de légumes. Le soir à 9 heures et demie en hiver du yoghourt, du pain complet, du beurre, des noix et des noisettes, des châtaignes, des dattes, des figues, du raisin, des amandes, des raisins secs, des graines de potiron, des bananes, des pommes, des poires, des oranges. Naturellement tout cela est mangé au choix et non pas jeté pêle-mêle en moi comme au sortir d'une corne d'abondance. Aucun repas ne serait plus stimulant pour moi que celui-là[2].

1. *Franz Kafka*, Max Brod, p. 126.
2. Lettre à Felice Bauer, 21 novembre 1912, O.C. IV, p. 73.

Tout en lui précisant que les vrais végétariens ne lui sont pas sympathiques, préférant ceux qui « font peu cas de la nourriture, mangent de la viande ou n'importe quoi comme accessoirement, de la main gauche en quelque sorte, ce sont ceux-là que j'aime[1] », il ne s'en réjouit pas moins d'apprendre que Felice a aussi tendance à suivre une diète végétarienne. Et, cela va sans dire, il ne boit pas du tout d'alcool. Il va même jusqu'à fournir à Brod et à Baum une interprétation végétarienne de la Bible :

> Moïse a conduit les Juifs à travers le désert afin que, pendant ces quarante années, ils se déshabituent de manger de la viande. La manne, régime végétarien. Les cailles mortes, le désir des « potées de chair » égyptiennes. Dans le Nouveau Testament, Jésus est encore plus explicite, il dit du pain : « Ceci est mon corps »[2].

C'est un fait, Kafka aime la vie au grand air. Il apprécie surtout les escapades chez sa sœur Ottla à Zürau, dans la Bohême rurale. Il s'intéresse de près au jardinage et à l'horticulture. Il s'arrange même pendant une période pour passer quelques heures avec un jardinier dans le faubourg de Nulsle :

> J'avais principalement pour but de me délivrer quelques heures durant de la torture que je m'inflige à moi-même, et de fournir, en opposition au travail fantomatique du bureau qui me fuit positivement lorsque je veux le saisir [...], un travail stupide, honnête, utile, muet, solitaire, sain, fatigant[3].

1. Lettre à Felice Bauer, 24 novembre 1912, O.C. IV, p. 83.
2. Lettre à Max Brod, 13 janvier 1921, O.C. III, p. 1011.
3. Lettre à Felice Bauer, 7 avril 1913, O.C. IV, p. 359.

Il a les médecins en horreur, et se méfie d'eux, mais doit sans cesse se remettre à leur arbitrage. Très vite, il développe tous les symptômes de l'hypocondrie. Aussi, lorsque, en juin 1913, il rencontre Alfred Kubin, « visage jaunâtre, cheveux rares plaqués sur le crâne, de loin en loin, une lueur d'excitation dans les yeux[1] », ce dessinateur de génie qui est aussi écrivain lui apparaît comme un frère : leur rencontre au sommet est placée sous le signe de l'hypocondrie. Leurs discussions finissent donc toujours par tourner autour de questions relatives aux petits problèmes de santé parfois embarrassants :

> Toute la soirée, il parla fréquemment, et à mon avis avec le plus grand sérieux, de ma constipation et de la sienne. Mais vers minuit, comme je laissais pendre ma main sur le bord de la table, il aperçut un bout de mon bras et s'écria : « Mais c'est vrai que vous êtes réellement malade. » À partir de ce moment, il me traita avec encore plus d'indulgence, en outre, s'opposa aux autres, qui voulurent me persuader d'aller avec eux au b... Après que nous nous fûmes dit au revoir, il me cria encore de loin : « Regulin ! »[2].

À cela viennent s'ajouter beaucoup d'autres inconvénients hypothéquant sa bonne santé générale. À Grete Bloch, par exemple, il n'a de cesse d'exposer les tracas et les pénibles épreuves qu'il subit, nuit après nuit, à cause de ses insomnies à répétition : « Ma tête, qui n'a presque pas connu le sommeil depuis quatre nuits — cela allait déjà

1. *Journaux*, 12 juin 1914, O.C. III, p. 349.
2. *Journaux*, 30 septembre 1911, O.C. III, p. 85.

beaucoup mieux —, commence un peu à s'apaiser[1]. » Quelques jours plus tard, il revient sur cet argument :

J'avais cru avoir reconnu les causes de mon insomnie et je m'y suis attaqué. Maintenant c'est autre chose qui me tourmente. Et je commence à craindre que tout cela ne soit que des illusions derrière lesquelles le vrai noyau du vrai malheur attend, ce malheur dont je ne sais encore rien directement et que je ne connais que par ses intolérables menaces[2].

Et quand il écrit à Felice Bauer, il ne cesse de lui parler de ses « maux de tête qui [le] torturent continuellement », de ses cauchemars, et des fréquentes « interruptions de [son] sommeil ».

Mais il y a encore autre chose : la hantise permanente du bruit. En mars 1915, Kafka, qui songe à déménager, s'inquiète du problème des nuisances sonores : « [...] l'endroit est assez calme, mais je n'y ai pas encore travaillé, de sorte que je n'ai pas eu une expérience suffisante ni du calme, ni du bruit[3]. » Peu de temps après, il déchante :

Poursuivi par le bruit. Ma chambre est belle, beaucoup plus agréable que celle de la Bilekgasse. [...] Mais en bas les voitures font un vacarme auquel je commence cependant à m'habituer. Impossible, en revanche, de m'habituer aux bruits de l'après-midi. De temps à autre, un fracas dans la cuisine, ou le couloir. Au-dessus de moi, le roulement perpétuel d'une boule par terre, comme si l'on jouait aux quilles à une fin qui m'échappe, après quoi il y eut encore le piano d'en bas. [...]

1. Lettre à Grete Bloch, 16 ou 17 juin 1914, O.C. IV, p. 640.
2. Lettre à Grete Bloch, 26 juin 1914, O.C. IV, p. 644.
3. *Journaux*, 1er mars 1915, O.C. III, p. 384.

aujourd'hui, j'ai commencé dans la joie, puis subitement des gens se mettent à parler, à côté ou au-dessous de moi, avec des voix si fortes et si changeantes que j'ai l'impression qu'ils m'enveloppent de toutes parts[1].

Et cette obsession va s'accroître avec les progrès de la maladie :

J'étais encore loin d'avoir surmonté mes déboires avec le balcon ; certes le balcon du haut était momentanément tout à fait silencieux, mais mon ouïe aiguisée par l'angoisse perçoit tout, même le mécanicien dentiste, bien qu'il soit séparé de moi par quatre fenêtres et tout un étage. [...] Sa voix me cause des douleurs cardiaques[2].

Quand la maladie l'a définitivement rattrapé et qu'il est à sa merci, il se confie à Oskar Baum et lui développe sa théorie au sujet de son hypocondrie : « Veux-tu un diagnostic de profane ? La maladie physique est un débordement de la maladie spirituelle ; s'agit-il maintenant de la faire rentrer dans son lit, la tête naturellement s'y oppose, elle qui justement dans sa détresse a jeté dehors la maladie pulmonaire ; et voilà qu'on veut de nouveau la lui imposer[3]... » Il tient à peu près le même discours à Max Brod quelques mois plus tard, et lorsque, avant de partir pour Matliary, il reçoit Gustav Janouch, un très jeune poète venu lui présenter ses premières œuvres et qui lui prédit qu'il reviendra « rétabli de son séjour dans les Tatras », Kafka

1. *Journaux*, 17 mars 1915, O.C. III, p. 386.
2. Lettre à Max Brod, fin 1921, O.C. III, p. 1015.
3. Lettre à Oskar Baum, juin 1920, O.C. III, p. 988.

rétorque : « L'avenir, il est déjà en moi. Si quelque chose doit changer, ce sont ces blessures encore cachées, qui sont appelées à devenir plus visibles[1]. »

Au sanatorium, il fait la connaissance de Robert Klopstock, un jeune étudiant en médecine hongrois qui a contracté une lésion pulmonaire pendant la guerre et qui est aussi là pour soigner sa tuberculose. Ils s'entendent à merveille, Kafka appréciant sa gentillesse, sa discrétion, ses attentions touchantes. Une fois le jeune homme parti, il commence à correspondre avec lui : il peut lui parler sans retenue de la maladie et de son évolution car il sait pertinemment, en tant que docteur et victime du même mal, de quoi il s'agit.

Kafka rentre à Prague à la fin août 1921, loin d'être guéri. Il retourne immédiatement travailler mais, trop épuisé, n'écrit plus. À l'inverse de ce qui s'est passé un an plus tôt à son retour de Merano, plus un mot ne se laisse domestiquer par lui. Il avait alors pu produire un nombre important d'ébauches, de courts récits, des fragments. Cette fois, il doit se contenter de rédiger deux longues dissertations sur l'éducation des enfants, qui lui sont en partie inspirées par Swift, et qu'il destine à sa sœur Elli Hermann. Il continue à envoyer des cartes postales et des lettres à Minz Eisner et à Robert Klopstock, tous les deux loin de Prague et qui sont, au terme de cette douloureuse année, ses principaux correspondants. Il est retourné vivre chez ses parents, ce qu'il ressent comme un effroyable échec.

1. « Conversations avec Kafka », Gustav Janouch, in *J'ai connu Kafka*, p. 195.

Mais ce qui a changé fondamentalement, c'est qu'après une interruption totale de neuf mois, il reprend la rédaction de son journal. Les pages qu'il écrit alors à grand-peine sont les plus arides et abstraites de toutes celles qu'il a écrites jusqu'alors. Il semble avoir renoncé à ses méditations et à tous ses aphorismes nés d'une confrontation frontale avec la tradition juive, mais aussi et surtout à lui-même.

Sa relation au judaïsme est plus que complexe, contradictoire, tortueuse et ambiguë — comme d'ailleurs sa relation au sionisme. Elle prend un nouvel élan, après les nombreuses discussions au sein du Cercle de Prague, après sa rencontre avec l'acteur Löwy, quand il fait la connaissance de Jíří Mordechai Langer, le frère de František Langer, romancier, dramaturge et directeur de l'influente revue *Umlecky' mešiscnik*. Ce Jíří Langer, auteur des *Neuf portes*, un livre qui rassemble des récits de la tradition hassidique, rejette son éducation à l'occidentale et veut revenir aux sources de sa religion. Pour ce faire, il s'est rendu en Palestine en 1913, puis a vécu dans l'entourage immédiat d'un rabbin miraculeux à Blez, en Galicie. Kafka va le voir dans le quartier périphérique de Žižkov. Il découvre alors un rabbin digne d'un conte oriental, qui « porte un caftan de soie sous lequel on découvre des caleçons. Poils sur le dos du nez. Calotte garnie de fourrure qu'il déplace sans cesse en tous sens. Saleté et pureté, caractéristique des êtres qui pensent intensément[1] ». Il s'intéresse avec

1. *Journaux*, 14 septembre 1915, p. 396.

gourmandise à ses histoires et examine de près la question de l'obéissance au *zaddik*, un juste chez les hassidiques qui l'intrigue et le divertit. Il rapporte dans son cahier, sans oublier le moindre détail, l'histoire du *zaddik* suprême, le Zaddik Hador, et celle de Baalschem, qui est encore placé plus haut que lui. Il est manifestement ébloui, non par ces bizarreries religieuses sur lesquelles il n'a aucune prise faute d'initiation et aussi d'intérêt, mais par leur inconcevable richesse féerique. Il est aussi enchanté par les récits de tous ces rites archaïques dont il prend connaissance grâce à Langer, telle cette interdiction qui est faite de s'intéresser aux belles-lettres, comme d'ailleurs à n'importe quelle science, avant l'âge de soixante-dix ans ! Avec Langer, il est immergé dans une fiction qui dépasse la fiction !

À la fin de l'année 1917, Kafka écrit à Brod pour tenter de lui faire partager sa nouvelle marotte pour les contes hassidiques parce qu'ils sont « les seules choses juives dans lesquelles je me retrouve tout de suite et me sente aussitôt chez moi indépendamment de mon état d'esprit ; pour tout le reste, je n'y entre qu'à la faveur d'un coup de vent et un autre courant d'air m'en fait repartir[1]. » On ne saurait être plus clair ! Quant à l'engagement de Kafka en faveur de la cause sioniste, il est presque impossible de comprendre jusqu'à quel point il arrive à se reconnaître dans ses objectifs. Brod fait état d'une discussion sur ce thème entre Martin Buber, Franz

1. Lettre à Max Brod, 1917, O.C. III, p. 807.

Werfel, Otto Pick, Oskar Baum et lui-même, le 23 août 1913, lors d'une partie de canotage et d'une baignade par forte canicule ; il la rapporte dans son Journal : « Kafka. Sur les problèmes sociaux. Au parc municipal. À partir de ce moment-là, Kafka s'est de plus en plus rapproché de mes convictions sionistes[1]. » Gustav Janouch n'hésite pas à grossir le trait et à affirmer que « Kafka était un partisan convaincu du sionisme[2] ». Voire... ce qu'on peut avancer, c'est que Kafka a une conscience aiguë de la situation acrobatique et forcément dangereuse de l'homme juif dans l'Europe moderne. Il sait que cette situation est le fruit d'une longue, d'une très longue histoire dont les fondements sont faussés. Quand il se promène dans la vieille ville avec Janouch, il veut lui expliquer en prenant simplement appui sur la pure géographie des lieux :

> Vous voyez la synagogue ? Elle est dominée par tous les bâtiments qui l'entourent. Parmi ces immeubles modernes, elle est un fragment de Moyen Âge, un corps étranger. C'est le sort de tout ce qui est juif. C'est l'origine des tensions hostiles qui constamment se condensent en réactions agressives[3].

À en croire Janouch, Kafka a le pressentiment du pire : « La synagogue est déjà au-dessous du niveau de la rue. Mais on ira plus loin. On tentera d'écraser la synagogue, ne serait-ce qu'en anéantissant les Juifs eux-mêmes[4]. » La « Lettre à son père » représente en tout cas un plaidoyer vibrant contre le

1. *Franz Kafka*, Max Brod, p. 130.
2. *Conversations avec Kafka*, Gustav Janouch, p. 136.
3. *Ibid.*, p. 184.
4. *Ibid.*

judaïsme de façade de ses parents. Mais ne prononce-t-il pas dans cette même « Lettre », si sévère et néanmoins autopunitive, une phrase révélatrice de par son ambiguïté troublante : « Le Salut dans ma fuite devant toi, je l'ai trouvé tout aussi peu dans le judaïsme[1] » ?

Curieux des idées radicales-socialistes ou anarchistes pendant ses études universitaires, Kafka l'est tout autant du sionisme, mais sans l'application (ni l'implication) qui est celle de ses amis du Cercle de Prague. Il veut se rapprocher de tout ce qui a été l'origine de la singularité du peuple juif, et lit avec avidité et bonheur la colossale *Histoire des Juifs*, de Heinrich Graetz, comme il se plonge avec ferveur dans l'*Histoire de la littérature yiddish* de Pines. Il partage les préoccupations de sa génération, qui, après la Grande Guerre, se retrouve dans un terrible porte-à-faux. Mais il n'épouse pas ses combats. Quand il assiste à la conférence de son ancien condisciple Hugo Bergmann sur Moïse et le présent, il note : « En tout cas je n'ai rien à voir avec cela[2]. » Et, le même jour, il s'écrie : « Les belles et fortes disjonctions dans le judaïsme[3] » ! Max Brod est forcé d'admettre que dans sa sinueuse évolution intellectuelle vers le sionisme, Kafka a fait un pas plus long et plus décisif que le sien : « Là aussi, il finit par me devancer, grâce à ses études poussées de la langue hébraïque[4]. » Pour s'initier à cette langue, il s'est

1. « Lettre à son père », O.C. IV.
2. *Journaux*, 17 décembre 1913, O.C. III, p. 327.
3. *Ibid.*, p. 328.
4. *Franz Kafka*, Max Brod, p. 130.

adressé en premier lieu à Friedrich Thieberger, fils de rabbin et philologue de talent qui a déjà pu observer à propos de lui que « ses convictions métaphysiques n'avaient rien à voir avec les nôtres[1] ». Thieberger ne connaît que l'hébreu biblique et avoue à son ami : « [...] j'étais moi-même peu habitué à mener une conversation de tous les jours. » Devant l'insistance de Kafka, il finit par accepter :

Dès lors et durant de nombreuses semaines, nous nous sommes retrouvés chez lui à heure fixe, le plus souvent dans une pièce derrière la cuisine qui donnait sur la cour. Il me suivait à la lettre avec un cahier de vocabulaire et des exercices écrits et se fâchait à la moindre inexactitude du manuel. Une seule fois il ne fit pas ses exercices et s'en excusa par une phrase qu'il prononça en hébreu : « Je suis malade, je suis très malade »[2].

Jiří Langer accepte à son tour de dispenser cet enseignement de l'hébreu moderne à Kafka. L'auteur de *L'Érotisme de la Kabbale* accueille volontiers cet élève, étrange mais très appliqué, dans la classe qu'il donne l'après-midi. Miriam Singer, auteur de *Das verschlossene Buch* (un livre de contes juifs pour enfants), y assiste également et remarque avec étonnement que Kafka disposait d'un petit cahier où il reportait chaque mot hébreu prononcé, et avait, pour apprendre plus facilement, une méthode bien à lui, recourant à des « associations d'idées, souvent pleines d'humour ». Et il se moque parfois des sionistes, qui prennent l'initiation de l'hébreu telle-

1. « Kafka et les Thieberger », Friedrich Thieberger, in *J'ai connu Kafka*, p. 157.
2. *Ibid.*, pp. 158-159.

ment à la légère : « [Il] fit une remarque très juste : “Les sionistes pragois commencent en septembre avec la première leçon du Moses-Rath ; puis ils sont des élèves très sérieux jusqu'au mois de juin. Durant les vacances, ils réussissent à oublier tout ce qu'ils ont appris avant de recommencer en septembre avec la première leçon du Moses-Rath” [1]. » Puis Kafka suit les cours de conversation de Puah Ben-Touim, qui est venue à Prague sur les conseils de Hugo Bergmann. Kafka lui déclare avoir l'intention d'aller en Palestine avec elle.

À côté de cette initiation à l'hébreu, ce que la méthode étudiée par Kafka appelle *Sfat Amenou* (« La langue de notre peuple »), qu'en est-il de sa création littéraire ? Après la très renversante, la très exaltante et aussi très consternante rencontre amoureuse avec Milena Jesenská, Kafka n'est plus en mesure de reprendre la plume et de se consacrer à la fiction. Il voit miraculeusement trois années de négociations pénibles avec Kurt Wolff aboutir enfin pendant l'automne 1920 à la publication d'*Un médecin de campagne*, qu'il a tenu à dédier à son père, « avec acharnement ». Friedrich Thieberger, relevant la bizarrerie de la dédicace, s'entend rétorquer par Kafka : « Mais cette dédicace à mon père, je l'ai faite ironiquement. Je viens de finir hier une lettre de cent pages adressée à mon père [...] tout au long de laquelle je me confronte avec lui [2]. » Cette publication a été précédée d'une

1. « Cours d'hébreu avec Kafka », Miriam Singer, in *J'ai connu Kafka*, P. 178.
2. « Kafka et les Thieberger », Friedrich Thieberger, in *J'ai connu Kafka*, p. 160.

longue et éprouvante bataille de positions pour obtenir un second jeu d'épreuves. Les silences s'éternisent, des problèmes sans fin sur l'ordre des textes voient le jour, sans oublier la fameuse affaire du sous-titre : dans l'esprit de son auteur, sur le recueil doivent absolument figurer les mots *Petits récits* alors que l'éditeur, sans le prévenir, fait imprimer *Nouvelles méditations* ! Après plusieurs échanges de lettres au ton glacial et à l'ironie cinglante, révélant des deux côtés une irritation grandissante, l'ouvrage paraît enfin dans une collection de luxe nommée « Drugulin », mais l'affaire n'est pas close. Au moment où *Un médecin de campagne* doit être mis sous presse, Kurt Wolff est revenu sur son refus catégorique de publier *Dans la colonie pénitentiaire*. Mis en composition au printemps 1919, le livre ne paraîtra qu'à l'automne.

Ces deux dernières aventures éditoriales chez Wolff ont excédé Kafka parce qu'elles ont été trop longues et trop éprouvantes pour ses nerfs. Elles le dissuadent de poursuivre sa collaboration avec lui, même s'il se retrouve provisoirement sans éditeur. Wolff a beau lui proposer en 1921 d'être illustré par le célèbre peintre expressionniste de *Die Brücke* Ernst Ludwig Kirschner, il ne se laisse pas fléchir, et se promet de ne plus lui confier ses manuscrits.

Ce n'est qu'au début de l'année 1922 qu'il fait à nouveau allusion à ce qui est la seule grande affaire de sa vie, à laquelle il a tant sacrifié ; passion si forte qu'il ose à peine se l'avouer dans l'intimité de son journal. Défait, il écrit à Klopstock : « Il y a quelque temps que j'ai commencé à écrire pour me guérir de ce qu'on appelle les nerfs. » C'est cette « passion » qui le tient encore en éveil tous ces mois d'hiver avec un bonheur exceptionnel. Il lit à Max Brod le début de son roman, *Le Château*, compose plusieurs nouvelles, dont « Premier chagrin », « Le départ », « Défenseurs » et « Un artiste de la faim ». Plusieurs d'entre elles paraissent même en revue les semaines qui suivent. L'œuvre avance, douloureusement, mais l'énorme édifice romanesque de Kafka demeurera pourtant inédit de son vivant, parce qu'en partie inachevé et loin d'avoir été relu et préparé en vue de la composition puis de la publication.

Une année à Berlin, Jérusalem terrestre

Tout semble devoir commencer pour Franz Kafka pendant l'été 1923, alors qu'en réalité tout est sur le point de se terminer. Il décide de passer ses vacances avec Elli Hermann, sa sœur aînée, et ses deux enfants, Felix et Gerti, près de la station balnéaire de Müritz. Ce séjour sur les rives de la Baltique promet au moins d'être paisible. Il compte s'y reposer d'une fatigue accablante causée par ses problèmes de santé. Il s'arrête à Berlin en cours de route pour tenter de rendre visite à Pua Menczel Ben-Touim, qui a été son professeur d'hébreu. Il a eu le projet de la rejoindre à Eberswald dans un camp de vacances où elle travaille. Il écrit à Max Brod pour lui dire qu'il a tenté d'aller voir cette colonie, « mais le dieu lare d'Emmy a triomphé et nous sommes restés à Bernau ». Il constate qu'il y a une autre colonie à Müritz où l'on voit des « enfants aux yeux bleus, sains et gais [qui] font ma joie ». En fait, il a renoncé à s'y rendre chemin faisant parce qu'il est malade. À Müritz, l'initiative du Dr Siegfried Lehmann, directeur du Foyer populaire juif de Berlin, qui vient de mettre sur pied une colonie de vacances, occupe toute son attention. Il fait bientôt connaissance de ses maîtres et rencontre les enfants, qu'il contemple avec joie, parce qu'ils sont « sains et qu'ils parlent hébreu [1] ». Son enthousiasme est tel qu'il fait immédiatement part de son bonheur éphémère à Hugo Bergmann (« Des Juifs de l'Est sauvés du danger berlinois par des Juifs de l'Ouest ») en terminant son message par ces mots qui se passent de commentaire : « Quand je suis parmi eux, je ne suis pas heureux, mais sur le seuil du bonheur [2]... »

Lors de ce séjour, il s'intéresse plus particulièrement à une toute jeune fille : Tile Rössler. Elle deviendra plus tard une danseuse estimée et une chorégraphe reconnue en Israël. Elle ne reste pas indifférente à l'intérêt que lui porte cet homme singulier : elle en parlera plus tard dans un roman qu'elle publiera en 1943, *Dinah et l'écrivain*. Elle y relate, avec beaucoup de liberté, sa rencontre avec Kafka et, surtout, comment ce dernier en est venu à s'intéresser à une autre jeune fille du camp de vacances qui n'aura bientôt plus de secrets pour lui :

> Dinah [...] joua de manière inconsciente un rôle d'intermédiaire. C'est elle que Kafka remarqua d'abord, durant une représentation théâtrale donnée par les enfants du camp, et qu'il invita chez lui ; c'est elle qui fut autorisée à venir jusqu'à son fauteuil de plage, et avec qui il eut des conversations [...]. Et ce fut elle également qui la première fois invita Kafka à par-

1. Carte postale à Robert Klopstock,13 juillet 1923, O.C. III, p. 1217.
2. Lettre à Hugo Bergmann, 13 juillet 1923, O.C. III, p. 1218.

ticiper aux soirées organisées par le foyer. Elle lui accorda une totale confiance, elle lui fit don de toute son âme. Avant finalement que cette adolescente ne présente l'écrivain à Dora, directrice de la cantine [...] sans se douter bien entendu de l'importance que ces deux êtres allaient avoir l'un pour l'autre[1].

Tile Rössler ne reste donc pas indifférente au charme singulier de Kafka et n'est pas loin d'éprouver à son égard un sentiment amoureux qui aurait pu être partagé si, lors d'un dîner organisé dans le camp pour fêter l'*Oneg Shabbat*, Franz Kafka n'y avait pas croisé une certaine Dora Diamant (orthographiée « Dymant » par Max Brod) qui travaille comme employée à la cantine et relate dans ses mémoires sa rencontre avec le grand homme :

Un jour, je vis une famille, les parents et leurs deux enfants, qui jouait sur la plage. C'est l'homme surtout que je remarquai, et je ne parvins pas à oublier l'impression qu'il avait produite sur moi. J'en vins même à suivre ces gens dans la ville, et par la suite, je les rencontrai de nouveau. Un jour, on nous annonça au Foyer populaire qu'un certain Dr Franz Kafka viendrait dîner avec nous. C'était l'heure où j'avais beaucoup à faire dans la cuisine. Lorsque je pus enfin lever les yeux de mon travail — la pièce était devenue plus sombre et quelqu'un se tenait dehors devant la fenêtre — je reconnus l'homme que j'avais aperçu sur la plage [...]. « De si jolies mains pour ce travail de boucher », fit-il d'une voix très douce[2].

Dora Diamant est âgée de dix-neuf ans. Issue d'une famille hassidique très respectée, elle l'a quit-

1. « Rencontre à Müritz », Tile Rössler, in *J'ai connu Kafka*, p. 220.
2. « Ma vie avec Franz Kafka », Dora Diamant, in *J'ai connu Kafka*, pp. 225-226.

tée pour échapper au confinement parental, sans pour autant renier ses convictions religieuses, et a fini par s'installer à Breslau, puis, pour trouver du travail, à Berlin. C'est une hébraïsante remarquable. Selon Brod, Kafka aurait, dès leurs premières conversations, été frappé par la lecture qu'elle a faite d'un chapitre d'Isaïe dans le texte, et aurait immédiatement discerné en elle des talents de comédienne. Peut-on parler d'un nouveau coup de foudre ?

Alors qu'il s'apprête à quitter Müritz, Kafka répond longuement à Tile Rössler, qui lui a envoyé deux lettres. Immédiatement, il lui parle de sa relation avec Dora : « C'est une merveilleuse créature[1]. » Dans de longues pages nourries dont il a le secret, Kafka tient aussi à lui faire comprendre qu'il émet une réserve sérieuse à l'encontre du Foyer, sans expliquer laquelle. Et pour cause : la véritable explication, il la fournit à Robert Klopstock quand il lui annonce que ses proches font leurs bagages et qu'il doit faire de même :

> Nous partirons lundi matin, et certes je pourrais prolonger mon séjour si j'étais capable de rester seul. Dans ce sens-là je ne pourrais pas vivre uniquement de la colonie, car je n'y suis qu'un invité. Et pas même un invité sans équivoque puisqu'un lien personnel interfère maintenant avec les liens collectifs[2].

La véritable explication, c'est Dora... Il prend le train pour Berlin le 6 août, et assiste à la repré-

1. Lettre à Tile Rössler, 3 août 1923, O.C. III, pp. 1221-1222.
2. Lettre à Robert Klopstock, début août 1923, O.C. III, p. 1224.

sentation des *Brigands* de Schiller. Trois femmes l'accompagnent, dont Tile Rössler, qui comprend immédiatement, la mort dans l'âme, ce qui se passe entre Kafka et Dora :

> [...] il emmena la petite Dinah pour aller voir *Les Brigands* de Schiller (« Tu as entendu ? Tu as vu ? La canaille s'appelle Franz ») mais seulement lorsque Dinah, invitée par Kafka après son déménagement dans l'appartement de Stieglitz, y trouva Dora [...] métamorphosée en maîtresse de maison.

Avant de rentrer à Prague, Kafka s'arrête quelques jours à Schlesen pour reprendre des forces. Il est fiévreux, épuisé, et de méchante humeur. Au début du mois de septembre, prétextant qu'il n'a rien écrit depuis longtemps et n'est donc en possession d'aucun inédit, il refuse une proposition que lui a faite l'écrivain suisse Carl Seelig, qui vient de créer une collection intitulée « Die Zwölf Bücher » (« Les Douze Livres ») en dépit de la très honnête somme d'argent qui est proposée. Pris de remords, parce qu'il trouve son refus formulé de façon trop abrupte, sans pour autant revenir sur sa décision, il lui conseille de publier Ernst Weiss !

De retour à Prague fin septembre, il doit affronter ses parents et leur parler de ses projets. Il reste sourd à toutes leurs objections. La veille de son départ pour l'Allemagne, il passe une nuit désastreuse qu'il raconte à sa jeune sœur une fois arrivé à Berlin quelques jours plus tard :

Pour dire vrai, j'étais aussi un peu hébété, car la nuit d'avant avait été l'une des pires que j'aie jamais connues, divisée à peu près en trois parties : d'abord un assaut de toutes les angoisses que j'ai, et aussi fortes que ces angoisses-là, aucune armée de l'histoire mondiale ne l'a été ; ensuite je me suis levé, j'ai réveillé la pauvre bonne mademoiselle [Marie Werner] (qui dormait dans ma chambre à cause de la pose des rails du tramway, épuisée après avoir fait mes bagages, une affaire terriblement compliquée) ; j'ai été chercher du Froligan, je l'ai avalé goulûment et j'ai sommeillé un quart d'heure, mais cela s'est arrêté là, et j'ai passé le reste de la nuit à rédiger un télégramme annulant la location de ma chambre à Berlin et à me désespérer de le faire. Le matin toutefois je ne suis pas tombé en me levant (grâce à toi et à Schlesen) et je suis parti, consolé par la demoiselle, effrayé par Pepa [son beau-frère Josef David], affectueusement querellé par père, regardé tristement par mère[1].

Mais qu'importe tout cela, Kafka est enfin parvenu à rejoindre Dora Diamant.

Dans un premier temps, raconte Dora, nous avons vécu à Steglitz, dans un studio, puis à Zehlendorf, où nous avons eu deux pièces. Nous sommes partis du premier appartement à cause de la propriétaire. Kafka l'a décrite en ces termes dans *Une petite femme* : « Elle ne s'occupait de moi qu'avec mauvaise volonté, une mauvaise volonté permanente qui semblait la stimuler »[2].

Après plusieurs problèmes avec la logeuse, une certaine Mme Hermann, le couple doit affronter des difficultés, d'ordre pécuniaire cette fois, et

1. Lettre à Ottla, 26 septembre 1923, O.C. III, p. 1233.
2. « Ma vie avec Franz Kafka », Dora Diamant, in *J'ai connu Kafka*, p. 228.

Franz va même jusqu'à écrire à Ottla pour lui demander de leur envoyer du beurre. Côté santé, la situation n'est guère brillante. Kafka confie à Max Brod qu'il s'essouffle pour un oui ou pour un non et qu'une toux tenace l'étreint. Aux unes et aux autres, il ne cesse de souligner le caractère dramatique de la situation politique et économique dans l'Allemagne de Weimar, écrivant plus particulièrement à Max Brod :

> Tu as certainement raison en ceci : si les conditions de vie à Berlin étaient restées les mêmes que l'année dernière par exemple, si donc elles étaient faibles, avec des possibilités variées, des distractions agréables, etc., il est très probable que cette explosion aurait eu lieu ; mais nullement parce qu'il n'y aurait pas eu de feu dans le volcan, simplement parce qu'il se serait cherché d'autres issues ; il aurait pu en résulter des périodes paisibles, mais sûrement de façon durable, car il y a là une souffrance centrale à quoi bien d'autres choses se mêlent et qui change d'aspect selon les époques — surtout sous l'influence visiblement toute-puissante de ta présence — mais qui n'existe pas moins toujours. [...] Or, le Berlin d'aujourd'hui ne peut pas amener cette paix provisoire[1].

Dora Diamant et Franz Kafka déménagent le 15 novembre, le jour de la dévaluation du mark, élisant domicile au n° 13 de la Grünewaldstrasse, dans une belle villa tenue par Frau Dr Rethberg. Ils n'y ont que deux petites chambres à leur disposition. Mais ils s'en contentent. Et Kafka est heureux de se trouver loin du centre de l'ancienne capitale, ainsi qu'il l'expose à sa sœur dans une de ses mis-

1. Lettre à Max Brod, 5 novembre 1923, O.C. III, p. 1265.

sives : « Ici, en banlieue nous avons jusqu'à présent une paix profonde[1]. » Et il précise dans une brève carte postale :

> Quand on regarde comme ça par la fenêtre : le ciel bleu, toute cette verdure, puis qu'on revient à la chambre : les fruits, les fleurs, le beurre, le kéfir et que l'on continue à penser : les beaux parcs, le Jardin botanique, le Grunewald et qu'on se laisse emporter encore plus loin : une soirée infiniment chère au théâtre[2]...

Max Brod se rend à Berlin au milieu du mois de novembre. Une chose le rassure au moins : son ami connaît le bonheur en dépit d'une situation précaire :

> J'y trouvai une vie idyllique, je voyais enfin mon ami dans de bonnes dispositions. Son état physique avait empiré, il est vrai, mais pas encore assez pour inspirer des craintes sérieuses. Franz parlait des démons dont il était à présent débarrassé : « Je leur ai glissé entre les doigts. Ce départ pour Berlin fut magnifique, ils me cherchent maintenant, mais ils ne me trouvent pas, pour le moment du moins »[3].

De son côté, écrivant à son autre sœur, Valli, Kafka se met en scène avec une ironie joyeuse, et le cœur léger au milieu de son petit paradis domestique : « Ma table est près du poêle, je viens juste de quitter le coin du feu parce qu'il y fait trop chaud, même pour mon dos éternellement glacé ; ma lampe à pétrole brûle magnifiquement, c'est un

1. Lettre à Ottla, 13 octobre 1923, O.C. III, p. 1243.
2. Lettre à Ottla, 14 octobre 1923, O.C. III, pp. 1243-1244.
3. *Franz Kafka*, Max Brod, p. 228.

chef-d'œuvre, dû à l'art de l'acheteur autant qu'à celui du fabricant[1]... » Dans ce tableau idyllique, il oublie bien entendu de préciser de lui dire que la « lampe à pétrole » n'est là que parce qu'on leur a coupé l'électricité et le gaz à cause de factures impayées.

Et Kafka s'est remit à écrire avec résolution. Et Dora considère à juste titre que l'écriture est son oxygène :

Il ne respirait que les jours où il écrivait. Lorsqu'on dit de lui qu'il écrivit quatorze jours à la suite, cela veut dire que, durant quatorze soirées et quatorze nuits d'affilée, il ne s'était pas arrêté d'écrire. D'habitude, avant de commencer à écrire, il se promenait d'un pas lourd, avec un air renfrogné. Puis il parlait peu, mangeait sans appétit, ne s'intéressait à rien, et était très abattu ; il voulait être seul[2].

Elle raconte aussi à propos de son récit *Ein Hungerkünstler* (*Un artiste de la faim*) qu'il « a été écrit en une seule nuit durant l'hiver. Il commença en début de soirée et termina vers le petit matin, avant d'y retravailler[3] ». Cette rage d'écrire émerveille Dora qui l'observe en silence :

Un jour, après dîner, il écrivit très longtemps, si bien que malgré la lumière je finis par m'endormir. Puis tout d'un coup, il fut là, assis à côté de moi qui m'étais réveillée. Je le regardais. Une transformation très sensible s'était accomplie sur son visage ; les traces de la tension de l'esprit qui l'avait agité étaient si visibles que son visage en avait été complètement métamorphosé. Il me raconta l'histoire, alternant le ton de la

1. *Franz Kafka*, Max Brod, p. 229.
2. « Ma vie avec Franz Kafka », Dora Diamant, in *J'ai connu Kafka*, p. 230.
3. *Ibid.*

plaisanterie avec un ton plus sérieux. Il s'agissait d'un récit autobiographique, où le sentiment de peur panique avait peut-être été provoqué par le pressentiment de son retour chez ses parents et la fin de la liberté. Il m'explique que dans ce « terrier » j'étais « le cœur de la citadelle »[1].

Même Max Brod, à qui il lit un fragment de la nouvelle qu'il vient de terminer lors de son bref passage à Berlin, est sous le charme, admire son ardeur au travail et pense que Kafka approche alors la perfection. Mis en relation avec le directeur de la maison d'édition Die Schmiede, Kafka consent d'ailleurs sans difficulté, ce qui est si rare chez lui qu'il faut le noter, à la publication de quatre nouvelles, auxquelles il donne le titre d'*Ein Hungerkünstler*.

Quand il n'écrit pas, Kafka lit. Il lit les livres de Martin Buber, *Die Feuerprobe* (*L'Épreuve du feu*), d'Ernst Weiss, l'article de Max Brod sur Franz Werfel, la revue de Karl Kraus, *Die Fackel*. Il lit la Torah, les commentaires de Rachi sur la Torah et le Talmud, ou un roman de Brunner qu'il n'apprécie guère. Et quand il se risque dans le centre de la ville déchue, il ne le fait que pour suivre des cours de culture hébraïque à la Hochschule für der Wissenschaft des Judentums située dans l'Artilleriestrasse. Il écoute le professeur Torcyner et les commentaires du Talmud enseignés par le professeur Guttman. Il ne fréquente plus beaucoup Puah Menczel Ben-Touim, qui, lors de leur installation, est venue les aider : apprenant des rudiments de couture à Dora et initiant Kafka à l'hébreu encore

1. *Ibid.*

quelque temps. Elle comprend qu'il recherche toujours des racines.

> Je crois que son attirance pour Dora Diamant fut en grande partie nourrie du fait qu'elle appartenait à une famille hassidique ultraconservatrice. Il voulait tout savoir de la vie des pionniers juifs là-bas, il voulait se familiariser avec les techniques agricoles car il parlait d'aller lui aussi travailler la terre. En raison de sa faiblesse physique et de ses contradictions personnelles, l'étude de l'hébreu finit par devenir son lien symbolique avec la Palestine[1].

Ce qui est sûr, c'est que Kafka a eu l'intention de s'initier à l'horticulture dans le droit-fil de cette double rêverie à propos du retour aux origines : la reconstruction d'Israël par les pionniers et la vie pratique de la vie simple et saine, à la campagne. C'est tout du moins ce qu'il s'imagine non sans naïveté.

Mais Kafka souffre de plus en plus. Il est affligé par une forte fièvre entre Noël et le jour de l'an. Il s'inquiète surtout des frais médicaux. Et les privations ne sont pas faites pour arranger les choses : « Toutefois, le principal obstacle est ma santé ; aujourd'hui, par exemple, j'attendais un coup de téléphone d'E., mais je ne puis pas facilement aller dans la chambre froide d'à côté, car j'ai 37,7 et je garde le lit[2]. »

En février 1924 survient un nouveau déménagement. Le couple change pour la première fois de

1. *Ibid.*
2. Lettre à Max Brod, mi-janvier 1924, O.C. III, p. 1283.

quartier, s'installant à Zehlendorf. La propriétaire est la veuve de l'écrivain Carle Busse. Kafka sait qu'il ne va pas pouvoir faire face à cette nouvelle dépense, et en parle à Brod, avec un mélange de désespoir et d'ironie : « Si l'on se restreint quant au logement (à vrai dire trop bien, le mois prochain je céderai une chambre) et à la nourriture (à vrai dire remarquable, surgie comme par enchantement de deux réchauds à alcool et d'une marmite norvégienne — assurément un luxe excessif comparé avec le système de ce monsieur qui, aux dires de ma dernière propriétaire, cuit tout exclusivement dans son lit[1]. »

Jour après jour, Kafka voit sa santé décliner dangereusement : « Mon cher Robert, cela ne va pas, je ne peux pas écrire[2] », confie-t-il à Klopstock mi-février. Au début du mois de mars, le Dr Ludwig Nelken, que Dora a connu à Breslau, accepte d'examiner le malade. Le jeune spécialiste, qui va devenir une sommité à Jérusalem, ne peut que prendre acte d'une situation sans issue : « Il n'était pas dans son lit lorsque je suis entré dans la chambre. [...] Mais il était dans un état épouvantable. [...] Tout ce que je pouvais faire en ce temps-là, c'était de lui prescrire de quoi apaiser la toux et les autres symptômes[3]. » Et le médecin a conservé une image forte et trouble de cette rencontre, Kafka étant parfaitement conscient du fait qu'il n'est plus temps de le sauver : « Il s'appuya

1. *Franz Kafka*, Max Brod, p. 233.
2. Lettre à Robert Klopstock, 19 février 1924, O.C. III, p. 1290.
3. « Une consultation médicale chez Kafka », Ludwig Nelken, in *J'ai connu Kafka*, p. 240.

contre le rebord de la fenêtre en m'adressant un sourire amical, comme s'il avait presque pitié de moi et voulait me dire : " Pourquoi gaspiller votre temps et votre talent avec moi, jeune homme ? Il est trop tard pour me venir en aide" [1]... »

Il ne reste plus qu'une solution : le sanatorium. Kafka refuse de s'y résoudre, toujours pour des raisons financières. À quoi cela pourrait-il servir ? Il sait qu'il ne peut plus rien contre cette fatalité, comme il le dit à Klopstock : « Je m'oppose au sanatorium, ainsi d'ailleurs qu'à la pension : mais à quoi bon, puisque je ne puis pas m'opposer à la fièvre [2] ? » Il fait semblant de peser le pour et le contre, évoquant les charmes de la « vie naturelle » d'une part, sa faiblesse et son incapacité à se déplacer, de l'autre : « [...] aussi l'idée d'aller paisiblement m'enterrer vivant dans un sanatorium ne m'est-elle pas toujours absolument désagréable [3]. »

Cette fois, il a bel et bien perdu la bataille.

Dans ces mois écoulés à Berlin au milieu du dénuement le plus total, mais aussi dans l'antichambre du bonheur, alors qu'il prend lentement conscience de l'imminence de sa mort, Kafka vit cependant une très belle histoire que Dora Diamant a conservée précieusement comme une sorte de conte merveilleux, si révélateur de l'univers de cet homme qu'elle a aimé avec passion et dévotion. Lors d'une de leurs fréquentes promenades dans le

1. *Ibid.*, p. 239.
2. Lettre à Robert Klopstock, début mars 1934, O.C. III, p. 1291.
3. *Ibid.*

parc de Steglitz, ils rencontrent une petite fille qui pleure. Ils lui demandent ce qui la fait tant pleurer et elle répond qu'elle a perdu sa poupée. « Afin d'expliquer sa disparition, Kafka avait inventé sur-le-champ une histoire tout à fait vraisemblable : « Ta poupée fait juste un petit voyage, je le sais, car elle m'a envoyé une lettre. » Mais la petite fille l'avait regardé d'un œil méfiant : « Tu l'as avec toi, cette lettre ? » lui avait-elle demandé. « Non, je l'ai laissée à la maison, mais je te l'apporterai demain », avait-il répondu.

Sitôt rentré chez lui, Kafka s'était mis à écrire la fameuse lettre. Le jour suivant, il l'avait apportée à la petite fille : « La poupée expliquait qu'elle en avait eu assez de vivre dans la même famille, elle y exprimait le souhait de changer d'air, en un mot elle voulait se séparer quelque temps de la petite fille qu'elle aimait pourtant beaucoup[1] », raconte Dora dans ses mémoires. L'histoire n'est pas terminée… La poupée écrit ainsi tous les jours pour raconter la nouvelle vie passionnante qu'elle mène…

Quelques jours après, poursuit Dora, l'enfant avait oublié la perte de son jouet et ne pensait plus qu'à la fiction qui lui avait été offerte en compensation. Franz écrivit chaque phrase du roman avec tellement de précision et d'humour que la situation de la poupée devint très facile à comprendre : la poupée avait grandi, était allée à l'école, avait rencontré d'autres personnes. Elle assurait toujours l'enfant de son amour[2]...

1. « Ma vie avec Franz Kafka », Dora Diamant, in *J'ai connu Kafka*, p. 228.
2. *Ibid.*, p. 229.

Avec ce roman, Kafka vient enfin de rencontrer la lectrice idéale, une lectrice qui, comme lui, préfère la « vraie vie » de la fiction à la vie réelle. Il n'a plus que quelques mois à vivre[1].

Fin de partie
au centre d'un empire éteint

À la fin du mois de janvier 1924, Kafka confie à Max Brod :

> Cher Max, d'abord je ne t'ai plus écrit parce que j'étais malade (forte fièvre, frissons), et comme suite de la maladie, des honoraires de soixante-dix couronnes pour une seule visite de médecin ; D[ora] a pu les faire réduire de moitié en marchandant après coup : en tout cas depuis j'ai dix fois plus peur qu'avant de tomber malade, une place de deuxième classe à l'hôpital juif coûte soixante-quatre couronnes par jour[1]...

Cette lettre où il évoque longuement l'angoisse que la maladie lui inspire, et qu'il décrit en détail, est un appel au secours. Brod ne tarde pas à se rendre à Berlin et il ne peut que constater la terrible réalité : « Enfin il devint flagrant que son état physique s'aggravait, malgré son équilibre moral qui restait constant. Une infirmière vint le voir, puis lorsque je fus rentré à Prague, j'alarmai son oncle (le médecin) qui se rendit à Berlin et constata le pire[2]. » Brod

1. Lettre à Max Brod, Berlin-Steglitz, mi-janvier 1924, O.C. III, pp. 1282-1283.
2. *Franz Kafka*, Max Brod, p. 234.

retourne à Berlin le 17 mars pour assister à la première représentation de *Jenufa* de Leoš Janaček, s'empresse de rendre visite à Kafka, et décide de le ramener avec lui à Prague. Le jeune docteur Robert Klopstock et Dora Diamant les accompagnent à la gare, cette dernière devant le rejoindre à Prague quelques jours plus tard. Pour Kafka, ce séjour est vécu comme un échec, il doit en effet s'installer chez ses parents. « Malgré toute la sollicitude dont on l'entourait, il avait le sentiment d'un naufrage, d'une défaite qui l'atteignait dans sa volonté d'indépendance[1]. »

Il ne restera pas longtemps dans l'appartement familial car le séjour en sanatorium est devenu indispensable. Dès qu'on l'avertit, Brod note dans son *Journal* : « Dernière des épouvantes [...], j'apprends que Kafka a été renvoyé au sanatorium Wiener Wald. Clinique viennoise. Constatée la tuberculose du larynx. Jour de malheur terrible[2]. » Kafka part en compagnie de Dora. Celle-ci a prié Robert Klopstock de venir le plus vite possible. Il arrive quelques jours plus tard. La jeune femme et lui forment ce qu'ils appellent « la petite famille ». Kafka se préoccupe beaucoup des frais de son hospitalisation. Le 9 avril il écrit à Max Brod pour lui demander un service urgent :

Cher Max, cela coûte et le cas échéant continuera de coûter affreusement cher, et il faut que *Joséphine* me vienne en aide, il n'y a pas moyen de faire autrement, propose-la, s'il te plaît,

1. *Ibid.*
2. *Ibid.*, pp. 234-239.

à Otto Pick (bien entendu il peut imprimer ce qu'il veut de *Regard*) ; s'il la prend, ne renonce, s'il te plaît, à *Die Schmiede* qu'après ; s'il ne la prend pas, envoie-la *tout de suite*[1].

Dora Diamant fait preuve d'un dévouement extraordinaire. C'est une femme amoureuse qui sait trouver les mots pour que Kafka oublie ses douleurs, occupe son esprit :

Les vastes connaissances de Dora sur la tradition religieuse du judaïsme de l'Est de l'Europe étaient pour Franz une source de ravissement constant ; et la jeune fille, qui ne savait rien encore des hauts faits de la culture, aimait et révérait son grand maître, non moins que l'univers des songes étranges auxquels s'abandonnait son imagination, univers où elle s'était acclimatée sans effort. Ils s'amusaient souvent ensemble comme des enfants[2].

Bien qu'il n'ignore pas la gravité de sa maladie et malgré les douleurs qu'il éprouve, « il faut faire des injections d'alcool dans le nerf et sans doute aussi une résection », écrit-il à Robert Klopstock[3], Kafka est plein d'espoir et de courage. Mais le professeur Haje, qui dirige la clinique, ne veut pas écouter la requête de ses proches, qui lui demandent en vain de lui donner une chambre individuelle.

Il partagea là-bas, raconte Dora, une chambre avec plusieurs grands malades. Chaque nuit, l'un d'eux mourait. Il me le fit savoir en désignant, sans rien dire, le lit vide. Une autre fois, il

1. Lettre à Max Brod, 9 avril 1924, O.C. III, pp. 1294-1295.
2. *Franz Kafka,* Max Brod, p. 240.
3. Lettre à Robert Klopstock, 13 avril 1924, O.C. III, p. 1245.

me désigna un joyeux luron qui courait partout et mangeait avec appétit malgré le tuyau qu'on lui avait introduit dans la gorge. [...] il se réjouissait de lui voir un bon appétit. Le lendemain il me montra son lit vide[1]...

Max Brod et Franz Werfel, qui tentent d'utiliser les personnes influentes qu'ils connaissent à Vienne afin d'adoucir le sort de leur ami, connaissent un nouvel échec. Que faire ? Une décision est prise : faire admettre le malade au sanatorium de Klosterneuburg à Kiesinger. Kafka y arrive le 19 avril. « Là-bas, écrit Dora, on lui donna une chambre magnifique exposée constamment au soleil et disposant d'un balcon[2] ». Brod ajoute que cette jolie chambre est « parée de fleurs et ouvre sur la verdure[3] ».

Mais la maladie gagne encore du terrain. Sa gorge le fait terriblement souffrir et il ne peut presque plus manger. Dora en appelle au docteur Neumann, qui ne peut que constater le désastre : la tuberculose a poursuivi son œuvre de décomposition avec une telle ténacité qu'une opération chirurgicale est désormais impensable. Le diagnostic tombe : Kafka n'a plus que trois mois à vivre ; mieux vaut le ramener à Prague, où lui seront administrés du pantapon et de la morphine.

Kafka n'en continue pas moins d'écrire. Willy Haas, qui est allé voir sœur Anne, qui avait soigné Kafka à Kierling, est informé : « Kafka écrivait encore plusieurs heures par jour. Mais peu à peu

1. « Ma vie avec Franz Kafka », Dora Diamant, in *J'ai connu Kafka*, p. 236.
2. *Ibid.*, p. 237.
3. *Franz Kafka*, Max Brod, p. 236.

il ne parvint plus à manger[1]. » L'infirmière formulera d'ailleurs une remarque étonnante : « Dans la nouvelle *Un artiste de la faim*, il écrit le dégoût devant la nourriture, sept ans avant sa mort, et comme il l'éprouvera lui-même lorsque son larynx sera de plus en plus atteint. [...] Son esprit étant avant tout absorbé par ce qu'il écrivait[2]... » Dora Diamant, de son côté, assure qu'il n'a pas travaillé beaucoup, mais qu'il s'est surtout consacré à sa correspondance : « De ce sanatorium Kafka écrivit plusieurs lettres à ses parents, à ses frères et sœurs et à Max Brod, qui venait aussi lui rendre visite mais seulement après avoir donné une conférence à Vienne afin de ne pas laisser voir à Kafka la gravité de son état[3]. » C'est Dora qui dit la vérité. Kafka écrit, certes, mais des lettres. À ses parents, notamment, pour les rassurer : « Mon traitement consiste pour l'instant — la fièvre ne permet pas autre chose — en de très jolis enveloppements et inhalations[4]. » Ou encore ceci à son père :

Et puis boire ensemble « un bon verre de bière » comme vous l'écrivez, ce qui me montre que mon père ne fait pas grand cas du vin nouveau ; pour ce qui est de la bière, d'ailleurs, je lui donne raison. Au fait, j'y repense souvent maintenant, pendant les grandes chaleurs, nous avons déjà bu de la bière ensemble, il y a de cela bien des années, quand père m'emmenait à l'École civile de natation[5].

1. « Les derniers jours », Willy Haas, in *J'ai connu Kafka*, pp. 247-248.
2. *Ibid.*
3. « Ma vie avec Franz Kafka », Dora Diamant, in *J'ai connu Kafka*, p. 237.
4. À Julie et Hermann Kafka, fin avril 1924, O.C. III, p. 1298.
5. À Julie et Hermann Kafka, 19 mai 1924, O.C. III, p. 1299.

Dans un de ses billets, il demande au médecin qui vient le voir : « Êtes-vous connaisseur en matière de vin, docteur ? Avez-vous déjà bu du vin nouveau[1] ? » Et lorsqu'il rédige une carte postale à ses parents le 26 mai (c'est d'ailleurs la dernière fois qu'il prend la plume pour écrire à ses proches), il leur déclare, non sans faire preuve d'une terrible ironie : « Très chers parents, rien qu'un mot pour rectifier : mon désir de boire de l'eau (comme on la sert toujours chez nous après la bière, dans de grands verres) et de manger des fruits n'est pas moindre que de la bière ; mais pour l'instant, je ne progresse que lentement[2]. » Cette hantise dévorante de la soif prend des proportions colossales. Dans les petits billets qui lui servent à communiquer avec le corps médical et ses visiteurs, il ne cesse d'y faire allusion : « Croire que je puisse une fois risquer simplement une grande gorgée d'eau » ; « Demande s'il y a de la bonne eau minérale, rien que par curiosité » ; « Avez-vous un instant ? Alors, s'il vous plaît, donnez un peu d'eau aux pivoines » ; « Le pire c'est que je ne peux même pas prendre un verre d'eau, on se repaît aussi un peu de son désir » ; « Un bon conseil : mettez une tranche de citron dans le vin » ; « De l'eau minérale, je pourrais essayer une fois pour plaisanter » ; « Davantage d'eau. Fraîche » ; « Le lilas est merveilleux n'est-ce pas ? — Il boit en mourant, il saoule encore » ;

1. Feuillets de conversation, O.C. III, p. 1305.
2. À Julie et Hermann Kafka, 19 mai 1924, O.C. III, p. 1299.

« Pourquoi n'ai-je pas essayé la bière à l'hôpital. Limonade tout était si infini » ; et celle-ci encore, qui est la manifestation d'une forme d'humour très noir : « Ça n'existe pas qu'un mourant boive. » La vie s'écoule comme les liquides, qu'il ne peut plus absorber.

Depuis son arrivée en Autriche, Kafka s'est vu interdire de parler — peut-être ne peut-il quasiment plus le faire. Dans les petits billets, se souvient Brod, « il parle beaucoup de son état, de ses besoins momentanés, de pilules, de compresses ». Il demande par exemple « une sorte de cylindre d'eau ». On lance des paroles énigmatiques : « Fils des rois », « Vers les profondeurs, vers le port profond ». Il est fatigué, impatient, mais se souvient de l'anniversaire de Max Brod (le 27 mai), demande qu'on offre plus souvent du vin à l'infirmière. Kafka suit son traitement avec une minutie scrupuleuse qu'on ne lui connaissait pas jusqu'alors. Rien n'y fait. Non, il n'y a plus rien à faire. Et il a des pressentiments lugubres : il confie à l'oreille de Max qu'il voit apparaître une chouette, l'oiseau des morts, chaque nuit à sa fenêtre.

Kafka alterne sans cesse lucidité et égarement. De son côté, Dora fait des efforts admirables, et Klopstock fait tout ce qu'il peut pour alléger les souffrances de son ami. Il s'inquiète et voit la fin proche :

L'état physique de Kafka à ce moment-là et l'ensemble de la situation, à savoir qu'il mourait littéralement de faim, étaient proprement hallucinants. Lorsqu'il eut terminé la correction, ce qui a dû représenter un énorme effort, non seulement intellectuel, mais aussi une sorte de bouleversante rencontre (avec son passé), les larmes lui coulaient littéralement des yeux, c'était la première fois que j'étais témoin de cette sorte d'émotion chez Kafka. Il a toujours eu une maîtrise surhumaine de lui-même[1].

À la fin du mois de mai, l'état du malade se détériore subitement : une maladie intestinale s'ajoute à ses maux et accélère sa déshydratation. Kafka ne connaît pas l'extraordinaire rémission des malades de la tuberculose, qui se traduit en général par une brusque exaltation et une fringale de jouissances sensuelles. Sœur Anne en conserve un souvenir très précis : « Son esprit était avant tout absorbé par ce qu'il écrivait... », elle ajoute : « [...] il ne montra aucun signe de cette joie de vivre et de cette euphorie qui caractérisent les tuberculeux juste avant leur mort[2] ».

Le lundi 2 juin au matin, Kafka travaille aux premières épreuves de son dernier livre *Der Hungerkünstler* (*Un artiste de la faim*), arrivées peu de temps auparavant. Il prend des dispositions pour que l'on change l'ordre des nouvelles et se montre offensé parce que l'éditeur n'a pas prêté une attention suffisante à certaines de ses indications. À midi, épuisé, il s'endort. Brod, présent, poursuit le récit de ses derniers instants :

À 4 heures du matin, Dora appelle Klopstock dans la chambre, parce que Franz respire très mal. Ce dernier a

1. *Franz Kafka ou Le cauchemar de la raison*, Ernst Pawel, p. 460.
2. « Les derniers jours », Willy Haas, in *J'ai connu Kafka*, pp. 248-249.

conscience du danger et réveille le médecin qui fait une injection camphrée. C'est alors que commence une dernière bataille pour l'écrivain, celle de la morphine. Il s'en prend avec colère à son ami, lui reprochant de ne pas vouloir lui venir en aide : « Vous me l'avez toujours promis depuis quatre ans. Vous me torturez, vous m'avez toujours tortu... Je ne vous parle plus. Je mourrai tout de même. » On lui fit deux injections. À la deuxième, il dit : « Ne trichez pas, vous me donnez un antidote. » Puis il prononça [...] : « Tuez-moi, sinon vous êtes un assassin. » On lui donna du pantapon, il fut heureux : « C'est bien ainsi, mais davantage, davantage, vous voyez bien que cela n'a pas d'effet. » Puis il s'endormit lentement. Ses dernières paroles furent pour sa sœur Elli : « Allons, Elli, pas si près. » Et comme Klopstock se redressait un peu : « Oui, comme ça, c'est bien »[1].

Il fait alors un petit signe à l'infirmière pour lui demander de quitter la pièce, arrache son pneumothorax et le lance au loin avec rage. Tandis que Klopstock s'éloigne pour nettoyer la seringue, il lui aurait dit : « Ne vous en allez pas. » Son ami répondit : « Mais je ne m'en vais pas. » Franz repartit d'une voix grave : « Mais moi, je m'en vais. »

De ses derniers moments, sœur Anne a fourni une autre version : Kafka aurait renvoyé Dora sous le prétexte de lui faire porter une lettre à la poste, mais, déplorant son absence immédiatement, aurait demandé à l'infirmière d'aller la chercher sur-le-champ.

Dora revint tout essoufflée avec à la main des fleurs qu'elle venait sans doute d'acheter. Kafka semblait avoir complètement perdu conscience : « Franz, regarde les belles fleurs, res-

1. *Franz Kafka*, Max Brod, p. 244.

pire-les un peu », lui murmura Dora. C'est alors que le mourant, qui semblait déjà avoir glissé dans l'autre monde, se redressa une dernière fois et respira les fleurs. C'était à n'y rien comprendre. Et d'autant plus incompréhensible encore le fait que son œil gauche s'ouvrit de nouveau et reprit un peu vie. Il ne pouvait plus parler, mais il avait des yeux d'un éclat si merveilleux et un sourire si expressif, et ses mains et ses yeux étaient si éloquents[1].

En réalité, comme Klopstock le fait savoir dans une lettre datée du 4 juin 1924, Dora serait allée se reposer, sur les conseils du jeune docteur qui lui aurait promis de la réveiller à la moindre alerte. Elle ne se serait pas trouvée au chevet de Kafka quand celui-ci a quitté ce monde. Dans la même lettre, Klopstock relate la scène, émouvante, terrible, à laquelle il assiste. Quand elle apprend l'épouvantable nouvelle, Dora s'adresse une dernière fois à l'homme qu'elle a tant aimé en ces termes : « Toi qui es seul, si absolument seul et nous qui n'avons rien à faire qui restons ici, et te laissons là-bas [dans la chambre mortuaire] seul dans les ténèbres, nu, oh ! mon Franz, mon Franz aimé[2]. » « Seul qui connaît Dora peut savoir ce qu'est l'amour », conclut Klopstock, anéanti par tant de désespoir.

1. « Les derniers jours », Willy Haas, in *J'ai connu Kafka*, pp. 249-250.
2. *Franz Kafka*, Max Brod, p. 245.

ANNEXES

REPÈRES CHRONOLOGIQUES

1883. *3 juillet* : naissance de Franz Kafka à Prague, fils de Hermann et Julie Kafka.

1884. Naissance de sa sœur Gabriele (Elli).

1890. Naissance de sa sœur Valerie (Valli).

1892. Naissance de sa sœur Ottilie (Ottla).

1893. Franz Kafka entre au lycée allemand de la Vieille-Ville.

1896. *Bar-mitsvah* de Franz Kafka.

1901. Obtient l'*Abitur* (baccalauréat). Commence des études de chimie à l'université.

1902. Études de littérature à la faculté des lettres et en histoire de l'art. Entre à la faculté de droit. Adhère à la *Lese-und-Redehalle der deutschen Studenten*. Sanatorium près de Dresde. *23 octobre* : Première renconte avec Max Brod.

1904. Commence à écrire la première version de *Description d'un combat*.

1905. Sanatorium de Zuckejmantel (Silésie autrichienne).

1906. Doctorat en droit. Stage chez son oncle, l'avocat Richard Löwy, puis auprès de deux tribunaux à Prague.

1907. Entre aux *Assicurazioni Generali* comme « auxiliaire ».

1908. Première publication des huit récits composant *Betrachtung* (*Méditation*) dans la revue *Hyperion* (Munich). Entre à la Compagnie d'assurances ouvrières contre les accidents du travail.

1910. Commence la rédaction de son *Journal*.

1911. Voyage avec Max Brod : Zurich, Fluëlen, Lugano, Milan, Paris, Versailles. Ils écrivent à quatre mains un roman intitulé *Richard et Samuel — un petit voyage à travers l'Europe centrale*. Sanatorium d'Erlebach (région de Zurich).

1912. Détruit ses écrits de jeunesse. Ébauche *Amerika* (*L'Oublié*).
13 août : rencontre Felice Bauer chez les parents de Max Brod.
20 septembre : première lettre à Felice Bauer. Cent lettres suivent jusqu'à la fin de l'année. Interruption du *Journal*.
nuit du 22 au 23 septembre : rédaction du *Verdict*.

1913. Abandonne la rédaction de *L'Oublié*. Propose le recueil intitulé *Fils* à Kurt Wolff (*Le Soutier*, *Le Verdict* et *La Métamorphose*). Sanatorium de Riva. Rencontre Hedwig Weiler. Grete Bloch sert d'intermédiaire entre Franz Kafka et Felice Bauer.

1914. Reprise du *Journal*. Fiançailles avec Felice. Rupture. Prend un congés pour écrire *Le Procès*.

1915. S'installe dans la Bilekstrasse, dans l'appartement de sa sœur Elli Hermann puis dans la maison « Le Brochet d'or » dans la Langenstrasse. Sanatorium de Rumburg (Bohême du Nord). Publication de *La Métamorphose* dans *Weisse Blätter* de René Schickele.

1916. Visite de Robert Musil à Prague. Rencontre Felice Bauer et nouvelle correspondance. Publication du *Verdict*. Écrit *Le Gardien du tombeau*. Parution d'*Un rêve*.

1917. Kafka écrit beaucoup. S'installe dans le palais Schönborn dans le quartier de Malá Strana.
9 juillet : secondes fiançailles avec Felice Bauer. Crise révélant l'hémoptysie. La tuberculose pulmonaire est diagnostiquée. Dernière lettre à Felice Bauer.

1918. Méditations métaphysiques et religieuses dans le *Journal*.
Printemps : Turnau.
Novembre : pension Stüdl à Schlesen. Écrit *Prométhée*.

1919. Liaison avec Julie Wohryzek. Parution de *Dans la colonie pénitentiaire*. Écrit la « Lettre à son père ».

1920. Début de la correspondance avec Milena Jesenská. Rupture définitive avec Julie Worhyzek. Grande activité littéraire. Parution d'*Un médecin de campagne* (éditions Kurt Wolff). Sanatorium de Matliary dans les Tatras en Slovaquie.

1921. Interruption du *Journal* jusqu'en octobre. Rencontre le Dr Robert Klopstock. Remet l'intégralité de ses cahiers à

Milena Jesenská. Parution d'*À cheval sur un seau de charbon*. Écrit *Première souffrance*. Rédige son premier testament.

1922. Commence la rédaction des premiers chapitres du *Château*. Séjour à Spindelmühle (monts des Géants). Dernière visite de Milena Jesenská. Il lui remet le manuscrit de *L'Oublié*. Publication de *Première souffrance* et d'*Un artiste de la faim*.

1923. Vacances à Müritz sur la Baltique. Colonie de vacances du foyer juif de Berlin, où il rencontre Dora Diamant. S'installe à Berlin avec Dora Diamant dans le quartier de Steglitz. Écrit *Le Terrier* et *Une petite femme*.

1924. *1er février* : déménagement dans le quartier de Zehlendorf. Écrit *Joséphine la cantatrice*. Détérioration de son état de santé.

fin mars : sanatorium de Wiener Wald (Basse-Autriche).

19 avril : transport au sanatorium de Kierling, près de Vienne. Dora Diamant l'accompagne.

mai : épreuves du recueil *Un artiste de la faim*.

10 mai : le père de Dora Diamant refuse que sa fille se marie avec lui.

1er juin : décès à Kierling.

11 juin : funérailles au nouveau cimetière juif de Prague.

RÉFÉRENCES BIBLIOGRAPHIQUES

Œuvres

Œuvres complètes, I, traduit par Alexandre Vialatte, édition présentée par Claude David, Bibliothèque de la Pléiade, Gallimard, 1976.

Œuvres complètes, II, traduit par Claude David, Marthe Robert et Alexandre Vialatte, édition présentée et annotée par Claude David, Bibliothèque de la Pléiade, Gallimard, 1980.

Œuvres complètes, III, traduit par Marthe Robert, Claude David et Jean-Claude Danès, édition présentée et annotée par Claude David, Bibliothèque de la Pléiade, Gallimard, 1984.

Œuvres complètes, IV, traduction par Marthe Robert, Alexandre Vialatte et Claude David, édition présentée et annotée par Claude David, Bibliothèque de la Pléiade, Gallimard, 1989.

Récits, romans, journaux, édition préfacée, composée et annotée par Brigitte Vergne-Cain & Gérard Rudent, traduit par François Mathieu, Axel Nesme, Marthe Robert, Gérard Rudent, Brigitte Vergne-Cain, « Classiques modernes », La Pochothèque, 2000.

Biographies et études

Amann Jürg, *Franz Kafka, une étude sur l'artiste*, traduit par Guy Balangé, Flammarion.

Arendt Hannah, *La Tradition cachée*, Christian Bourgois éditeur.

BANDET Jean-Louis, *Album Kafka*, La Pochothèque, Le Livre de Poche, 2000.
BLANCHOT Maurice, *De Kafka à Kafka*, Folio-essais n° 245, Gallimard, 1998.
BORDERIE Roger (sous la direction de), *Kafka*, Obliques, 1978.
BROD Max, *Franz Kafka, souvenirs et documents*, traduit par Hélène Zylberberg, Gallimard, 1945.
Une vie combative, traduit par Albert Kohn, Gallimard, 1964.
CALASSO Roberto, *K.*, traduit de l'italien par Jean-Pierre Mangenaro, Gallimard, 2005.
CANETTI Elias, *L'Autre procès, lettres de Kafka à Felice*, traduit par Lily Jumel, Gallimard, 1972.
CARROUGES Michel, *Kafka contre Kafka*, Plon, 1962.
CITATI Pietro, *Kafka*, traduit par Brigitte Pérol, Folio n° 2303, Gallimard, 1991.
COHEN Laurent, *Variations autour de K.*, Intertextes éditeur, 1991.
CRESPI Guido, *Kafka humoriste*, traduit par l'auteur avec Madeleine Schirripa & Véronique Gérard, Shakespeare & Company, 1984.
DAVID Claude, *Franz Kafka*, Fayard, 1989.
DAVID Yasha, avec la collaboration de MOREL Jean-Pierre, *Le Siècle de Kafka*, Centre Georges-Pompidou, 1984.
DELEUZE Gilles et GUATTARI Félix, *Kafka, pour une littérature mineure*, Minuit, 1975.
FAYE Éric (sous la direction de), *K., figure mythique*, Autrement, 1996.
GAXIE Jean-Pierre, *L'Égypte de Kafka*, Maurice Nadeau, 2002.
GUERRESCHI Jean et FLEISCHER Alain, *Franz Kafka*, Marval, 1990.
JANOUCH Gustav, *Conversations avec Kafka*, traduit par Bernard Lortholary, Maurice Nadeau, 1978.
JESENSKÁ Milena, *Vivre*, traduit par Claudia Ancelot, Lieu Commun, 1985.
KOCH Hans-Gerd, *J'ai connu Kafka*, traduit par François-Guillaume Lorrain, Solin/Actes Sud, 1998.
LEMAIRE Gérard-Georges, photographies d'Hélène Moulonguet, *Franz Kafka à Prague*, Chêne, 2002.
(sous la direction de) *Les Métamorphoses de Franz Kafka*, Musée du Montparnasse/ Éditions Éric Koehler, 2002.
Kafka et Kubin, « Essais », La Différence, 2002.
LÖWY Michael, *Franz Kafka, rêveur insoumis*, Stock, 2004.

Morel Jean-Pierre, *Le Procès de Franz Kafka*, Foliothèque n° 71, Gallimard, 1998.

Nabokov Vladimir, *Proust, Joyce, Kafka*, traduit de l'anglais par Hélène Paquier, Stock, 1973.

Pawel Ernst, *Franz Kafka ou Le cauchemar de la raison*, traduit par Michel Chion et Jean Guiloineau, Seuil, 1988.

Robert Marthe, *Kafka*, Gallimard, 1960.

Seul, comme Franz Kafka, Calmann-Lévy, 1979.

Rochefort Robert, *Kafka ou L'irréductible espoir*, Julliard, 1947.

Runfola Patrizia, *Le Cercle de Prague*, Éditions Eric Koehler/Sand, 1992.

Prague au temps de Kafka, traduit et présenté par Gérard-Georges Lemaire, La Différence, 2002.

Steiner George, *De la Bible à Kafka*, traduit de l'anglais par Pierre-Emmanuel Dauzat, Bayard, 2002.

Sudaka-Bénazéraf Jacqueline, *Le Regard de Franz Kafka*, dessins d'un écrivain, Maisonneuve & Larose, 2001.

Les Cahiers d'hébreu de Franz Kafka, Retour à la lettre, 2004.

Thiébaut Claude, *Les Métamorphoses de Franz Kafka*, Découvertes-Gallimard, 1996.

La Métamorphose et autres récits, Foliothèque n° 9, Gallimard.

Unseld Joachim, *Franz Kafka, une vie d'écrivain*, traduit par Éliane Kaufholz, Gallimard, 1984.

Vialatte Alexandre, *Mon Kafka*, 10/18 n° 3364, 2001.

Wagenbach Klaus, *Franz Kafka, les années de jeunesse (1883-1912)*, Mercure de France, 1967.

Kafka, traduit par Alain Huriot, Seuil, 1968.

La Prague de Kafka, Michalon, 1996.

Kafka, traduit par Jacques Legrand, Belfond, 1983.

Wagnerovà Alena, *La Famille Kafka de Prague*, traduit de l'allemand par Nicole Casanova, Grasset, 2004.

Zischler Hanns, *Kafka va au cinéma*, traduit par Olivier Mannoni, Cahiers du Cinéma, 1996.

NUMÉROS SPÉCIAUX DE REVUES

« Kafka », *Europe*, n° 511-512, novembre-décembre 1971.
« Kafka », *Magazine littéraire*, n° 135, avril 1978.
« Kafka », *Obliques*, n° 3, deuxième trimestre 1978.
« Kafka le rebelle », *Magazine littéraire*, n° 415, décembre 2002.
« Franz Kafka », *Les Lettres françaises*, n° 13, mars 2005.

ANNEXES

FOLIO BIOGRAPHIES

Balzac, par FRANÇOIS TAILLANDIER

Jules César, par JOËL SCHMIDT

James Dean, par JEAN-PHILIPPE GUERAND

Billie Holiday, par SYLVIA FOL

Kafka, par GÉRARD-GEORGES LEMAIRE

Modigliani, par CHRISTIAN PARISOT

Pasolini, par RENÉ DE CECCATTY

Virginia Woolf, par ALEXANDRA LEMASSON

À paraître au premier semestre 2006

Attila, par ÉRIC DESCHODT

Josephine Baker, par JACQUES PESSIS

Baudelaire, par JEAN-BAPTISTE BARONIAN

Cézanne, par BERNARD FAUCONNIER

Freud, par CHANTAL ET RENÉ MAJOR

Gandhi, par CHRISTINE JORDIS

Ibsen, par JACQUES DE DECKER

Michel-Ange, par NADINE SAUTEL

Rimbaud, par JEAN-YVES MASSON

Composition Bussière.
Impression Maury
à Malesherbes, le 10 octobre 2005.
Dépôt légal : octobre 2005.
Numéro d'imprimeur : 117206

ISBN 2-07-030668-2

134194